小野湖山肖像画
1898年（明治31）米寿記念に東京浅草写真館で撮影された写真を、1996年（平成８）五先賢の館（滋賀県長浜市北野町）の開館に際して絵に起こしたもの（撮影：日比誠）

湖山５歳時の書「松垂千歳緑」と95歳時の添え文（本文16ページ）

湖山78歳時の書「寿山福海」（本文162ページ）

湖山88歳時の書「庭階多瑞気山海発奇観」（本文163ページ）

湖山97歳時の書「琴書楽」（本文160ページ）

湖山95歳時の書（本文144ページ）

穢界人迷勢利華
春風到処競豪奢
嵐山芳野一場夢
争若西方浄土花
　春季雑感之一　従五位
小野長愿時年九十有五

穢界（あいかい）　人迷う勢利（せいり）の華
春風（しゅんぷう）到る処　豪奢（ごうしゃ）を競う
嵐山　芳野は一場（いちじょう）の夢
争（いかで）か西方浄土（さいほうじょうど）の花の若（ごと）からん
　春季雑感の一つ　従五位
小野長愿（ちょうげん）　時に年九十有五

吾親雖没有吾姉
吾姉恩高吾母恩
遠携吾季看吾姉
一堂春色咲声温
遠江離詩之一
湖山七十翁

吾が親没すと雖(いえど)も吾が姉有り
吾が姉の恩　吾が母の恩より高し
遠く吾が季(すえ)（妹）を携(たずさ)え吾が姉を看(み)る
一堂　春色(しゅんしょく)　声温(せいおん)咲く
遠く近江を離れての詩の一つ
湖山七十翁

姉への感謝を記す湖山70歳時の書（本文149ページ）

波久奴神社（長浜市高畑町）の湖山筆の社標（本文166ページ）

長浜市高畑町に残る湖山筆「村中安全」の常夜灯（本文167ページ）

渡邊楠亭の生家（米原市朝妻筑摩）に残る湖山筆の追悼詩（本文205ページ）

北海道人樹下午睡図（松浦武四郎記念館蔵）
北海道探検で名を馳せた松浦武四郎の涅槃図に小野湖山も描かれている
（本文171ページ）

浜縮緬創製記念碑（小野家蔵）
「陸軍少将大勲位能久親王篆額」「小野愿（湖山）撰」「明治二十一年天長節」「巌谷修書」とある（本文219ページ）

妙心寺大龍院（みょうしんじだいりゅういん）にある湖山と元子夫人の墓（京都市右京区）

妙心寺大龍院にある日下部鳴鶴（くさかべめいかく）筆の湖山墓碑銘
撰文は宮中顧問三島中洲（ちゅうしゅう）、篆額は宮内大臣土方久元（ひじかたひさもと）、書は正五位日下部鳴鶴による（本文68ページ）

伊藤眞雄 著

近江が生んだ漢詩人

小野湖山

刊行に寄せて

滋賀作家クラブ　角　省三

私たち近江の地を愛する市民にとって、幕末から明治にかけて、湖北の地に「小野湖山」なる漢詩人が実在し、幕末志士としても活躍し、晩年は恬淡と九十七歳の生涯を全うしていたことは、あまり知られていないことであった。

同じ湖北の地に生まれ育った伊藤眞雄さんは、永年にわたって教育活動に専念する中で、米原市立米原小学校の校長室に今も掛かっている一枚の肖像画で、湖東の近江聖人ともいわれる渡邊楠亭という農耕詩人と邂逅され、退職後にその詩集の復刻版を先に発行されている。

パソコンを自在に駆使され、新聞によく投稿される三宅春代さんが手元に残しておられた膨大な量の切り抜きを手にすると、あっと驚く素早さでこれを整理し、パソコンに打ち込んで編集され、綺麗な装丁の『波留代抄』という冊子が出来上がり、地元の新聞社が取り上げ話題となった。

地域の小さな随筆サークル「多景島」には三宅さんを含めて十名ほどのメンバーが在籍している。会員が書いた文章を読み、校正を含めて討論し合い、より良いものに仕上げ、年に一回出版の「作品集」を出している。ここ数年、その編集を伊藤さん任せにしてしまっているのは申し訳ないことだと思っている。

その多忙の中、伊藤さんは長浜市北野町にある郷土の先人を顕彰する「五先賢の館」を訪問され、先賢の一人である小野湖山という人物の人となり、そして業績に感銘を受けておられる。湖山に関する資料を発掘し、書や写真をもとに実績をまとめ、さらには湖山が現在は地域にどのように影響を与えているのかも調査され、伊藤さんなりの小野湖山像を創り上げられてこられたように思う。

この書物には写真が多く採用されている通り、現地での取材のためにあちらこちらに足を運ばれ多くの人と出会い、漢詩関係についても専門家や学術研究者などに精力的にお会いになり、自ら勉強をされている。

伊藤さんは、同じ幕末に井伊直弼の側近で藩儒を務め、開国提案の後ろ楯となった中川禄郎のことを、拙著（小冊子）『藩臣　中川禄郎』で、知り合いになる前に読んでおられた。

のちの発刊となる『近江の埋もれ人　中川禄郎・河野李由・野口謙蔵』（二〇一七年、サンライズ出版）に登場する郷土の人物についても、興味と関心を抱き、刺激を受けられたようである。

本書『近江が生んだ漢詩人　小野湖山』が広く愛され、多くの人の心を啓発し、ＩＴ化やＡＩ社会への関心が高まる中で、現代人の焦燥感を慰撫してくれる存在になってくれることを心からお祈りさせていただきます。

はじめに

それは、偶然のことであった。

二〇一九年(令和元)六月一日、新聞を読んでいると、「小野湖山の企画展開催」の記事が目に止まった。「小野湖山」という名は、私の頭の片隅に残っていた。翌日、私は何かに引かれるかのようにかつて近江国浅井(おうみのくにあざい)郡の「田根荘(たんのしょう)」と呼ばれた集落の一つ、現在は滋賀県長浜市北野町にある「五(ご)先賢(せんけん)の館」へと赴いた。

企画展で、まず私の目を惹き付けたのは、「琴書楽」と書かれた扁額であった(口絵ⅱページ)。「九十七翁湖山」の文字が左隅に見えた。湖山が九十七歳まで生きたことが私には驚きであったが、亡くなる直前まで書き続けていたことに湖山の気迫を感じた。「琴書楽」の三文字は丸みを帯びながらも力強さを感じさせ、書を楽しんでいたことが伝わってくる。もし私が湖山のようにあと三十年近く生きられるとしたら、何を遺せるのだろうかと自分に問いかけていた。

他の展示物も一つの部屋に所狭しと掲げられていた。六曲一双に連なる屏風(びょうぶ)の大きさもさることながら、その書もまた喜寿を迎えてなお迫力に満ちあふれていた。

湖山の子孫や県内外からの関係者による寄贈品も数多く展示され、中でも明治天皇から賜った硯(すずり)一式が目を引いた(58ページ)。湖山が七十歳の時であるという。その重々しさが伝わってくると同時に、そのような恩恵に浴することができたのは、湖山に何か芯に強いもの、そして絶え間ない努力があったからであろう。さらに、湖山の死を写真とともに大々的に伝える「国民新聞」(東京新聞の前身）を見ると、まさに時の人であったことが分かる（２６８ページ）。

その帰り、私は「湖山のことをまとめてみたい」という衝動に駆られた。ふと六年前のことを思い出す。私が勤めていた学校に渡邊楠亭の肖像画が掲げてあった。楠亭は、現在の米原市朝妻筑摩の人、江戸末期の儒学者であり農耕詩人として地域の人々に慕われた。しかし、楠亭に関する本や詳しい資料はなかった。学校に残っていた新聞記事から、米原市春照の田中弥一郎氏が『楠亭詩集とその背景』として一九七九年（昭和五十四）に製本していることを知った。弥一郎氏の家を訪ねたが、氏はすでに亡くなっておられた。幸い、ご子息からその本を借りることができ、退職後の半年をかけて、復刻版を自費出版した。

その本に、小野湖山の楠亭への追悼詩がある（口絵ｖページ）。湖山と楠亭とは、同じ時代の漢詩人で二人とも才能を持ちながら、その生き方は対照的である。湖山が永く世の中の表舞台で活躍し多くの著名人とつながっていたのに対し、楠亭は藩儒への誘いを断り家業を継ぎ、五十四年の短い生涯を終えている。湖山がそんな楠亭を心から慕い尊敬していることが楠亭への追悼詩から分かる。

小野湖山とは、どういう人物であったのか。湖山から何を学ぶべきなのか。その生涯と漢詩および地域の人との関係に迫ってみたかった。私の力量不足で読者に十分満足できるものに仕上がってはいないが、ここに上梓できることを嬉しく思う。

本書の出版に際して、五先賢の館の館長である佐治寛嗣氏をはじめ、多大のご協力をいただいた皆様に厚くお礼申し上げます。

著者

目次

第二部　湖山の漢詩

第四部　湖山と現在

■凡　例

主に次の文献を参考にした。引用に際しては、漢字は原則として新字体、かなづかいは原文・読み下し文においても新かなづかいに改めるなど、表記の統一を図った。

第一部「湖山の生涯」と「こぼれ話」では、主に次の文献を参考にし、各文末にその番号を記した。

【1】小野芳水編『小野湖山翁小伝』（豊橋市教育会、一九三一年）
【2】河合勇之監修『郷土の先哲』（東浅井郡浅井町教育委員会、一九七二年）
【3】今関天彭著、揖斐高編『江戸詩人評伝集2　詩誌『雅友』抄』（平凡社、二〇一五年）
【4】高畑史編集委員会編『ふるさと高畑』（浅井町高畑区、二〇〇四年）
【5】富士川英郎『江戸後期の詩人たち』（平凡社、二〇一二年）
【6】世田谷区立郷土史料館編『漢詩人岡本黄石の生涯』（世田谷区立郷土史料館、二〇〇一年）
【7】井上潤『渋沢栄一　近代日本社会の創造』山川出版、二〇一二年）

第二部「湖山の漢詩」では、主に北村忠男編『小野湖山作品集』（五先賢の館蔵、一九九三年）から引用し、それ以外は出典を記した。表記統一のほか、誤字・脱字・脱落と思われる部分は、引用者の判断で訂正・補足を図った。

第三部「湖山の再発見」第一章「松浦武四郎と湖山」では、松浦武四郎記念館（三重県松阪市）から写真と資料の提供を受け、コロンビア大学ヘンリー・スミス名誉教授から論文の転載許可を得た。第二章「永井荷風が記す湖山」では、永井荷風『下谷叢話』（岩波文庫、二〇〇〇年）から引用した。

第四部「湖山と現在」第三章「学校や地域で生きる湖山」の（四）「郷土史家・田中礎の功績」では、橋本章『戦国武将英雄譚の誕生』（岩田書院、二〇一六年）を参考にし、橋本氏からその許可を得た。

第一部

湖山の生涯

第一章　学問への目覚め

（一）近江高畑で生まれる

小野湖山(おのこざん)は、一八一四年（文化十一）十一月十二日、近江国浅井(あざい)郡高畑（滋賀県長浜市高畑町）に生まれている。

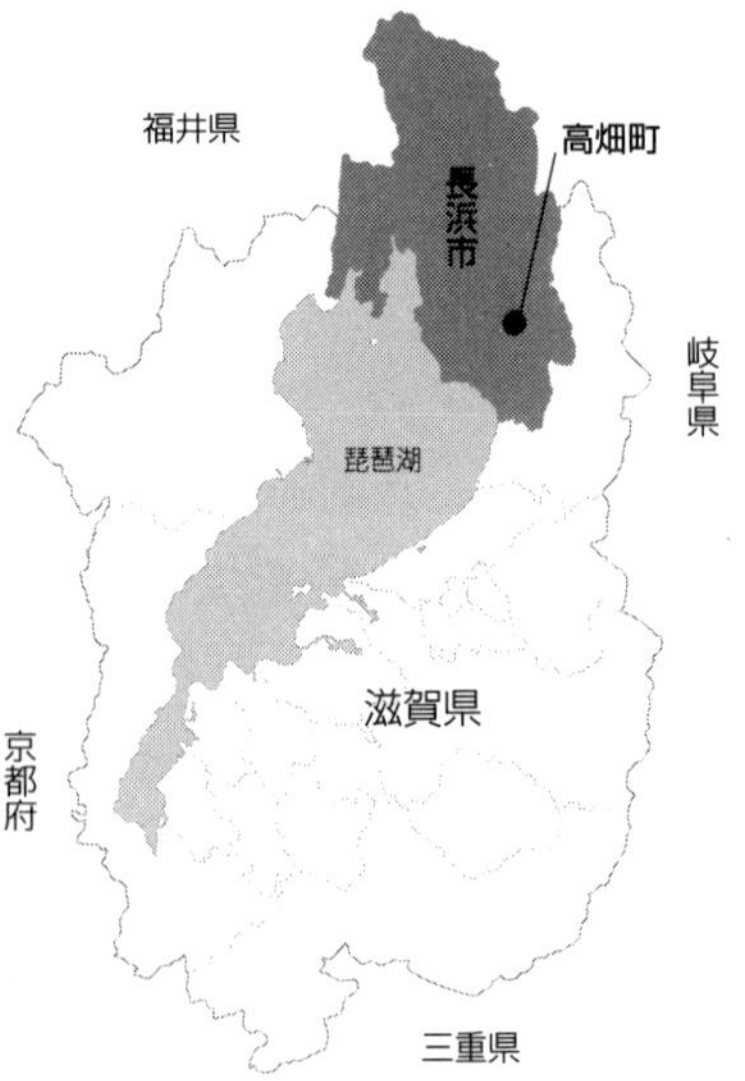

長浜市は、滋賀県北部に位置し、東西約二十五㎞、南北約四十㎞と東西に短く、南北に長い。東は県下最高峰の伊吹(いぶき)山地、西と北を野坂山地、南を琵琶(びわ)湖で区切られている。

高畑町は、ＪＲ河毛(かわけ)駅や北陸自動車道小谷(おだに)城スマートＩＣから車で10分ほど東へ向かったところにある。

この地は、戦国時代の武将であった浅井長政(あざいながまさ)（一五四五～一五七三）の本拠・小谷城のあった小谷山（長浜市小谷郡上町など）が西北にあり、東には大依山（長浜市大依町など）がのびて、三方を山に囲まれた静かな里である。南には田畑が広がり、山すそやその近くには、高畑以外に十余りの集落があり、その辺り一帯をかつて「田根荘」、現在は「田根」と呼んでいる。

湖山が生まれた当時、高畑を含む近隣の六ヶ村一万石の地は、現在の愛知県豊橋市にあった三河吉田藩の領地であった。一八七一年（明治四）の廃藩置県で額田県（愛知県東部）に属し、額田県が愛知県と合併した翌年に滋賀県へ移されている。

この田根の地域は、五人の先賢を生んだ地として知られている。それは、左記の五人である。

①**相応和尚**（八三一～九一八、北野町）
比叡山の高僧で、比叡山千日回峰行を創始した。

②**海北友松**（一五三三～一六一五、瓜生町）
狩野派の画家として豊臣秀吉に仕え、聚楽第に多くの絵を描いた。

③**片桐且元**（一五五六～一六一五、須賀谷町）

五先賢ゆかりの地（五先賢の館公式サイトから）

豊臣秀吉に仕え、一五八三年（天正十一）の賤ケ岳の戦いで「七本槍」の一人として活躍した。

④小堀遠州（一五七九～一六四七、小堀町）

幕府の官僚であり、築城の指導をした。茶道や造園（孤篷庵・二条城の庭園など）で著名である。

⑤小野湖山（一八一四～一九一〇、高畑町）

田根地域では昭和初年からその五人の顕彰が行われてきた。そして、この顕彰運動の拠点として、「五先賢の館」が一九九六年（平成八）に開設されている。

小野湖山の「湖山」という名は雅号で、本名は「横山巻」。字は「長愿」「懐之」『士達』など、いくつも持っていた。幼名は「仙助」といった。

父は横山玄篤（号は東湖）で、医者をしながら農業も兼ねていた。母の旧姓は磯氏で、坂田郡高溝（米原市高溝）の生まれである。湖山には三人の姉があり、のちに二人の弟、一人の妹が生まれている。

湖山の家系は、平安時代の歌人として有名な参議・小野篁（八〇二～八五二）から出ているとい

1996年（平成８）開設の「五先賢の館」（長浜市北野町）

い、加賀金沢（石川県金沢市）の藩老・横山家（一万石）と同族で、もと横山姓を称していた。[1]

第十二世の祖・横山掃部頭家盛は京極高次（一五六三～一六〇九）に仕え、戦功があり、その感状が家に伝えられているという。高次も北近江の人で、織田・豊臣に仕え、大津城主となっている。その妻は、浅井長政の娘で豊臣秀吉の側室となった淀殿の妹・常高院（一五七〇～一六三三）である。関ヶ原の戦いでは、高次は徳川方につき、その功により若狭小浜（福井県小浜市）に八万五千石を与えられている。

横山家盛は高次臣下で優れた武将として高畑にいたが、のちに戦死している。その弟が帰農して代々家を守っていた。湖山の生家は、その後改修されたものの現在も残っている（215ページ）。

なお、小野篁の古墳は京都市北区柴野にあり、湖山は金沢の同族・横山多門政和（号は蘭洲）と計画し、一八六九年（明治二）に「参議小野公塋域碑」を建てている。紫式部もこの地に葬られているとされ、一九八九年（平成元）に顕彰碑が建てられている。[1]

湖山が生まれた当時は、光格天皇（一七七一～一八四〇）が在位し、第十一代将軍徳川家斉（一七七三～一八四一）の時代であった。

また、三代将軍家光の時から始まった鎖国は続いていたが、外国の日本への圧力がやがて激化していく時でもあった。

小野湖山の生誕の地の碑（長浜市高畑町）

（二）学問の道を歩み始める

湖山は聡明で三歳頃から字を覚え、五歳の時に書いた「松垂千歳緑」（松は垂る千歳（せんさい）の緑）の書が、五先賢の館に展示されている。その後、湖山が九十五歳の時、この書を再び見て左の一文を添えている（口絵ⅱページ）。

此字郷人相伝、為余所書、余不自記也。然他人豈有擬此拙書者乎。老叟不自記耳。嗚乎九十年前如此、九十年後依然塗鴉。毋能忸怩。

明治戊申之夏　九十五翁　湖山愿

此の字郷人相伝えて、余の書する所と為す、余自ら記せざるなり。然れども他人あに此の拙書（せっしょ）を擬する者あらんや。老そう自ら記せざるのみ。あゝ九十年前かくの如く、九十年後依然として塗（と）鴉（あ）す。能（よ）く忸怩（じくじ）たるなからんや。

明治四十一年の夏　九十五翁　湖山愿[1]

自分が書いたかどうかは覚えていないが、こんな下手な字を書き、九十年経ってもまだ下手だという湖山の謙虚さをうかがうことができる。

湖山は幼少より書に親しみ、父の読みを聞いたり、素読をしたりして漢文が読めるようになった。主な書として、江戸前期の水戸藩主・徳川光圀（一六二八～一七〇〇）の事蹟を編成した『西山遺事』や、国学者として有名な本居宣長（一七三〇～一八〇一）の書にふれ、江戸中期の勤王家・高山彦九郎（一七四七～一七九三）や、江戸後期の尊王論者・蒲生君平（一七六八～一八一三）の話をよく聞いた。[2]

しかし、家の経済事情は、家族が多いうえに、医者の仕事も灸を据えたり針を打ったりが主であり、田畑を耕して米や麦の収穫、蚕の飼育や種作りに追われており、決して楽な暮らしではなかった。湖山は勉学に励むだけでなく、蚕のための桑を摘んで食べさせたり、田畑の仕事を手伝ったりしていたという。[2]

（二）梁川星巌と出会う

湖山は、当初、父親の指図で医者の跡を継ぐために、彦根藩の医者の家に泊まり込みで医学の勉強をすることになった。しかし、どうしても医者の勉強が好きになれなかった。父親も湖山に理解があったのであろう。そこを辞めて、現在の長浜市曽根町に生まれた漢学者の大岡右仲（号は松堂、一七九七～一八七五）に師事し、儒教の基本的古典である経書と歴史書とを併せた、いわゆる経史を学んでいる。

右仲は儒者であった亀井昭陽（一七七三～一八三六）の門人で、学問に大変熱心な人であった。湖山は右仲の二歳下の弟である筧（号は笙州、一七九九～一八三七）とともに学問に励んでいった。後年、笙州は国中を放浪し、最後は北海で三十八歳の若さで客死している。湖山はのちに笙州に対し、「余の笙州に於る、義は師友を兼ぬ」[1]と記しており、その親愛の情を察するとともに、この人が湖山の少年時代に与えた影響は大きなものがあったと思われる。

一八二六年（文政九）、湖山が十三歳の時、父は湖山を京都に連れて行き、儒学者として名が知られていた頼山陽（一七八〇～一八三二）に出会わせている。頼山陽はその時四十七歳で、武家の盛衰を『日本外史』に著したことで有名になり、尊王論を説き、寛政の改革を主導した老中の松平定信（一七五八～一八二九）にそれを献上していた。

ところが、二年後、湖山の父親が病気のため五十六歳で亡くなった。そのため、頼山陽から学ぶ機会はなくなってしまう。さらに、母親も体が丈夫ではなく、病気がちだったので、家のことは姉がすべて切り回しており、湖山は姉を助けながら勉学を続けていった。

一八三〇年（天保元）、湖山が十七歳の時であった。当時の漢詩人として名を馳せた梁川星巌（一七八九～一八五八）が、その妻の紅蘭（一八〇四～一八七九）とともに彦根にやって来た。[4]星巌は、美濃国安八郡曽根村（岐阜県大垣市曽根町）に生まれる。一八〇八年（文化五）に江戸の儒学者である山本北山（一七五二～一八一二）の弟子となっており、一八二〇年（文政三）に又従兄妹で星巌の弟子でもあった紅蘭と結婚していた。紅蘭もまた漢詩人として名を知られており、星巌は紅蘭とともに九州はじめ各地を五年をかけて巡り歩き、門人や勤王の志士を訪ねていたのである。

頼山陽も、その前に長崎や薩摩にまで旅していたが、山陽のそれはほぼ一年をかけていたことを比べるとはるかに長い。その実情は山陽が星巌の『西征集』に寄せた序文で、次のように記している。

伯兎（星巌）は清羸、詩を嗜むこと命の如し。その婦もまた吟を解す。夫妻相携えて、書を嚢にし筆を橐にして、偏く西南の山水に遊び、意に適すれば輒ち留滞す。古人の一集意に可なる者を獲れば輒ち之に枕藉す。婦、餐を報じ、衣を添うれども顧みず。[5]（もと漢文）

星巌は痩せ衰えているが、詩をたしなむことに命を懸けており、その妻と一緒に、書や筆を袋に入れ、西南の山水に遊び、気に入った所や昔なじみの人があれば、そこで寝泊まりしていた。妻も衣服には気にせず、貧に徹していたことが分かる。

その星巌らが、彦根にたどり着いた時、年は四十四歳であった。湖山は、彦根藩士の小野田簡齋の家で出会い、早速入門している。小野田簡齋は名を「為典」、字を「舜卿」、別号を「赤松」、通称は「小一郎」とある。簡齋は、『頼山陽書斎の記』を書いている。

次の詩は、星巌が一八三〇年（天保元）十月、大津から琵琶湖を渡って彦根に至った時の作である。

湖面風恬残霧開
曈曨初日照高桅
群峯望客如迎揖
比叡比良次第来

湖面　風恬かにして　残霧開く
曈曨たる初日　高桅を照す
群峯　客を望みて　迎揖するが如し
比叡　比良　次第に来る

・曈曨　トウロウ　日の光が射しはじめる。夜が明けて次第に明るくなるさま。
・初日　ショジツ　朝日
・高桅　コウキ　舟の帆。
・迎揖　ゲイユウ　迎え、おじぎをする。

湖の水面に風は静かにそよいで明け方に残る霧を払い、やわらかな朝日は船の帆を照らす。山々は遥かに私を眺めて出迎え挨拶してくれているようだ。比叡、比良の山も次第に近づいてくる。

現在、「星巌記念館」が岐阜県大垣市曽根町にあり、星巌の資料などが多数展示されている。

星巌記念館のある華渓寺（かけいじ）（岐阜県大垣市曽根町）

星巌記念館内の資料の一部

館内にある夫婦像

第二章　江戸での歩み

（一）　苦学を歩む

湖山が梁川星巖（やながわせいがん）の門人になった翌年の一八三二年（天保三）、星巖が江戸に帰ることになった。前述のように、すでに湖山の父親は亡くなっており、江戸へ行くことは断念しなければならない状況にあった。しかし、姉の波満子（はまこ）が「私が家のことを見るので、心配しないで江戸に行って勉強しなさい」と励ましてくれたのである。[2] その時の湖山の姉への感謝の気持ちはいかほどであったか、推測するに余りある。ついに、湖山は江戸へ旅立つことができた。そして、これが湖山ののちの生涯を大きく決めることになる。

なお、「湖山」という号は、一生を通じて用いている。生地である高畑（長浜市高畑町）が琵琶（びわ）湖の北、小谷山（おだにやま）の麓に位置し、四面が山に囲まれていることからそのように称したのであろう。また前述したように、「横山」から「小野」に改姓したのは、小野篁（おののたかむら）の末裔（まつえい）であることを自覚していたからと思われる。

江戸に出て初めて居住したのが神田お玉ヶ池近くの神田元岩井町（神田岩本町）で、「玉池仙史」と称したり、他に「晏齋」とも号したり、後に「狂々生」や「侗翁」などの別号もある。本書では以後も「小野湖山」と記す。

湖山は江戸では、梁川星巌のほかに、儒学者であり、のちに外交官になった林大学頭（林復斎、一八〇一～一八五九）、同じく儒学者の藤森弘庵（一七九九～一八六二）、そして尾藤水竹（一八〇〇～一八五五）に就いて得るところが多かったという。[1]

しかし、学問を続けるためには、種々の書物を買わなければならなかった。湖山は星巌の身の回りの世話や走り遣いをしてもらったお金をその費用に充てていた。また、時には難しい書物を写す筆耕や写本づくりをする仕事もしていた。幸い、湖山は文字を書くことが得意であったので、この仕事をしながら勉強もできた。このようにして、働きながら学問をするという道に入っていった。

こんな逸話も残っている。ある時のこと、星巌の家からの帰りがけに、日がどっぷりと暮れてしまった。宿屋に泊まろうとしてもお金がない。しばらく歩いていると、道端に地蔵堂があった。仕方なくそこで寝ることにした。しかし、寒さが厳しい頃で夜中になると寒くてたまらない。それで、戸を外して蒲団の代わりにして一夜を明かしたという。このことは後になって、友人の大沼枕山（一八一八～一八九一）に何回も語ったそうである。[2]

この大沼枕山は、湖山が星巌のもとで学問をするようになってから、ずっと晩年に至るまで、兄弟のように親しくしてきた友人の一人でもあった。枕山も湖山と同じく、大変貧しい暮らしをしていた。枕山にも次のような逸話がある。

枕山は幼少の頃から、衣服は破れ垢が染みついて、いつ着替えをしたのか分からないほどであった。枕山は十七歳の時、勉学のために江戸に上り、すでに有名な漢詩人であった菊池五山（一七六九？～一八四九？）の門を叩いた。五山が表に出てみると、そこにはみすぼらしい身なりをした少年が立っており、つい乞食と間違えてしまった。それでも、枕山は懐から一首の詩を取り出し、それを差し出しながら「いくら身分が卑しくとも、錦のような美しい心の持ち主だったらそれでいいではありませんか」と言った。五山は差し出された詩を見て、それが優れているのに感心して、すぐさま庭にあった花を指さして詩を作らせた。枕山は、その場で七律一首の詩を作り読み上げた。五山はその才能の優れているのに驚き、自分の門人になることを許した。そして、間もなく、塾長にまでなっている。当時神田お玉ヶ池近くに住んでいた梁川星巌とも交遊し、その門人であった湖山とも親交を深めることになる。[2]

のちになり、湖山は、「余と枕老（枕山）と青年の時貧困相似たり。故に其交情も亦相親し」[1]と語っている。このような貧しさの中にあって、一心に勉強することができたのは、枕山のように境遇が同じ者同士で励まし合える友人があったからでもあろう。

湖山が江戸に出て、当時住んでいた家のことを、次のように記している。

地蔵橋畔玉池西　　地蔵橋畔　玉池の西
小小門牌姓名題　　小小たる門牌に姓名は題す

有客経過豈難認　客有りて経過せば　豈に認め難からんや
比隣第一我檐低　比隣第一　我が檐低し[1]

地蔵橋の畔、玉池の西。ささやかな門柱に私の姓名を記している。もし客が私を訪ねてきて我が家の前をよぎれば、どうしてそれと分からないことがあろうか、いやきっと分かるはずだ。近所で一番我が家の軒は低いのだから。

その近くには、梁川星巌のほか、漢詩人の市川寛斎（一七四九～一八二〇）の江湖詩社、兵学者や思想家であった佐久間象山（一八一一～一八六四）の象山書院、剣士で有名な千葉周作（一七九四～一八五五）の道場である玄武館などがあった。

また、次に移った官舎についても書いている。

子瞻嘲子由　子瞻　子由を嘲う
官舎小如舟　官舎の小なること舟のごとしと
吾舎小殊甚　吾舎も小なること殊に甚だし
欠伸動打頭　欠伸　動もすれば頭を打つ[1]

・子瞻　シセン　蘇東坡。蘇軾の字。宋代の人、弟の蘇轍と合わせて三蘇と呼ばれる。多才で、散文・韻文ともにすぐれていた。

・子由　シユウ　蘇轍。宋代の人。蘇軾の弟。兄と旧法党に属し、王安石らの新法党と対立。父や兄とともに唐宋八大家の一人に数えられる。

蘇子瞻は、弟の子由を笑った。（彼は丘のように背が高いのに）その官舎は小舟のように小さいと。私の住まいも、もうとんでもなく小さい。（子由と同じで）あくびをして伸びをすると天井に頭を打つこともある。

しかし、湖山はこのようにみすぼらしい家に住んでも、近くには儒学者や漢詩人などが多くおり、文化的に格調ある地域の中で優れた人々の刺激を受け、学問や詩作に没頭していった。

（二）　頭角を現す

梁川星巌の名声は天下に高まっており、「文は山陽、詩は星巌」とまでいわれていた。

星巌は一八三四年（天保五）、神田に玉池吟社を開いている。そこに集まった詩人たちは千余人に及んでいたという。そのなかに彦根藩家老の岡本黄石（一八一一～一八九八）や、陸奥遠田郡（宮城県）出身の斉藤竹堂（一八一五～一八五二）、丹後（京都府北部）藩士の嶺田楓江（一八一七～一八八三）、増上寺住職の梅癡上人（一七九三～一八五九）、摂津高槻藩（大阪府高槻市）出身の藤井竹外（一八〇七～一八六六）、菊地五山に学んだ遠山雲如（一八一〇～一八六三）らがいたが、わけても湖山をはじめ、大沼枕山、豊前小倉藩（福岡県北九州市）出身の竹内雲濤（一八一五～一八六三）などは、その頃まだ十代の新進気鋭の士であったばかりでなく、のちにそれぞれ江戸の詩壇を背負って立った才人の群れであったといわれている。[3]

やがて湖山は枕山とともに星巌門下の双璧とまでいわれた。師の星巌も次のように述べる。

> 鵬は一とび九万里を行くといわれるぐらい非常に早く飛ぶが、この湖山はわしの言うことの先を知るようなすぐれた才能を持っている。一度やり出したら、わかるまでやる人である。私の後を任すのはこの人をおいて外にない。どうか小さいことにとらわれず、大いに諸国を回って、知識を磨き、識見を広めてほしい。[2]

湖山がどんなにか志が強く、学問に熱心で、星巌から頼りにされていたかが分かる。

（三）　吉田藩の藩儒になる

一八三八年（天保九）、湖山が二十五歳の時、生地である高畑が三河（愛知県東部）吉田藩の領地であったため、藩主の松平信古（のちの大河内信古、一八二九〜一八八八）に招かれて儒臣となり、さらには、六十石の藩士となった。江戸において、学者として藩主はじめ藩士たちに学問を講義するようになったのである。松平信古は、時の老中・間部詮勝（一八〇二〜一八八四）の次男であり、幕府にとって大事な大名の一人でもあった。

同年の秋には、湖山は詩集『薄遊一百律』を出している。それが湖山の詩集の始まりでもあった。漢詩人の今関天彭（一八八二〜一九七〇）は、次のように述べている。

> その時を憂え世を傷むの念、古を懐い今を論ずるの志、従来の詩人と類を異にし、声調も激昂頓挫、懦夫も奮い起つの概がある。これは一つに時勢の影響があり、当時は天保の飢饉中で、詩中の盗賊は大塩平八郎を指すのである。また一つは少年時代より山陽の詩文を愛読した影響もあろう。かくて湖山の詩人として行くべき道は白楽天の諷諭が最も択ばれるべき道となって来るのである。[3]

ここから、湖山の詩風や性格のようなものが分かる。湖山は世を憂えて、古きを想い、今の時代を論じる。その志は、従来の詩人とは異にする。激しく感情が高ぶったかと思うと、その勢いは急に弱くなり、臆病な者も奮い立つようなところがある。これは、世の中の移り変わりに対して激しく意見する一方、性豪放にして遊蕩な生活を送った頼山陽の詩を幼少より学んだ影響もあるだろう。そして、中国(唐)白楽天(白居易、七七二〜八四六)のように社会や政治の腐敗を批判する一方で、晩年は詩・酒・琴を三友としたその生き方にも通じるものがある。これについては第二部第一章(76ページ)で詳しく述べる。

その頃、湖山は旗本であった松平丹後守宗秀(一八〇九〜一八七三)をはじめとして、他に名の知れた藩士の招聘に応じ経史の講義をし、生計の資を得ている。

また、初めて筆を持って漫遊の旅に出ている。「諸国を巡り識見を高めよ」との師の命令通り、各地の有名な学者を訪ね回った。まずは、常陸土浦(茨城県土浦市)にいた儒学者の藤森弘庵を訪ねている。その後、筑波山(海抜八七七m)に登り、水戸に出て同藩の攘夷運動を指導していた会沢正志斎(一七八二〜一八六三)と天下のことを論じ、太田に至り徳川光圀の墓に参っている。[1]

水戸の藩老であった正志斎は、藩主である徳川斉昭(一八〇〇〜一八六〇)の殊遇を受け、藩校の彰考館総裁、郡奉行などを務め、勤王主義による『新論』や『及門遺範』などの著書がある。

湖山はその後もたびたび水戸に遊行し、斉昭のもとで藩政改革に当たる一方、勤王家を主導した藤田東湖（一八〇六～一八五五）、勤王家であった武田耕雲斎（一八〇三～一八六五）などと親しく交遊を深めた。ここでの親交が尊皇思想をますます深めていくことにもなった。徳川斉昭は弘道館を創設し、兵制改革などの藩政改革を行い、幕政参与になっている。

斉昭が湖山を知るようになったのは、湖山が二十七歳の頃で、斉昭は四十二歳であった。湖山の斡旋により、斉昭は一八四七年（嘉永元）に豊橋の皇学者であり神職であった羽田敬雄（一七九八～一八八二）の羽田八幡宮文庫に『破邪集』八巻を寄付している。なお、敬雄は近代的図書館活動の先駆者ともいわれている。[1]

また、湖山が同じく一八四〇年（天保十一）の二十七歳から一八四五年（弘化二）の三十二歳に至る五年間の詩を『湖山漫稿』二巻に収めている。そのうち、最も傑作として湖山の名声を上げたのは「鎌倉雑感十二首」、「惜春詞」（141ページ参照）、「後惜春詞」、「登嶽三首」（90ページ参照）であると、先の今関天彭は述べている。

> 見識といい、文字・声調といい、申し分なき立派なものである。直ちに肺腑（心の奥底）を露わし、その古艶を変じて風に臨み涙を灑ぎ前後照応の妙味がある。[3]

房州（千葉県南部）から帰った翌々年の一八四一年（天保十二）、湖山は老母を帰省させるため、江戸を出て日光山の景色を見て、室町初期に創設されたといわれる足利学校にその先祖小野篁の遺像を拝し、信州の松川温泉に浴している。折しも年末に病気になったので、ここで一八四二年（天保十三）の春を迎えたのち故郷に帰った。翌一八四三年（天保十四）、湖山三十歳の時、十二年ぶりに一家とともに新春を迎え、三月には再び江戸に向かって出発した。

一八四五年（弘化二）に師の星巌は玉池吟社を閉ざして美濃に帰郷し、翌年の暮れに京都に出て、それ以後、市内を転々としたのち、一八四九年（嘉永二）には川端丸太町に賃居して、その家を「鴨沂小隠」と称している。星巌のその小隠にも詩人は多く集まり、そのなかには、長州（山口県）の藩士で松下村塾を開いた吉田松陰（一八三〇～一八五九）、同じく幕末の志士で頼山陽の三男であった頼三樹三郎（一八二五～一八五九）などがおり、この時期の星巌はそれらの志士たちと公卿との間をとりもちながら、勤王倒幕論者たちのうちで重きをなしていたといわれている。

この年、湖山は流寓生活をしみじみ厭い、しばらく麹町平河祠下に家を構えた。しかし、その半年後、一八四六年（弘化三）谷巷に移るや甲州旅行に出て、山梨の金峰山に登って長歌を作り、九月には小川町に移っている。[3]

一八四九年（嘉永二）、三十六歳の時にも近江に帰省している。その年、飫肥藩（宮崎市中南部と日南市）で養蚕製糸の講習が始まった。それは同藩士の儒者である安井息軒（一七九九～一八七六）の意見で、彼自身上州（群馬県）に赴いて実地を視察し、国元へ詳細報告し、この業を起こすよう勧めたからである。飫肥藩から近江の長浜に人を出し、当時在国した息軒の友人であった湖山が斡旋していた。湖山の故郷は養蚕業の盛んなところで、湖山も経験があった。

息軒と湖山は養蚕を通じていっそう親しくなり、彼の仲立ちによって湖山は妻を娶っている。妻となった元子は、一八二二年（文政五年）信濃国（長野県）下伊那郡飯田藩士である加藤固右衛門の三女として生まれている。元子の兄である加藤一介は、安井息軒や同じく儒者である斉藤拙堂（一七九七～一八六五）などと親交があった。

一八四九年（嘉永二）、湖山は『乍浦集詠鈔』四巻を出版した。これは中国（清）とイギリスとの間で起きたアヘン戦争（一八四〇～一八四二）での上海の被害を詠じたもので、外国の恐るべき実態を世間に紹介している。

ところで、湖山は一八四九年（嘉永二）に『湖山楼詩稿』（77ページ参照）を出版している。その序文を親友の藤森弘庵が書いたが、湖山は、その文が人倫に厚しとか、孝養を尽くすとか、真面目な儒者のように書かれており、「過褒敢えて当らず、赤面の至り」[3]と言い、改作を願い出た。ところが、その後、長州出身の儒者・西島秋航（生没年不詳）が訪ね、湖山が経緯を述べたところ、前文にすべきだと助言する。この経緯を見ても、湖山の謙虚さが分かる。

その翌年の一八五一年（嘉永四）、長男の正弘が生まれている。

また、湖山は吉田藩に召し出され、神田お玉ヶ池近くの新居に移っている。この頃、伊勢出身で北方探検家である松浦武四郎（一八一八～一八八八）と知り合うことになる。松浦武四郎と湖山については、第三部の第一章（170ページ）で詳しく述べる。

第三章　憂国の士としての活動

（一）　内外の混乱が起きる

一八五三年（嘉永六）六月、アメリカ東インド艦隊司令長官ペリー（一七九四～一八五八）が軍艦四隻を率いて浦賀に来航し、大統領国書を提出した。同年七月に老中・阿部正弘（一八一九～一八五七）がアメリカの国書の返書に関し、諸大名の意見を求める。

湖山が四十歳の時であった。世間が急に騒がしくなると、湖山は国事に関して自分の意見を発表したり、勤王攘夷の同志とともに東奔西走したりの日が続いた。海防の急を説く詩を多く発表して堂々と世間に警告した。

湖山の熱烈な勤王心を培ったのは、既に年少時代にあった。さらに梁川星巌（やながわせいがん）の衣鉢（いはつ）を受けるに至り、水戸藩の人々と関わるなかで尊皇思想へと傾いていったのである。

その頃、日本へやって来て国交を迫っていたのは、アメリカだけでなく、ロシア・オランダ・イギリス・フランスなどの国々があった。

湖山は勤王の志士と交わり、身の危険をも忘れて尊皇倒幕の仲間入りをした。ある友人が湖山の身の危険を心配して忠告すると、湖山は「今、国の内外は混乱して一大事になろうとしている。どうしてぐずぐずしていられようか。ちょうど父母が大病に罹って今にも命が危ないのと同様である。これを救うためには、自分の危険など考える閑がないのだ」と言って、聞き入れなかったという。[2]

一八五四年（安政元）一月には、ペリーが再来し、幕府の外交方針は軟化し、同年三月に幕府は日米和親条約を締結、下田と箱館（函館）の二港を開くことになった。続いて、同年八月に日英和親条約で長崎・箱館を開港し、同年十二月には日露和親条約で下田・箱館・長崎を開港している。

世間が慌ただしくなる一方で、一八五五年（安政二）十月に江戸で震度六以上、死者一万人を超える大地震が起こっている。儒学者の藤田東湖も圧死している。さらに、その三年後の湖山四十五歳の時、火災の類焼に遭い、二十年間に作った詩稿九百近くを焼失した。湖山は懊悩すること数日に及んだという。その後、漸次追憶して百三十余首をまとめ、『火後憶得詩』と称して刊行している。湖山はこの序で言う。

> 吁古人一たび目を経れば、終身之を忘れざるものあり。今、余自ら作る所のもの猶お其十の二三だも記憶する能わず。哀病に因ると雖も亦賦性の然る所、是れ嗟すべきのみ（中略）時に新居経営未だ成らずして、箱崎邸の万楼にあり。時恰も臘月（陰暦十二月）二十八日、風雨寒甚だしく、乳児は乳に乏しく、夜間屢々泣く。頗る苦境なるも、亦詩人の常なるか。[1]

創り上げ、蓄積してきた多くの作品を無くし、風雨や寒さも厳しい折、記憶だけを頼りに詩を呼び起こし、さらに出版していくその執念には驚くほかない。

（二）幕政に怒る

一八五六年（安政三）三月、アメリカ初代駐日総領事ハリスが下田に着任し、通商条約締結を求め、将軍・徳川家定に拝謁することを願い出たが、水戸（茨城県中北部）藩主・徳川斉昭はそれを阻止しようと幕府に上書している。しかし、それは認められなかった。斉昭は逆に排斥させられてしまう。

一八五八年（安政五）二月、老中首座・堀田正睦（一八一〇～一八六四）が日米通商条約の勅許を奏請するため、林大学頭と旗本の津田正路を京都に派遣し、調印の勅許を乞うようにした。湖山は林大学頭に学んだことがある縁故で（23ページ参照）、長詩を送っている。その大意は次である。

> 林君幕命を奉じ、條約調印の勅許を以て対外策を決せんとすと聞くも、夷狄は狡猾であるに幕政は振はず。漫に紛々たるのみである。宸衷を仰ぎ皇威の発揚を期せんとならば、宜しく真に忠義の心を振ひ、英断以て攘夷の方針を立て、国防の完成を期すべきである。[1]

次いで堀田正睦もまた上洛し策動したが、朝議はついに幕府の乞いを退け、大学頭らは空しく帰東した。この時すでに京都では尊皇攘夷党が勢力を強くし、幕府を倒すべしとの声が高まっていたので、朝議は諸藩の公論により決めよとの旨を出し、調印の勅許は望み薄となった。

しかし、幕府においても、ペリーが来航しその他諸外国艦船が来た時には一戦も辞さぬ覚悟であったことは、井伊直弼（一八一五〜一八六〇）がその家臣の側役であった宇津木景福（一八〇九〜一八六二）に浦賀の防備を視察させたことでも分かる。外国人の言動や外国の事情を知るに及んで軟化せざるを得なかったのである。

この時、政局にはもう一つの問題があった。将軍家定が病弱で子どもがなく、跡継ぎを決めることが迫られていた。尾張・越前・薩摩を中心とする数藩は水戸の徳川斉昭の第八子・慶喜（一八三七〜一九一三）を擁立しようとし、幕府の中心人物である井伊直弼以下の一派は紀伊（和歌山県）の幼主・慶福（のちの家茂、一八四六〜一八六六）を挙げるようにしていた。そして、幕府はついに人才の聞こえが高かった井伊直弼を、同年四月に老中の上位である大老職に就かせた。

直弼は一八五八年（安政五）六月、勅許を待たず対米条約に調印してしまったので、志士たちは猛然として違勅の罪を問い、事態はますます紛糾した。直弼は調印の止むなき次第を上奏する一方、将軍の跡継ぎを紀伊の慶福と決定した。朝議はそれで公武合体して国事に当たることを考え、大老と三親藩中の上洛を促した。たまたま将軍家定が薨去し、幕府は多事であったため、大老は上洛せず、老中・間部詮勝（一八〇四〜一八八四）を上洛させた。そこで、倒幕党すなわち水戸系を主とする志士に弾圧を加える方針を立て決行した。

尾張・越前両藩主は隠退、斉昭と慶喜は謹慎のうえ慶喜には登城も禁じ、同六月に紀伊の慶福（時に十三歳）を将軍に立てた。これが第十四代徳川家茂である。やがて幕府排撃の声は反動的にますます盛んとなった。湖山もまた身を忘れ、奔走した。同志と会合したり、吉田藩主・松平信古には尊攘の議に参加することを勧めたりしている。さらに、摂政の二条斉敬（一八一六〜一八七八）や、老中から侍従となった阿部正弘らに働きかけ、朝廷に建議するよう尽力をした。

そのような折、幕府より列藩へ諭すの令を見て湖山は慨然とし、陸奥二本松藩の儒者・中島長蔵（号は黄山、一八一五〜一八七〇）は浦賀より江戸に帰り、湖山と酒を汲み時局を談じ、ともに世情を悲しみ激しく言い合い、果ては号泣するにまで至ったという。[1]

水戸藩士の鵜飼吉左衛門（一七九八〜一八五九）・幸吉（一八二八〜一八五九）の父子、薩摩藩の日下部伊三次（一八一四〜一八五九）らの志士は京都に入り、梁川星巌、梅田雲浜（一八一五〜一八五九）その他と謀議し、尊攘の目的を達するために、井伊大老を斥け密勅を水戸に下すように運動を進め、鵜飼幸吉はそれを携えて江戸に下った。水戸その他十三藩と幕府との双方への勅諚は下されたが、水戸藩などへの賜勅は幕府排斥のものであったので、幕府は狼狽し、いよいよ倒幕党大検挙の覚悟を決め、老中・間部詮勝を九月三日に上洛させた。間部詮勝は一八五九年（安政六）十月に辞職している。

一方、幕府は一八五八年（安政五）七月には日蘭・日露・日英そして九月に日仏修好通商条約を調印している。それと同時に、開国の反対派の人々を捕らえて、役職を辞めさせたり、獄に投じたり、死刑にしたりした。いわゆる安政の大獄である。一八五九年（安政六）十月には、尊王論者で維新の指導者を育成した吉田松陰（一八三〇〜一八五九）、越前福井藩士で将軍継嗣問題で水戸の慶喜の擁立に尽力した橋本左内（一八三四〜一八五九）、京都の頼山陽の三男で尊皇攘夷運動に奔走した頼三樹三郎、若狭小浜藩士で尊皇攘夷派の梅田雲浜らの志士が捕らわれ死罪になった。

湖山も死罪のリストに上がっていたことを間部詮勝は先に知らされており、吉田藩主の松平信古も親藩から死罪者を出したとあっては具合が悪いので、先手を打って湖山を一八五九年（安政六）五月に江戸より追放させ、自藩の牢屋で幽閉させることにした。この時、湖山は憤り嘆いている。

湖山追放の命が伝えられると、土佐藩士の松岡時敏（一八一五〜一八七七）は、藩主・山内豊信（容堂、一八二七〜一八七二）の篤信を受け、湖山を訪ねている。そこで、湖山夫婦の媒酌人であった安井息軒に事情を告げるようにした。息軒はまず湖山の妻子をうまく取り計らい、また湖山には北遊するように促した。湖山は江戸を去って両毛信越（群馬・栃木・長野・新潟県）を漫遊することとなる。[3]

草津来訪者として湖山の名がある（群馬県吾妻郡草津町）

湖山は罪人として追放される形となった。足利（栃木県）に至り、そこでは詩書の求めに応じている。さらに桐生（群馬県）を経て草津温泉に浴している。やがて信州（長野県）に入り、越後（新潟県）小千谷に宿泊している。湖山は憔悴の色を見せなかったという。[1]そこにも、湖山の強い気性が見られる。

（三）安政の大獄で幽閉される

やがて、湖山はすぐさま江戸藩邸に招致させられ、藩主の命によりそのまま藩邸に拘置となり、妻子も同様に監禁された。さらに吉田藩に送られ、幽閉された。

湖山が死罪を免れて生きながらえることができたのは、藩主の松平信古の保護があったのはもちろんであるが、そのほかに、湖山は常に王権の回復を唯一の目的としてあえて過激な手段は取らず、むやみに幕吏の憎悪を深くさせないように詩趣風流の交際を続け、誰とでも分け隔てなく付き合ったので、幕府方にも多くの知り合いができていたためだともいわれている。[1]この時、湖山はすでに五十歳を超えていた。

湖山の護送については一つの挿話がある。人生五十の一画期に達した折、それまで名乗ってきた横山仙助の名を自ら小野侗之助に改めている。そのため、江戸より護送の駕籠には当時の慣例として「松平伊豆守預り罪人小野侗之助」と記した木札が付され、それが湖山だとは誰も分からず、勤王党

模擬再建された現在の吉田城（愛知県豊橋市）

も佐幕派も軽々に見過ごしたという。その裏には、藩主の信古はじめ心ある有志が、湖山が無事に吉田へ達することを考え、あえて変名させたといわれている。[1]

湖山が幽閉された吉田城は、現在の愛知県豊橋市今橋（いまはし）町にある。城中では、わずかに三室の牢屋をいわゆる座敷牢として丸太の木柵（もくさく）をめぐらしたものであった。徒士目付（かちめつけ）など数名交代で監守し、少数の藩士や、上司の許可を得た者でなければ面会が許されなかった。普通の獄舎と異なるところはなかった。

湖山は泰然として獄中に座り、何事も恨み嘆くことなく、読書や詩作に耽（ふけ）っていた。監守が語るに、東西の災難の話に対して黙って答えず、その態度がいかにも冷静であったのには、ほとんどの者が感服してしまったという。時には密かに漢籍の音読を乞い、詩文を学び、酒肴（さけさかな）を贈って慰める者もあった。

やがて二年ほど経つと、上司たちは湖山の威風堂々とした態度に動かされてある程度の自由を許し、藩主は湖山に書物の内容を講義することや、藩主や要路（ようろ）の人に学問を教えることを許している。その時、こんな話も残されている。「たとえ身分は小身でも、教えることは古聖（こせい）の教えで、且（か）つ、師弟の道を重んずべきだ」と、藩主に対して以外は上座につき、堂々と講義をしたという。[4]

なお、湖山の師である星巌は、湖山が検挙される三日前に当時流行したコレラに罹り、死んでいる。七十歳であった。その妻の紅蘭はいったん拉致されたが、機知に富んだ言い開きをして釈放されている。

幽閉という名目は、一八五九年(安政六)より一八六三年(文久三)の約五年間にわたった。[3] ただ幽閉とはいえ、実は保護であったともいえる。湖山は、「余は已に梟斬(さらし首)の刑にも処せらる、筈であるを僥倖にして然らざることを得たとは、藩主親しく余に語る所である」[1]と言っている。牢屋に束縛される身ではなく、やがて人に教えることができることが認められたことは、教えられる側の人には学びが多かったわけである。死罪を逃れただけでなく、そのような境遇が与えられたことはやはり湖山の徳によるものであろう。

三年後の一八六一年(文久元)になると、江戸より妻子を迎えることが許され、吉田城中大手長屋の一家屋に住まわせられた。

一八六三年(文久三)、ようやく真に釈放され、まず老母を近江へ帰郷させた。そして帰藩するや、藩校時習館の学事を率いることができた。時習館は、遠州浜松より伝えられた松平伊豆守信復(三河吉田初代藩主、一七一九~一七六八)によって興された古い歴史を有し、多くの人材を出し、学事は盛んであった。たまたま三河岡崎藩士の漢詩人であった関根痴堂(一八四一~一八九〇)が江戸より帰り、ともに「菁々吟社」を興し、その地方の文雅は大いに振るったという。

ところで、湖山は北遊の際、努めて他人と正論を下さなかった。三河刈谷藩の志士・松本奎堂(謙三郎、一八三一～一八六三）に邂逅し盃を交わしたが、詩書のみ遊ぶ湖山の態度に憤然とし、席を蹴って去ったという。しかし、その後、奎堂に詩を賦したり、死後には遺稿の校閲に携わっている。[1]以前の湖山であれば、大いに意気投合できたのであろうが、その時は自制せざるを得なかったことを後悔し、それを詫びる気持ちはあったのであろう。そこに湖山の人への思いやりをうかがえるのである。

（四）同郷の志士たちも活動する

ここで、近江の湖北に縁のある志士たちとして次の三人を記しておきたい。

まず一人は、美濃の関ヶ原で生まれた三上藤川（一八二五～？）である。藤川もまた、幼少より学に親しみ、医師であり漢詩人であった美濃の神田柳渓（一七九六～一八五一）に就いて儒学を学んでいる。柳渓は同じ美濃の梁川星巌とは盟友であった。

藤川は、前述した若狭の志士・梅田雲浜とたまたま出会って意気投合している。雲浜は、近江の大津で湖南塾を開いている。その後、藤川と雲浜は同行東遊して江戸の昌平黌に入り、学頭の安積艮斉（一七九一～一八六一）から儒学を学び、武技や兵法を研究している。そこでは十年余り学んでおり、多くの志士と交わっている。その後、諸国を遊学した。

藤川が二十八歳の頃、ペリーが来航しており、藤川も尊攘派として議論し、梁川星巌をはじめ、頼三樹三郎、そして湖山らと気脈を通じ、時事を通論している。

その後、一八五八年（安政四）には、湖山の故郷高畑（長浜市高畑町）に近い大路（同市大路町）の三上氏の婿養子となって、医術のかたわら塾を開いて子弟を教授している。かつて湖山の師であった曽根（同市曽根町）の大岡右仲（松堂）らとも交わり、藤川の学説議論を聴いている。また、彦根藩士の外村半雲（省吾、一八二一～一八七七）、谷太湖（鉄臣、一八二二～一九〇五）らとも交わり、大垣藩の小原鉄心とも親しくしていた。

尊攘派への幕府の弾圧が一段と強まると、藤川は身を隠して難を逃れている。桜田門外の変以後、長州藩征伐の命令が出て、薩長連合が密約された頃の一八六六年（慶応二）、藤川が四十一歳の時に長州に向かう決意をしたものの、ついに行方知れずとなっている。

二人目は、現在の長浜市下坂中町の下阪篁斎の五男・板倉槐堂（一八二三～一八七九）である。二十歳の頃に京都に出て、公家の醍醐家に仕え板倉姓を名乗る。槐堂は、諸藩の勤皇の志士と深く交流した。三条実美や坂本龍馬・中岡慎太郎らに資金面で援助を行い、一八六四年（元治元）、新選組が尊攘派志士を襲撃した池田屋事件で負傷した土佐藩士・藤崎某を匿っている。その後、いったん郷里の下坂に難を避け、近郷の志士と国事を論じている。

再び京都に帰ったが、京都西町奉行に捕まり、六角獄舎に三年余り拘留され、一八六七年（慶応三）に出獄し、翌年に板倉姓を淡海姓に改めている。明治維新後は新政府に出仕し、宮中の役職も与えられたが、一八七二年（明治五）に隠居している。

三人目は、江馬天江（一八二五〜一九〇一）である。板倉槐堂の実弟で、二十二歳の時、大坂に出て医学を修め、江馬榴園（一八〇四〜一八九〇）の養子となる。緒方洪庵に洋学を学び、梁川星巌に師事し詩文を学び、兄同様に勤皇志士と交わり、国政を論じている。

一八六八年（明治元）に明治政府の太政官に出仕するも、翌年には致仕して京都に戻る。一八六九年（明治二）に開校した私塾立命館では、塾長として儒学の講義を担当した。一八八四年（明治十七）には隠棲し、書家の巌谷一六、神山鳳陽（一八二四〜一八八九）、頼山陽の次男・頼支峰（一八二三〜一八八九）、漢詩人の村上仏山（一八一〇〜一八七九）、清から来日していた書家の陳曼寿（一八二五〜一八八四）、篆刻家の山本竹雲（一八一九〜一八八八）、そして湖山らと交流した。

こぼれ話1「湖山の改名」

湖山が吉田城中幽閉の際、旧名の横山仙助を小野侗之助と改めたのは、「安政の大獄」を避け、湖山を無事に吉田藩へ送るために、藩主の注意によるものという。

吉田藩において湖山の語ったことによると、袁随園(袁枚)の詩に「梅福中年姓名を変ず」という句より、改名したという。

改名後は「侗之助」、あるいは「狂々生」「侗翁」とも書し、のち字の「長愿」は「侗翁」とした。この字の出所は『論語』の「泰伯第八」にある。

子曰、狂而不直、侗而不愿、悾悾而不信、吾不知之矣。

子曰、狂にして直ならず、侗にして愿ならず、悾悾として信ならざるは、吾之を知らず。

「狂」は志が高いばかりで実行の伴わない人、「侗」は無知で愚かな人、「愿」は慎み深くまじめな人、「悾々」は愚鈍で芸のないことをいう。人がもしいたずらに志高く大言壮語するのは良くないが、このような人には往々にして正直な心があるのは一つの取り得である。また、無知で愚かな人も良くないが、慎み深くまじめなところがあるのも一つの取り得である。しかし、志高く大言壮語するのに正直なところがなく、無知で愚かなのに慎み深くまじめなところがなく、愚鈍で芸がないのに信じられるところがなく、一つも取り得がなければ、そのような人は自分も何ともすることができないと孔子は説いたのである。[1]

第四章　維新後の活躍と葛藤

（一）　政府の役人になる

安政の大獄後、一八六〇年（万延元）三月、水戸藩の脱藩者らによる桜田門外の変で井伊直弼大老が殺される。

その後、幕政は、老中・安藤対馬守信正（一八二〇～一八七一）、久世大和守廣周（一八一九～一八六四）らが担った。幕府は、水戸藩主・徳川慶篤（一八三二～一八六八）の登城を阻止し、井伊直憲（直弼の子、一八四八～一九〇二）を二十五万石に減封している。さらに尾張・越前・土佐の三藩主の謹慎を解き、倒幕党の気勢を緩和しようと公武合体を謳うために、孝明天皇の妹である和宮（一八四六～一八七七）を将軍家茂に降嫁させた。しかし、時局は予期に反し、ますます紛糾を重ねていった。一八六二年（文久二）には老中・安藤信正が負傷した、いわゆる坂下門外の変が続き、幕府の権威は地に落ち、尊皇攘夷論は激化し、王政復古の動きが加速される。

一八六六年（慶応二）十二月に徳川慶喜（一八三七～一九一三）が十五代将軍に就任している。そしてついに、翌年の一八六七年（慶応三）一月に政権が天皇に返され、王政復古の命令が日本中に響き渡ったのである。
一八六七年（慶応三）、近世最後の摂政・二条斉敬（一八一六～一八七八）は、湖山の入京を命じ、「古書取調」という役に就かせた。湖山、五十四歳であった。三河国生まれで、勤王志士であった山中静逸（一八二二～一八八五）、水口藩の侍医で書家でもあった巌谷一六（一八三四～一九〇五）らとともに「救荒事宜」の取り調べを命じられ、精励よくその使命を果たして帰藩している。なお、江戸から京都へ行く途中、故郷の高畑（滋賀県長浜市高畑町）に立ち寄り、久しぶりに老母や姉弟に会って、新しい世の中になったことを喜び合っている。

また、京都では「国事掛」という重い任務についてその役目を果たした。そこでは、各藩の輿論をまとめ、大義名分を説いてまわった。知己である尾張藩主の徳川慶勝（一八二四～一八八三）にも真剣に説き、同藩には時局を解する重臣が多かったので藩論のまとめに成功し、東海の小藩も右にならって同調した。これらのことは、天皇の東征を容易にすることに大いに貢献した。京都での仕事が終わって、再び三河吉田（愛知県豊橋市）に帰った湖山は、藩主の松平信古から数百坪の邸宅（今西町南側七十九、八十番地）を与えられて、そこに住むことになった。大きな松の木があったので「松声幽居」と名付け、一時、「晏齋」の号を用いた。[1]

湖山が豊橋にいる頃、一八六八年九月に「明治」と改元され、以後一世一元制を定めることとなる。皇居も江戸へ移され、「江戸」は「東京」と改められた。

翌一八六九年（明治二）三月に明治天皇が東京へ移る行幸の途中、豊橋でしばらく休んでいる時、湖山は木戸孝允（一八三三〜一八七七）の推薦により、天皇から「徴士」という重い役目を任ぜられた。これは、当時としては珍しいことであった。徴士とは、一八六八年（慶応四）一月から一八六九年（明治二）六月まで政府に召し出された議事官のことで、諸藩士や庶民から有能な者が選ばれ、議事所で国政の審議にあたった。

湖山には多くの友人がいたが、この長州藩出身の木戸孝允や薩摩藩出身の大久保利通（一八三〇〜一八七八）とも親しくしていた。折からの政府役人は西国出身が多いため東京の事情に通ぜず、湖山に尋ねることが多く、また、薩摩藩と長州藩が一時、仲が悪くなった時などに仲を取り持ち、政局が安定するように努めた。さらに、東京では五十五歳の時に「総裁局権弁事」という重い任務に就いている。この時、明治新政の中央政府は、初め太政官に七科を定め、各科に総督を置き庶政を分掌させたが、まもなく七科を改めて八局（総裁、神祇・内国・外国・軍防・会計・刑法・制度）が設けられ、弁事は総裁局に属し、参与の公卿や徴士中より任じ、宮中と内外の庶事を処理した。弁事には勅任の「正」と、政府の奏薦による「権」があり、湖山は奏任一等で、記録局主任となった。[1]

湖山は、このように責任のある仕事に就いていたが、自分の仕事だけでなく、国のためを考えて、意見を各方面に申し付けることを忘れなかった。また、高い地位にある人々から、たびたび相談を受けた。こんな時、湖山は「徳川幕府の政治のやり方だからといって、何もかも悪いものばかりではない。良いものは取り入れたほうがよろしい。また、国を盛んにするには、学問を興し教育を大事にしなければならない」と言っていた。折にふれ、「今回の新政は天皇の御徳によってできたものである。昔の藩のことを考えて、わがままなことをしてはいけない」とも忠告していた。[2]

(二) 高畑へ帰る

新政府の高官として、国事に尽くしていた時であった。一八六九年(明治二)、母が危篤であるとの報が入り、湖山は官を辞め、高畑に帰る願いも許された。その時の詩が、次である。

二月十二日紀恩　二月十二日　恩を紀す

幾回回首出城門　幾回か首を回せて城門を出ず

不覚衣襟点涙痕　覚えず　衣襟に涙痕を点ずるを

帰去只期図報効　帰り去りて只だ期す　報効を図ることを

賜還恩勝特徴恩　賜還の恩は勝る　特徴の恩[3]

幾度も考えて城門を出た。ふと衣の襟には涙の痕がついている。帰って親の恩に報いることに決めたが、辞める許しを得させてもらったことは特賞の恩にも勝るものがある。

湖山自身の迷いや中途で職を辞する無念さ、そして帰郷で親の恩に報いたい気持ち、さらには許しを得られたことの感謝など複雑な思いが過(よぎ)っていたことだろう。
親友の大沼枕山(おおぬまちんざん)は、これを知って、次の惜別の詩を贈っている。

見機為隠是常時　　機を見て隠(いん)を為すは是(こ)れ常時
得意辞栄独此翁　　意を得て栄(えい)を辞するは独(ひと)り此の翁のみ[1]

機を見て隠退するのが通常であるが、意気盛んな時に辞めるのは湖山だけだろう。

これに関して、先の今関天彭は、その著の中で、「どうして斯(か)くも早く辞職したかというと、老母が往日の厄難に懲りて湖山の帰郷を促して止まぬからであるというのであるが、要するに湖山の世事に長け、機運に熟し、退を以て進とした一種の哲学から来たであろうと思われる。そこに湖山の湖山たるものが存在するのである」と記している[3]。

何を根拠に今関はそのように言うのか分からないが、興味ある指摘だと思われる。湖山自身が、名誉ある職にいつまでも固執するよりも、郷土にいる母や姉への恩に報いることを第一に考え、それを実行できる機会が目の前に生じたこと、そして、辞職しても湖山には漢詩を作ることのほうが自分の生を充実させられるという思いが根底にあったのではないだろうか。

故郷に帰って看病に尽くす日々だったが、八十歳を超えた母親は家が賑やかになり嬉しかったのか、不思議と全快したという。その時の詩が、次である。

帰家
名在朝班僅十旬
鶯花風暖故郷春
老親喜我帰来早
談笑如忘病在身

家に帰る
名の朝班に在ること僅に十旬
鶯花　風は暖かし　故郷の春
老親　我が帰来の早きを喜び
談笑　病の身に在るを忘るるが如し[1]

・朝班　チョウハン　朝廷の集団、組織。
・旬　ジュン　十日。特に一ヶ月を三分した時の、それぞれの十日間。

朝廷の官に就いていたのは、わずかに百日余である。ここ故郷にも春が来て、風が暖かい。老いた親(母)は、私が意外と早く帰って来たのを大喜びである。病人であることを忘れたように、喜んでくれた。

また、藤森弘庵は湖山の孝養について、次のように褒めている。

其得る所を以て後進に授け、以て衣食に資し、苟くも余裕あれば則ち必ず千里齎らし帰りて北堂の献と為す、此の若きもの数々なり。[1]

お金が入ると後進に授け、自分の生活を切りつめ、残った分は郷里の老母に差し上げたという。はるか遠い郷里まで努めて自分が届け、母を慰めることを忘れなかった湖山の親への思いやりをうかがい知ることができる。その後、老母の病は快方に向かっていった。

(三) 県の役人になる

一八六九年(明治二)の藩籍奉還により藩知事となった松平信古は、湖山を県の役人として招いている。元中央政府の役より下の「権少参事」という役であったが、湖山にとっては命の恩人の命令であり、湖山もまた役の上下にこだわらなかった。仕事は教育を司る役であり、各地に学校を建て、自らも学問を教えた。

一八七一年(明治四)廃藩置県の発令となり、藩主は官選の知事に代わり、松平公は本姓の大河内子爵として華族に列した。東京に住まい、湖山も賓客として上京し、詩作の相手などの日を送った。高畑に住む老母は、その後再び病が重くなり、一八七一年(明治四)八月十七日に亡くなっている。

湖山五十八歳の時で、母は八十五歳であった。翌年の二月に湖山は豊橋の邸を息子の正弘に伝え、本籍を東京に移している。この年、正弘は二十二歳で仕官して左院掌記となっている。

一八七二年（明治五）、家は東京の上野山下不忍池畔に邸を構え、「湖山小隠」と称して、日夜吟に集中し、湖山の詩は名とともに高まっていった。かつて湖山の師である梁川星巌もここで詩社を結んでいたこともあり、湖山は師を継いだことになる。[1]

母亡き後も、湖山は七十歳くらいまではほとんど毎年郷里の墓参りを続けている。六十七歳の時の日記には「帰路三島にて竹輿を買わんとして得ず、草鞋を着け険路（箱根山）を攀じ老脚を試み未だ甚だ遅遅たらず。児源（二男横山源太郎）大に喜ぶ」と記している。[1]

姉の波満子が八十八歳になった時のこと。湖山はお世話になった姉に、米寿祝いの杯を作り、自ら金文字で「米寿」と書き、親戚や友人に送り、姉の長寿を祝った。姉は湖山の気持ちに感謝し、たいへん喜んだという。

その後、波満子は九十一歳で世を去り、次の姉の岸子も結婚せずに九十歳で亡くなっている。三番目の姉の道子は近隣の北野（長浜市北野町）の矢守家に嫁ぎ、二人の弟のうち、伝兵衛は同じ高畑の速水家を継いだため、妹の梢が湖山の生家を守った。末の弟の釈東胤は京都の妙心寺大龍院の高僧として知られた。なお、梢には子どもが無かったので、速水家から養女をもらい、今も湖山の生家は守られている（214ページ参照）。

こぼれ話2 「湖山と三河吉田藩主・松平信古」

湖山の幽閉が緩む前後より、三河吉田藩主・松平信古の知遇は厚く、たびたび召されて書を講じ詩を作った。

信古は既に述べように、間部詮勝の次男で、幕府とは深い関係にあった。のちに幕政に参与したほどであったが、湖山や、湖山と親交のある藩士の意見を受け容れることに積極的であった。

たびたび講書会が催されたが、湖山は、講ずる書は古聖賢の遺教であり、また子弟の道は人の重んずべき関係のものであるという見地のもと、藩主を除いた段下の上座に就き、その下方にU字形に聴講者を座らせ、講義をした。

そして講義が終わると、酒肴の饗宴があり、くつろぎ談話することにも藩主は興味を持った。湖山は酒家で快活であったので、一座の人々を喜ばせたまでは良かったが、藩政や藩士に関する注意事項というものを風刺的に藩主に語ったので、一座の人々は少なからず閉口する向きがあった。

湖山が幽閉中の身でありながら頓着しなかったにも関わらず、藩主はそれを少しも遮らず、興味を持って迎えたのは、藩主のまた一つの才気であったのだろう。湖山もまた、藩主のためを思うが故の直言であった。そういう関係にあったことは、両者が奥床しい極みであったともいえる。それだからこそ、維新後、湖山がしばらく藩主の江戸邸に寓居して、賓客の待遇を得たのは偶然ではないのであろう。[1]

第五章　漢詩の創作への専念

(一) 天皇から硯を賜る

一八七五年(明治八)、画家の山本琴谷(一八一一〜一八七三)が描いた「窮民図鑑」に湖山は出会っている。それは十二枚の絵からなり、飢餓窮民の悲惨極まる様子を巧みに描き出したものであった。それを見た湖山は、深く感動した。それぞれを長詩で編成したのが、『鄭絵余意』である。絵にそれぞれ一首ずつの詩を詠んでいる。

『鄭絵余意』表紙

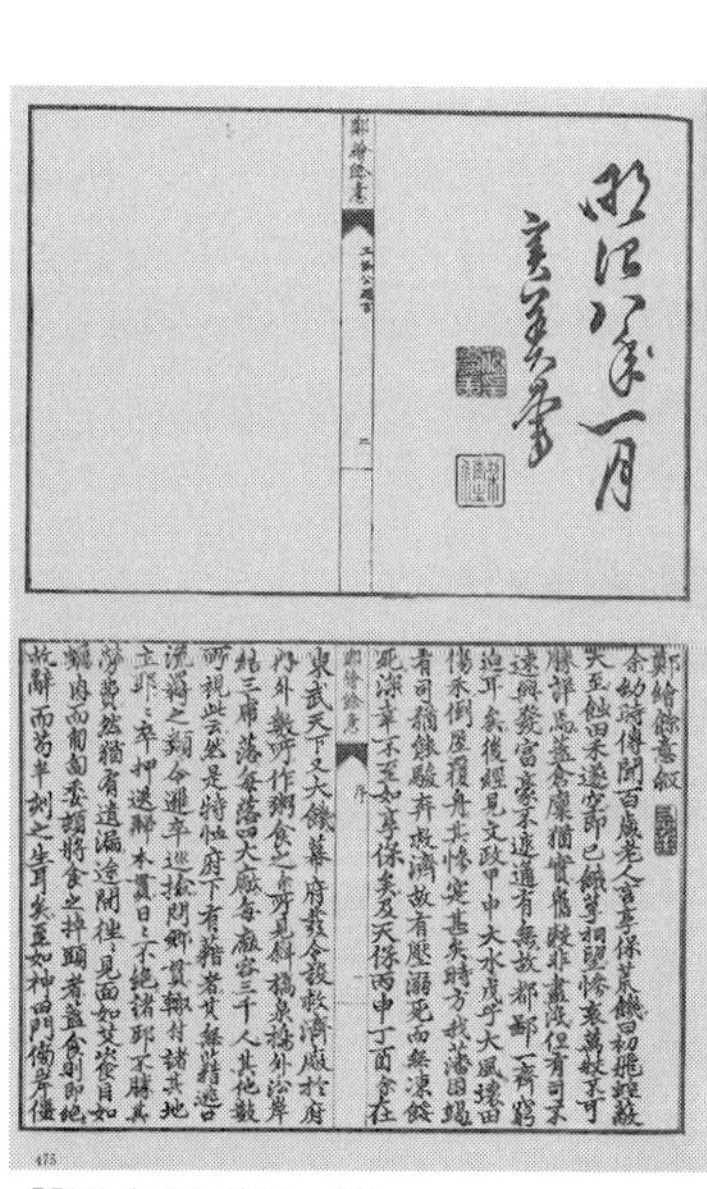
『鄭絵余意』序の一部

ここにその詩の一首を紹介する。

第九図　盗賊成群

小盗事穿窬　小盗は穿窬を事とし
大盗事強奪　大盗は強奪を事とす
暴横欺孤寡　暴横　孤寡を欺き
抄掠恣桀黠　抄掠　桀黠を恣にす
汝輩亦人耳　彼輩も亦人のみ
稟性何険猾　稟性　何ぞ険猾なる
累累就拘囚　累累として拘囚に就き
後先係刑辟　後先して刑辟に係る
我思罔民語　我れ罔民の語を思い
縁由殆難説　縁由　殆ど説き難し
盗禄私妻子　禄を盗んで妻子を私し
恣権禍家國　権を恣にして家国に禍す
滔々天下是　滔々　天下是れなり
誰能行其罰　誰か能く其罰を行わんや[1]

・小盗　ショウトウ　こそどろ。こぬすびと。
・穿窬　センユ　穴を開けたり，垣根を越えたりして忍び込むこと。盗人。
・暴横　ボウオウ　荒々しく勝手気ままに振る舞うこと。
・抄掠　ショウリャク　かすめとること。
・稟性　ヒンセイ　生まれつきの性質。天性。
・拘囚　コウシュウ　捕らえること。また、捕らえられた人
・刑辟　ケイヘキ　罪。刑罰。
・罔民　モウミン　人民をだまして網にかけること。
・縁由　エンユウ　物事がそうなった訳やきっかけ。原因、理由、由来など。
・滔々　トウトウ　物事がある方向によどみなく流れゆくさま。

こそ泥は忍び込むだけだが、大泥棒は暴力で奪い取ってしまう。荒々しく勝手気ままにかすめ取って自分のほしいままにする。泥棒は結局捕まえられ刑に服すが、ああこれらの事、官吏は禄を受け、妻子にぜいたくさせ、権力をほしいままにして国に禍いをもたらしている。このように流れているのが今の天下である。誰がよくその罰を行うのであろうか。

このように、それらの詩は国民のいろいろな苦しみを痛烈に風刺を交えて批判し、「政治というものは、このような国民を幸福にすることが大切である」と発表した。

時の太政大臣・三条実美は、これを明治天皇に献上した。これにより、のちに天皇陛下よりおほめの言葉とともに硯一個と京絹一疋を賜った。一八八三年（明治十六）、湖山が七十歳の時である。硯を賜るということは大変光栄なことで、他には元宇和島藩主・伊達宗城（一八一八〜一八九二）だけであった。この人も勤王博学の詩家で湖山とも深く親交があった。

硯の箱には、「御賜研」の銘が見られる。それは、「研を天皇から賜る」の意味で、書は内閣大書記官従五位である金井之恭（一八三三〜一九〇七）によるものであることが分かる。湖山が天皇から賜った硯一式とそれが納められていた外箱は、五先賢の館に展示してある。

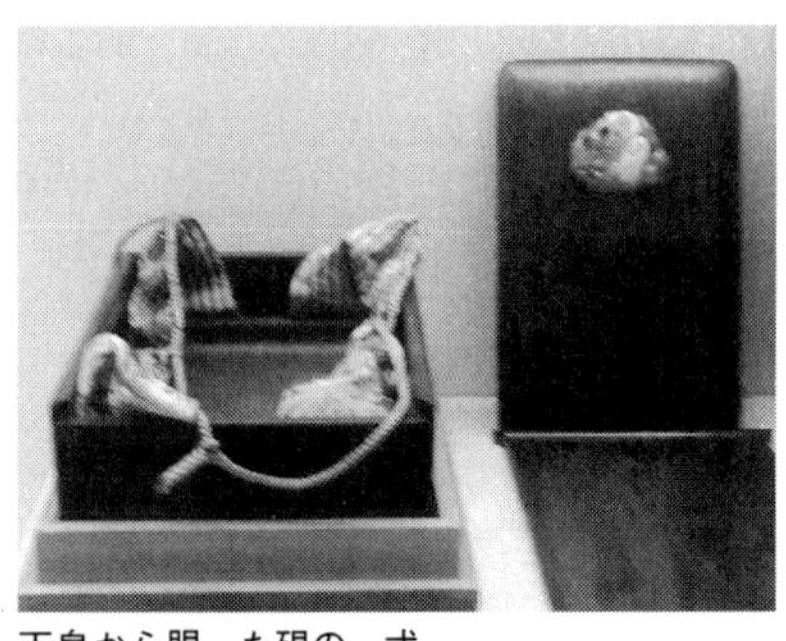

天皇から賜った硯の一式

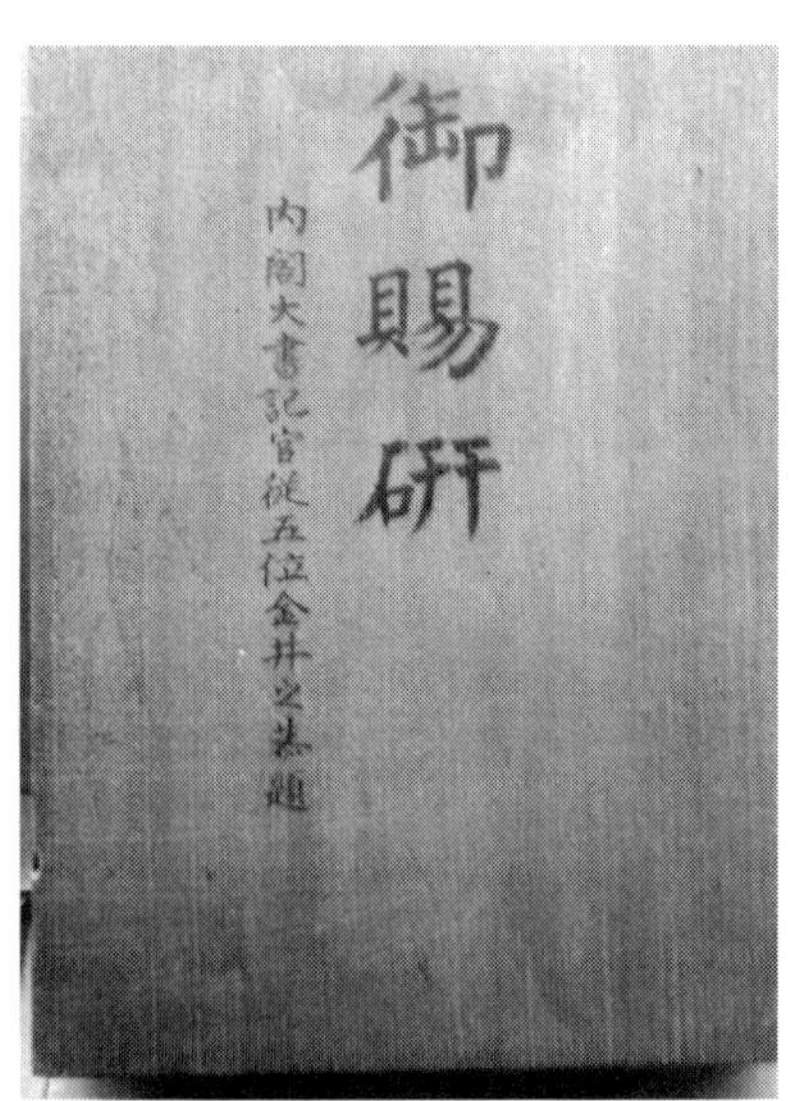

硯が納められていた外箱（ともに五先賢の館蔵）

次は、硯一式とともに京絹を賜った時の湖山の詩である。

念及蒼生哀且傷
御衣寒徹玉階霜
初知皇上篤文学
酸苦能誦体認才
　寒夜脱御衣
湖山酔民

念い蒼生に及ぶこと哀しく且つ傷まし
御衣寒さは徹る　玉階の霜に
初めて知れり　皇上の文学に篤きを
酸苦して能く誦んじしも　才を体認せり
　寒夜に御衣を脱ぐ
湖山酔民

・蒼生　ソウセイ　　人民、庶民。
・玉階　ギョクカイ　玉はすぐれたものに対する美称。玉のきざはし。御所の意。
・酸苦　サンク　　酸い味と苦い味。また、堪えがたい苦しみ。

世の民に御心を悩まされておられるとは哀しくいたましいことだ。帝は（民をお思いになって）寒さを通す薄い御衣をお召しなのだな、霜の降りる御所の中でも。これまで存じ上げなかった、帝がこれほど文学への御造詣が深いとは。やっとのことで詩を誦んじ得たが、我が詩才の乏しさを痛感する。

寒い夜に恩賜の御衣を脱ぐ　湖山酔民

（北村忠男編『小野湖山作品集』五先賢の館蔵、一九九三年）

その後、自分が学問する一室を「賜硯楼」と名付けた。当時は、このことが有名になり、方々からお祝いの詩や手紙が届いている。その後、『賜硯楼詩集』を刊行し、湖山の名声はさらに高まっていった。

（二）高位高官に詩を指導する

その頃の風潮として、高位高官の人は漢詩を作らなければ通用しない時代であった。湖山はあちこちに招かれ、詩の講義や指導などで名士との交流も忙しくなってきた。その中には総裁職となった有栖川宮熾仁親王（一八三五～一八九五）、副総裁などの要職に就いた三条実美（一八三七～一八九一）、右大臣となった岩倉具視（一八二五～一八八三）、初代首相となった伊藤博文（一八四一～一九〇九）、実業家の渋沢栄一（一八四〇～一九三一）、漢学者で東大教授となった三島中洲（一八三一～一九一九）らがいた。[1]

その後、一八八七年（明治二十）、湖山が七十四歳の時に京都に移り、鴨川のほとりで東山の見える地である巣鴨妙義坂に居を構えた。朝に東山の緑を眺め、夕に鴨川の流れを聞きながら、詩を作ることを楽しみとした。郷里の同志で、医師であり儒者であった江馬天江（一八二五〜一九〇一）、漢詩人で彦根藩家老の岡本半介（号は黄石）、彦根藩士の谷如意（一八二二〜一九〇五）、頼山陽の次男である頼支峰（一八二三〜一八八九）らと交わり「優遊吟社」を結成して、大いに関西文壇の隆昌に努めた。

当時、湖山は名士として、京都での琵琶湖疏水の竣工式に招かれている。そして、その頃、郷里の高畑の姉妹に次の二通の手紙を出している。[2]

疏水工事もおわり、今日は竣工式がありました。その時、主上（天皇）に拝謁をたまわりました。この日、拝謁をたまわった人は、維新当時、尽力したもの、江馬天江、谷稊心、西村毅三、吉井義元の外、五、六人、市内高齢者十三人でした。　湖山

ごぶさたしております。正弘（長男）からの手紙では、正弘の病も大分よくなって、近く全快することでしょう。梢（妹）さん、秋の彼岸に本山へおまいりになりませんか。久しくごぶさたいたしております。いろいろお話したいこともあります故、お出になることをお待ちしています。　湖山

また、湖山が七十二歳の時の一八八六年（明治十九）、第三高等中学校（現在の京都大学）の開校式に

招かれ、来賓として祝辞を述べている。
次は、第三高等中等学校での祝辞である。

霊秀依然旧帝京　　霊秀依然たり　旧帝京
喜看今日建新学　　喜び看る今日　新学の建つるを
研精所要文要武　　要むる所を研精し　文を武に要とせよ
博綜何唯佛及英　　博く綜めよ　何ぞ唯に仏及び英のみならん
須知教学聖朝意　　須く知るべし　教学に聖朝の意あるを
企望群方期大成　　群方を企望して大成を期せよ
維孝維忠定基本　　維れ孝　維れ忠　基本を定め
為龍為鳳足光栄　　龍と為り　鳳と為りて　光栄たるに足れ[4]

・霊秀　レイシュウ　きわめて霊妙なこと。ひいですぐれていること。
・研精　ケンセイ　こまかに調べること。精密な研究。
・聖朝　セイチョウ　当代の朝廷を敬っていう語。
・龍　リュウ　すぐれた人物。英雄。中国では、鳳・亀・麟とともに四瑞として尊ばれる。

遷都の後も変わることなく素晴らしい旧都。今日この日、新たな大学が開校したことを私は喜ばしく眺めている。学生諸君よ、学びたいことを存分に学び、文を武の要とせよ。博く学べ。どうして仏国と英国の知識だけで満足してよいか。ぜひとも知っておく必要がある。教育を大切と思し召す帝の御心を。あらゆる方法を熱心に求めて大成を志せ、孝と忠こそ大切だ。この二つを基本とし、龍となり鳳凰となって、名誉ある立派な人物になれ。

京都での暮らしも十年ほどでまた東京に移り、その翌年には八十八の米寿の年になっていた。息子の正弘や門人がお祝いを計画しても頑として応じなかったという。姉の米寿の祝いに木盃(もくはい)に金字で「米寿」の文字を入れ、親類などに配っていたにもかかわらず、「功も無いのに無用の出費をするな」と、自分の祝い事に対しては常に固辞していた。

その後も悠々と詩作し、頼まれれば書の要望に応じ、旧作でもよく考えて気の済むまで手直しした。一八九三年(明治二十六)に地元の田根(たね)小学校が創立された時には、全戸に配る記念品の扇子に「嵩教」と五言絶句の詩を揮毫(きごう)している。[2]

一八九七年(明治三十)、湖山八十三歳の時、子息の正弘が東京鴨北に、父を迎えるために邸を構え、そこに移っている。

こぼれ話3　「渋沢栄一と湖山」

渋沢栄一（一八四〇〜一九三一）は、武蔵榛沢（埼玉県深谷市）の人。一橋家に仕え、次いで幕臣となる。維新後、大蔵省に出仕。のち第一国立銀行・王子製紙・大阪紡績などを創立、その他産業の経営にも関係して渋沢財閥を形成した。教育・社会事業にも尽力している。

渋沢も、湖山と同様に九十二歳の長寿であったが、湖山とは深い関係がある。渋沢は若い頃、江戸に出て、湖山と同じく神田お玉ヶ池近くに住んでいる。剣道を学ぶために、同じく神田にあった千葉周作の門に入るとともに、漢学詩文を湖山に学んでいる。

勤皇倒幕党の一員であった関係で、湖山の吉田城幽閉中には、従兄の喜作とともにたびたび慰問に来ていた。このことからも、人情の厚い人であったといえる。[1]

渋沢は、青淵と号し、湖山調の詩をよくしたようである。次の詩は、一九一一年（明治四十四）、渋沢七十一歳の作である。

春花落尽忽秋霜　　春花落ち尽くせば忽ち秋霜
一瞬朝暉変夕陽　　一瞬の朝暉変じて夕陽
休説世間人事劇　　説くを休めよ世間人事劇しと
観来造物亦多忙　　観来す造物も亦た多忙

春の花が散れば、たちまち秋の霜が置く。一瞬の朝日も、たちまち夕日に変わる。人間社会の出来事がめまぐるしいなどと言わないでほしい。見てみれば、自然だって忙しく移り変わっているではないか。

（日本漢文の世界　https://kanbun.jp/）

人生や世間の目まぐるしい変化は、自然も同じという。渋沢自身が激動のなかで、目まぐるしい活躍をする一方で、自然という大局的な視野に立って物事を見ていたのだろう。

（三）晩節を全うする

一八九九年（明治三十二）二月のこと。湖山は感冒がもとで肺炎を起こし、大病にかかった。一時、危険を伝えられたところ、翌一九〇〇年二月二十五日、八十七歳の時、明治天皇からの特旨をもって従五位を授けられた。その後、幸いにも病気は全快している。

一九〇九年（明治四十二）、湖山が九十六歳の時、息子たちの勧めで九十九里浜近く、現在の千葉県いすみ市岬町和泉に居を構えている。

亡くなる直前の絶筆となった詩が次の句である。

避寒東海値春陽　寒を避け　東海の春陽に値る
転覚乾坤帯瑞光　転に覚ゆ　乾坤　瑞光を帯る
万里水天金一色　万里　水天　金一色
曦輪徐輾太平洋　曦輪　徐に太平洋に輾ず[1]

・春陽　シュンヨウ　春の日光。春の時節。
・乾坤　ケンコン　天と地。

・瑞光　ズイコウ　めでたい光。吉兆を表す光。
・水天　スイテン　水と空。海と空。
・曦輪　ギリン　太陽。

寒さを避け、東海に来て春を迎えた。うたた寝をして空を見れば、天地が光を帯びてきた。万里の海と空が金色一色に染まっている。やがて太陽がゆっくりと太平洋上に昇ってきた。

湖山の死を大きく報じる国民新聞

湖山の最後の絶句ともいわれるこれは、「小野湖山翁絶筆碑」（いすみ市指定文化財）として碑文とともに遺っている。その後、風邪がもとで一九一〇年（明治四十三）の四月十日、九十七歳の一生を終えている。

当時の国民新聞は、その三日後の四月十三日付の記事で湖山の訃報を大々的に取り上げ、知らせている。その記事の内容は、本書268ページで再現した。

遺骸は汽車で京都の妙心寺まで送られ葬儀を済ませたところ、翌日、特旨でもって宮内省より祭粢料（さいしりょう）三百円を賜り、再び盛葬が行われている。

この妙心寺の塔頭大龍院は湖山の実弟東胤が住職であった。湖山が八十歳の時、自分の墓を建て、派手なことを嫌い、五尺（約一・五m）ほどの自然石に、表は「湖山酔民」の墓と記し、裏に自分のことを漢文で記している。その読み下し文と現代語訳が次である。

人生八十余年、閲歴また深きも、泰否屯亨、総べて掌中の一杯に在り。東西優遊、詩酒放浪、世に功なしと雖も、また人に負わず、以て命を俟つべきか。天未だ道山に帰るを許さず。且つ自ら生壙を営む。洛西の名刹は夙に因縁あり。名賢藤公藤房、先輩佐象山、実弟釈東胤等の墓、また箇中に在り。酔民の魄を安ずる、幸いに寂寥ならじ。遂に自ら石を建て、併せてこれを書す。酔民とは誰ぞ。近江の小野長愿なり。[3]

京都妙心寺の正門

・泰否　タイヒ　泰平と争乱。
・屯亨　チュンコウ　困難なこととうまくゆくこと。
・優遊　ユウユウ　ゆったりすること。
・道山に帰る　死ぬこと。道家の用語。
・箇中　コチュウ　この中。ここ。禅宗の用語。

八十余年の人生、いろいろなことがありましたが、太平争乱、逆境順境、何もかも一杯の酒を飲む間ほどの、ほんのつかの間の出来事でした。東で西でのんびりと過ごし、詩と酒とを友にして放浪し、世に何の功績もありませんが、それでもやはり、人様に向けて恥ずかしいようなことはしておりません。私はこのようにして寿命の尽きるのを待っていてよいのだろうか。天はまだ死ぬことを許してくれません。その上自分の墓まで建ててしまいました。墓を建てたこの洛西の名刹には昔から御縁がありました。南朝の名相万里小路藤房(までのこうじふじふさ)公、先輩の佐久間象山(さくましょうざん)、実弟の釈東胤らの墓も同じ境内にあるのです。この酔民の魂魄(こんぱく)を休ませるのに、幸いにも寂しくはありません。こうして自分で石を建て、併せてこの墓碑もしたためました。「酔民」とは誰かと申しませば、近江の小野長愿のことです。

その後、一九一八(大正七)、九回忌に当たり、門弟らにより、高さ一丈余(約三・三m)余の立派な顕彰碑が傍に建てられた。撰文(せんぶん)は宮中顧問官三島中洲(みしまちゅうしゅう)、篆額(てんがく)は宮内大臣土方久元(ひじかたひさもと)(一八三三〜一九二二)、書は日本の書聖といわれた正五位日下部鳴鶴(くさかべめいかく)(一八三八〜一九二二)で、すべて湖山と旧交ある人々が手掛けた。湖山一代の業績を記しており、その最後は、次のように結ばれている。

憂世報国　世を憂(うれ)い　国に報(むく)う
満腹忠誠　満腹(まんぷく)の忠誠(ちゅうせい)
溢為吟詠　溢(あふ)れて吟詠(ぎんえい)と為(な)る

金石鏗鏘　金石鏗鏘(きんせきこうそう)として
一世称頌　一世称頌(いっせいしょうしょう)す
杜甫再生　杜甫(とほ)の再生なり 3

・杜甫　七一二〜七七〇年。中国、盛唐の詩人。若い頃、科挙に落第し各地を放浪し李白らと親交を結ぶ。四十歳を過ぎ仕官したが、左遷されたため官を捨て、以後家族を連れて放浪し、病没。国を憂えて、民の苦しみを詠じた多数の名詩を残し、後世、詩聖と称され、中国の代表的詩人とされる。

世を憂いては国に報じ、常に忠誠にみなぎっている。気持ちが溢れて吟詠となり、玉や金属が触れ合い響くかのようで、その人生は称賛に値する。あの詩聖と呼ばれた杜甫の生まれ変わりともいえよう。

しかし、湖山は最期まで決して驕らず、謙虚であった。そのことは、次の湖山の葬儀に関する遺言からも分かる。

身を以て人を累(わずら)わさず、是れ一代性癖(せいへき)の存する所、一死何ぞ独り然らざらん。愿(湖山)無能無用の身、幸いに天地包容(ほうよう)の量宏大(こうだい)なるを以て、生命を斯世(このよ)に托(たく)する、実に九十七年。今や天空海豁の境に在り。安静此の世を謝するを得、何の幸か之に加えん、一息纔に絶ゆる、汝等に委ね。遺骸を西都会営の墓域に瘞めば、素顔此に了す。虚栄を枯骨に賁むるは吾が心に非ず。事了らば旨を二三旧知に報せよ。遠く会葬を煩わすは性の安んせざる所。汝兄弟孫会均く之を諒せよ。[1]

湖山は人を煩わすことを嫌い、自分を無能で無用の身だと悟り、九十七歳にして天や海に心がのびのびと開く心境を味わっている。この世に感謝し、かろうじて息絶えようとしている自分を委ね、死後も虚栄を張らず二、三の知人のみに知らせるだけにせよ、と身内に念を押している。

湖山の死後、その旨通り遺族はごく少数の人に知らせ、家族親戚数人で葬儀を営んだのであるが、世間はそれでは済まさなかった。前述したように、宮内省からの電命により再度の葬儀が行われ、遺族が二日後には周りに知らせざるを得なかった。三日後には新聞での大々的な報道となってしまった。さらに九回忌には、三m近くの高い墓碑が建てられたのである。湖山の意に反して、結果としては大袈裟なことになってしまった。それでも、湖山の謙虚な精神は彼の行動から十分に計り知ることができる。それは、湖山への人々の評価の結果でもあったのだろう。人は死して何を遺すのか、私たちに投げ掛けてくる命題でもある。

ここに、湖山の一生を振り返ってみると、実に波瀾万丈の生涯であったといえる。幼い時から貧しいながらも恵まれた才能があった上に、彼は好きな学問の道を志し、それに専念し、自分のあるべき姿を幼少の頃から明確に持っていたのだ。

そして、その彼を支える人々に恵まれていたことも幸いであった。父をはじめ、母や姉の彼に対しての理解や支援があった。父には早くから先立たれたものの、特に姉は彼が江戸に出て勉学をすることを認め、最後まで彼を励まし支え続けていた。彼もまた、その恩は一生忘れてはいない。

さらに、彼は実に多くの人との出会いに恵まれていた。地元の僧や近隣村の儒者・大岡右仲、そして偉大な、生涯の師となる梁川星巌に出会ったことは、彼のその後を決定づけた。

他にも、江戸での仲間や周りの多くの優れた儒者らに刺激を受け、彼の学びはより深まり、彼の尊皇思想は揺るぎないものとなっていった。彼を幕末の志士として突き動かし、その活動の根底を支えていったのである。

同時にそれが彼を幽閉へと追いやることになったのだが、結果としてそれは彼を救ったのである。藩主をはじめとして彼を慕う人々があり、それらの人々が彼の命を救ったのである。

明治という新しい時代になっても、彼を引き立てる人々が多くいた。彼が政府の要職に就いたものの、母の病気とはいえ、三ヶ月ほどで退き、その後また彼に県の仕事を与えたのも藩主のお陰であった。そこで多くの著名人と交わり、彼も多くの人々を教え、導く立場になっていった。

湖山の優れたところ、彼を偉大にしたところは、彼がお世話になった人々への恩義に篤かったことであろう。姉や藩主の恩だけでなく、彼と親交のあった人々全てに最期まで感謝の気持ちを忘れなかった。

彼は、かつては「放浪の人」とも呼ばれ、多くの地を巡り、住居もかなり多く移り住んでいる。それは当時の儒者がそうであったように、そこで多くの人とのつながりを持ち、そしてそこから多くのことを学んでいたのである。彼自身、「東西優游[1]」と自分のことを言っているものの、豊橋をはじめ江戸や京都に移り住んで、そこで多くの痕跡を残している。多くの人々を教え導き、門人を育てている。決して彼の言う「世に功なし」ではない。

そんな彼も、「余は五十歳の時より詩を多作せず、作るも録存せず」と言っていた。かの盛唐の詩人高適（こうてき）（七〇二頃～七六五）が五十歳になってからその才力を発揮したことに比べて、自分にはそれほどの才はないと謙遜している。五十歳といえば、湖山が幽閉の罪が解かれた年でもある。そこで、思うことがあったのだろう。

しかし、実際は、その後も彼は詩集を精力的に出している。また、それらの詩集が認められ、明治天皇から硯や京絹を賜ったのは七十歳の時であった。その時の彼は、その感激を露わにしている。その後は、かつて三条実美宰相が彼のために送った「恬淡養遐齢（てんたんかれいをやしなう）」の扁額を一室に掲げていた。湖山は元々気性が激しく、人に対して激昂したこともあったようだ。それは、心の奥底に信念を曲げない気骨（きこつ）のようなものがあったといわれている。そんな湖山は役職を退いた後は、まさに恬淡を心情にしていたように思われる。地位とか名誉とかを気にせず、あくまでも自分自身に満足した生き方を貫き、自分の生を無欲に淡々と歩んできたのである。それでも、彼に関わって来た人々への恩義を一生忘れなかったからこそ、多くの人々がまた彼を慕ったのではないだろうか。

こぼれ話4　「古希・米寿の祝いを辞す」

湖山が七十歳の時。息子の正弘と門人が、古希の宴を開こうとしたが、「年は取っても是ぞという功績もなし自ら敢えて長寿を望んだ訳にも非ず、無益な失費はせぬが宜しい」と言って聞き入れなかった。諸方から賀詞や祝い品は到来したが、寿宴は開かれなかった。

八十歳の時も同様で、湖山は言う。

> 漢の為政者伏湛は、民の飢を以て独り飽くに忍びずと為し。梁の孔奐は百姓の未だ周ねからざるを以て、独り温飽を享るに忍びずと云えり。余の交友には曽て国事のため惨禍酷毒に罹った者一二にして足らず。幸いに維新の盛運に逢いしも、遺族の孤苦淪滅、人をして愁然たらしむるものあり。一歳前には濃尾震災の為に万人圧死し。其他世上痛惨の事は日として新聞に登らざる無し。余私に其済施の道なきを憾みとす。独り何の心か哀残の年を寿すべけんや。英国の老相（グラッドストーン）は八十三歳に達し、神気剛健にして其経栄世の偉略は、物を先にして己を後にし、為に万衆感戴し、敵党の徒も皆融然として其眉寿を頌したと聞く。此の如くにして始めて寿筵を開くべしである。[1]

その後の米寿においても同じく、一切の寿宴を拒み、開かれていない。さらに、本文でも述べたように、遺言にて、死の知らせも二、三に報告し、会葬も控えよと言っていた。[1]

第二部　湖山の漢詩

第一章　湖山の詩集

（一）湖山の主な詩集

湖山の作詩の数は、火災で焼けた九百首近くを除き、現存するものは千四百五十首ほどであるといわれている。もし、火災に遭わなければ二千首を超える詩が残っていたことになる。

詩集としては、一八三八年（天保九）二十五歳の時の『薄遊一百律』（28ページ参照）を皮切りに、一八四〇年（天保十一）二十七歳から一八四五年（弘化二）三十二歳にかけての詩を収めた『湖山漫稿』二巻（30ページ参照）、一八四九年（嘉永二）三十六歳の時にアヘン戦争（一八四〇～一八四二）での中国（清）の被害を紹介した『乍浦集詠鈔』四巻（32ページ参照）へと続く。

その後、一八七〇年（明治三）五十七歳の時には、その三年前から『湖山楼詩鈔』としてまとめた全四巻（第一巻『画題詠史絶句』、第二巻『薄遊一百律』、第三・四巻『湖山漫稿』）を出版した。

湖山の詩や書は国立国会図書館のウェブサイトで閲覧することができるが、次に挙げる十点の詩集は『湖山楼十種』としてまとめられ、富士川英郎ほか編『詩集日本漢詩』第十六巻（汲古書院、一九九〇）に原文が収められている。なお、『湖山楼詩屛風』は前掲書第七巻に見られる。

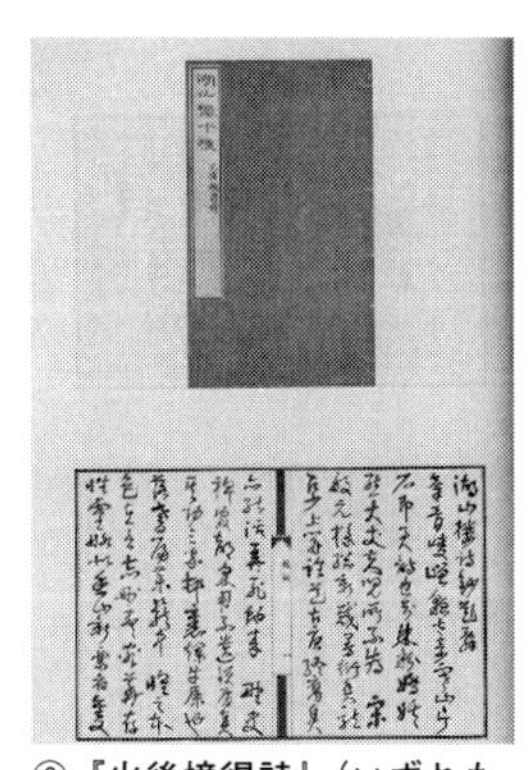

③『火後憶得詩』（いずれも、富士川英郎ほか編『詩集日本漢詩』第16巻、汲古書院、1990年）から転載

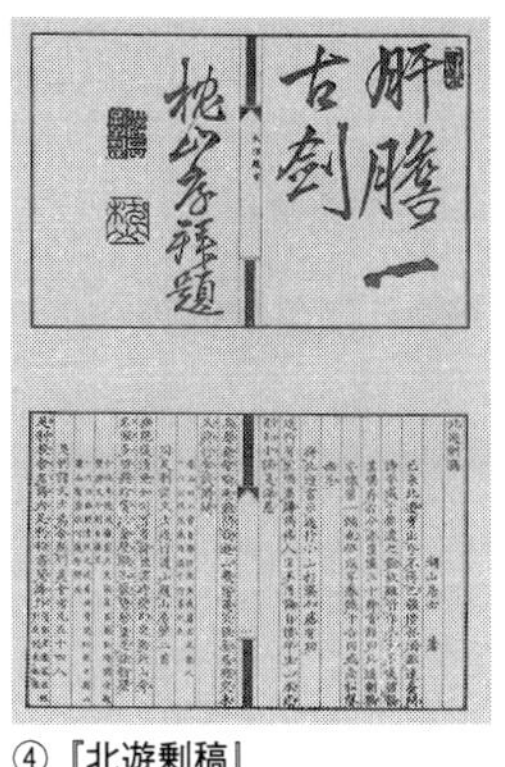

④『北遊剰稿』

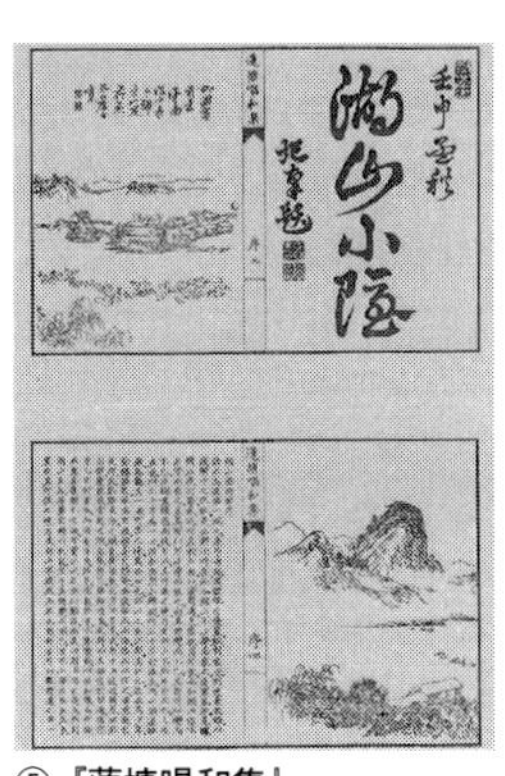

⑤『蓮塘唱和集』

①『湖山楼詩稿』（上・下）　一八四九年（嘉永二）　三十六歳

序文は儒学者の藤森弘庵（32ページ参照）。湖山と関係のある人物や、見聞した各地の景色・風物に関わる詩を見ることができる。

②『湖山楼詩屏風』第一・二集　一八四八年（嘉永元）　三十五歳

第三・四集　一八八四年（明治十七）　七十一歳

師や友人の寄稿、時事を風刺した知人の詩を広く集め、第一・二集は五十名から二百首、第三・四集は五十名から百三十五首を得た。白居易に倣った趣向である。

③『火後憶得詩』　一八五八年（安政五）　四十五歳

火事で失った作を追憶して百三十余首を収録（34ページ参照）。

④『北遊剰稿』　一八五九年（安政六）　四十六歳

安政の大獄で追放、幽閉される前に北遊した時に作った詩を集めた。足利学校や草津温泉などの詩を収録（38ページ参照）。

⑤『蓮塘唱和集』　一八七三年（明治六）　六十歳

⑥『蓮塘唱和集続編』　一八七五年（明治八）　六十二歳

一八七三年、東京の不忍池畔に居を移し、師・梁川星巌の蓮塘集を受けて刊行。続編は唱和者が増え、清国の学者である葉松石や郭伝璞らも加わっている。

⑦『鄭絵余意』　一八七五年（明治八）　六十二歳

画家・山本琴谷が飢餓窮民を描いた十二枚の絵に感動し、十二首の長詩に編成（55ページ参照）。

⑧『湖山近稿』（上・下）　一八七七年（明治十）　六十四歳

⑨『湖山近稿続集』（上・下）　一八七九年（明治十二）　六十六歳

平氏や源氏、西行、荘子、酒趣十六首、養蚕雑詩（224ページ参照）など、さまざまに題した詩を収録。

⑩『湖山消閑集』（上・下・附録）　一八七九年（明治十二）　六十六歳

六十六歳を迎えた心境と、大沼枕山や鷲津毅堂をはじめとする友人への祝辞や追悼などを含めた種々の詩句に加え、一八八〇年（明治十三）四月七日から五月十日までの天候や行動記録を附す。

これら以外にもいくつかの詩集があり、『鴨沂送別集』は一八九七年（明治三十）、湖山が京都から東京へ帰る際、京阪の諸名士が会合して作られたものである。公務で京都に滞在中だった宮内大臣の土方久元（一八三三～一九一八）や官僚の股野藍田も出席し、関西稀有の盛会であったという。[1]

ところで、湖山が京都に住んでいた間、「優遊吟社」は前述したように（61ページ参照）、谷如意、江馬天江、岡本黄石、頼支峰ら諸大家だけでなく、大阪においては、時の造幣局長であった遠藤謹助（一八三六～一八九三）らが湖山を招聘して賀宴を開き、儒学者の藤澤南岳（一八四二～一九二〇）、医師の緒方拙齋（一八三四～一九一一）らも含め、阪神の大家も加わっている。

その他、『新選三体詩』一八八七年（明治二十）、『鴨西唱和』一八八八年（明治二十一）、『湖山老後詩全二巻』一八八四年（明治十七）などがある。

さらに、湖山は自分のためだけでなく、人のためにも詩集を作っている。安政の大獄で、幕府に捕らえられた藤森弘庵の詩が散逸するのを心配して、弘庵に代わってこれらを整理して詩集を作り上げている。自らの危険も顧みず、罪人の詩まで大事にしていた。言論圧迫の最も厳しい時に、それらを刊行するのは余程の勇気や義侠心がなければできないことであっただろう。のちに弘庵が特赦により出獄した折、湖山の厚意に深く感謝し、他の詩人たちも湖山の行いに感心している。[1]

このように、湖山は多くの詩集を出すとともに詩壇の大長老といえる存在になり、同じく梁川星巌に学んだ鱸（鈴木）松塘（一八二四～一八九八）や大沼枕山とともに「明治の三詩人」とまでいわれるようになった。

前掲の『詩集日本漢詩』の編者・富士川英郎はこう書いている。

> 明治の初めに房州（千葉県南部）から上京した松塘は七曲吟社を起こし、湖山も豊橋から上京し、上野池の家を談風月楼と称したが、既に江戸時代からあった枕山の下谷吟社を加えると、明治初期の漢詩壇の精華は、その頃すべて東京に集まったと言えるだろう。これらの詩人や門人たちによって、明治年間、わが国の漢詩人は、その後の、夕映えにも似た、輝きを見せたのである。[5]

(二) 湖山の詩論

先の『湖山楼詩稿』巻上で湖山が詩について論じている。「論詩」と題する詩である。

詩人本意在箴規
語要平常不要奇
若就先賢論風格
香山楽府是吾師

詩人の本意は箴規に在り
語平常を要め奇を要せず
若し先賢に就て風格を論ぜば
香山の楽府　是れ吾が師

・箴規　シンキ　戒めること。諫めること。または、そのことば。
・香山　コウザン　白居易のこと。中唐の詩人。号は香山居士、字は楽天。社会や政治の腐敗を批判した「新楽府」とよばれる形式の詩が有名である。

詩人の本来の志は、聞く者を戒めることにある。その言葉はありふれた表現であるべきで奇抜である必要はない。もし優れた先人に学んで詩の風格の善し悪しを説くとすれば白香山の楽府こそ吾が師である。

「箴規」の「箴」の字は、治療用のはりを指す。詩を通じて、世の中に関して戒めたり諫めたりすることが湖山の目的であったのだろう。そのため、幕末には国の危機に激昂して志士として奔走し、明治になって『鄭絵余意』を著して、弱い人々の苦しみを詠み、政治が国民を幸福にしなければならないと訴えていた。同時に湖山は自分に対しても厳しく常に自己修練に努めるとともに、国を愛してやまない人でもあった。

ここで湖山と白居易とを比べてみると、多くの共通点を見ることができる。まず、白居易は「新楽府」という形式で政治や社会を批判した。楽府とは、もともと音楽を司る役所の名前だったが、のちに民間で歌われていた歌のことを指すようになった。民間歌謡は抒情詩が多くを占め、政治・倫理との関わりは薄かった。しかし白居易は新たに政治・社会への意見を含めて世を正そうとする新楽府を創出したのである。

また、白居易は「流行詩人」ともいわれ、その詩は庶民、女性、子どもに至るまで口ずさまれたという。実際に同時期である平安時代の日本の文学にも多くの影響を与えている。当時の人々にとって読みやすく親しみやすい平易な詩だったからで、湖山もまたそれを目指していたのだろう。だから「奇」や「修辞」にこだわらず、自由に直裁（ちょくさい）に自分の感情を詩に表現することを主張したと思われる。

さらに、白居易のいわゆる「閑適詩（かんてきし）」についても、湖山の詩はそれに通じるものが見られる。白居易は閉居して世事に超然とした境涯を詠んでいる。その社会思想は封建的支配とは根本的に対立するものであったが、しかしその封建制度を彼はどのようにすることもできず、一歩退いて妥協を求めるほかなかったともいえる。そこには老荘哲学や仏教思想の影響を受けたと思われ、そこから閑適詩が生み出さざるを得なかった事情があるのだろう。湖山についても然り。湖山の晩年はむしろ、白居易が特に愛した柳や鶴などの花鳥風月を詠み、無為自然を意識した内容の詩が多く見られる。特に穏やかな心情を描き、落ち着いた詩境を拓いている。

湖山と白居易に共通点が多いのは、彼らの生涯に相通じる点があることにも起因する。二人とも長寿であった。湖山は九十七年、白居易は七十五年と二十年以上の寿命差はあるものの、白居易が生きた唐の時代において七十五歳というのは長寿のほうである。二人とも亡くなる間際まで詩作を続けていた。また、湖山が一介の庶民から身を立て政府の役人にまでなったのと同様に、白居易も昇進が約束される家柄の出でなかったにもかかわらず官人となって最終的には宰相の一歩手前にまで至った。両者とも晩年は穏やかで幸福ともいえる人生を送っている。もちろん苦労やつらい出来事はそれぞれにあったものの、最終的には生の喜びを自覚的に取り込んでいったと考えられる。

また、二人とも物事や名誉あるいは営利にこだわらなかった。周りの人々を煩(わずら)わすことを嫌い、常に人のために尽くすことに喜びを感じていた。湖山の生涯を振り返っても、実に多くの人と関わり、それらの人々に詩や書を書き残したり指導したりしていた。それは、詩人としての他者への戒めだけでなく自分への戒めをも含めており、詩だけでなく、実生活における周りの人々に対する湖山自身の愛情の表現であったといえるのではないだろうか。

第二章　湖山の漢詩

（一）　自然を詠う

琴の音が聞こえる春の夜

月気冷於秋
水烟何靄々
一声清夜琴
近在垂楊外
戊寅清和節

月気(げっき)　秋よりも冷かなり
水烟(すいいん)　何ぞ靄々(あいあい)たる
一声(いっせい)　清夜(せいや)の琴
近く在り　垂楊(すいよう)の外
戊寅(ぼいん)の清和(せいわ)の節

・月気　ゲッキ　月光。
・靄々　アイアイ　たなびく様子。靄(もや)のかかる様子。なごやかな気の満ちた様子。
・清夜　セイヤ　涼しくさわやかな夜。
・琴　コト　中国・元代の戯曲「西廂記(せいそうき)」の静夜聞鐘（琴曲の名）の故事をふまえて作る。

・垂楊　スイヨウ　ヤナギ。上を向いて枝が出るのは楊（やなぎ）、下に垂れ下がるのが柳（シダレヤナギ）である。
・清和　セイワ　初夏の気候の形容。晴れて暖かいこと。又陰暦四月一日の別名。

春だというのに、月の光だけは静かな夜に澄んで眺められる。辺り一面はもやがかかってきて、何ともなごやかな気が満ちている。そんな夜、琴の音が流れてきた。よく聞いてみると、どうもヤナギの木のある向こうの家で弾いているようだ。

一八七八年（明治十一）　湖山六十四歳　春の夜に

なんと心地よい情景であろう。春の静かなもやがかかった夜に、月の光だけが見える。さらにヤナギのある向こうのほうから琴の音が聞こえてくるという。
湖山は還暦を過ぎ、数多くの苦労を乗り越えて詩に没頭している時、ふとこんな夜に感慨深げにその情景をしみじみと味わって作ったのであろう。その詩を読むほうも自然と心がなごんでくる。

蓮の花に惹かれて

殊色高情自有真　　殊色（しゅしょく）　高情（こうじょう）　自（おのず）から真有り
偶然相見便相親　　偶然　相見て便（すなわ）ち相親しむ

幽篁翠柏非其匹
到底荷花是可人
　録旧作　湖山七十四翁

幽篁(ゆうこう)　翠柏(すいはく)は其(そ)の匹(たぐい)に非(あら)ず
到底(とうてい)　荷花(はすばな)　是(こ)れ人に可(よろ)し
　旧作を録(しる)す　湖山七十四歳翁

・殊色　シュショク　すぐれて美しい容色。異なった色。
・高情　コウジョウ　気高い心。気高い趣(おもむき)。他人が自分につくしてくれた志をいう敬語。
・幽篁　ユウコウ　静かな竹やぶ。たかむら。
・翠柏　スイハク　緑色のカシワの木。
・到底　トウテイ　どうしても。しょせん。けっきょく。
・荷花　ハスバナ　ハスの花。レンゲ（蓮華）。

美しい色や気高い趣に対して人はひとりでにその真実、気持ちが感じとられるものである。たまたま、ちょっと見ただけですぐにたやすく相親しむ気の起こるものもあり、でないものもある。竹やぶや緑の柏の木は寄りつきにくく、結局のところハスの花は人に好かれる。
　旧作を書いた　湖山七十四歳の翁

人は美しい色やおもむきのあるものには心底気持ちを寄せてしまうものである。

ハスの花は短命で、花びらが開きはじめてから数日で散ってしまう。また、午前中に咲いた花は午後には閉じてしまう。それこそ、偶然にしか観られない。泥水を吸いながらもあの清らかな花を咲かせ、極楽浄土さえ想像させてくれる花に人は惹き付けられてしまうのは確かであろう。

月を相手に一献

繞屋東風幾樹梅　　屋(おく)を繞(めぐ)る東風(とうふう)　幾樹(いくじゅ)の梅
疎鐘声外暮煙開　　疎鐘声外(そしょうせいがい)　暮煙(ぼえん)開く
一尊有酒与誰酌　　一尊(いっそん)の酒有り　誰(たれ)と与(とも)にか酌(く)まん
恰喜窓前明月来　　恰(あたか)も喜(よ)し　窓前(そうぜん)　明月来(めいげつきた)る
　録旧作　湖山七十四翁　　旧作を録す　湖山七十四翁

・東風　トウフウ　春の風。
・疎鐘声　ソショウセイ　ときどき聞こえる鐘の音。
・暮煙　ボエン　夕暮れに立つもや。夕もや。
・一尊　イッソン　尊は樽(たる)、酒だる。

そよそよと春風が吹いて、なやましい夕方である。折から梅の花も咲いているのが見え、夕もやの彼方で突きならしている寺の鐘がときどき聞こえてくる。こんな時こそ、一杯やりたいのだが、さて誰と一緒に酒を酌み交わそうか。ああ、ちょうどよい。東の空に月が上がってきた。この月を相手に一献傾けるとしよう。

旧作を記録する　湖山七十四歳の翁

春風がそよぐ夕方、近くでは梅の花が咲き、遠くでは寺の鐘の音が聞こえる。酒を酌み交わすのにもっともよい状況がそろった。酒好きであったといわれる湖山にとって、本当は誰かとゆっくり酒を酌み交わしたいのであろう。酌む相手がいなくとも、春風、梅、疎鐘とともに月はそっと湖山に寄り添い、優しく相手をしてくれるのである。

詩情が浮かぶ絵を観て

夕陽影裡酒帘斜　　夕陽（ゆうひ）　影の裡（うち）　酒帘（しゅれん）は斜（ななめ）なり
隔水衡茅三四家　　水を隔（へだ）てて　衡茅（こうぼう）　三四家（さんしけ）
最是詩翁悩情処　　最も是（こ）れ　詩翁（しおう）の情を悩ます処（ところ）
芙渠襯鷺柳蔵鴉　　芙渠（ふきょ）は鷺（さぎ）を襯（はだぎ）とし　柳は鴉（からす）を蔵（くら）とす
題画　湖山酔翁　　題画　湖山酔翁

・影　カゲ　日・月・星などの光。
・酒帘　シュレン　酒屋の目印に立てる旗。酒旗。酒屋の看板。
・衡茅　コウボウ　冠木門（かぶきもん）と茅葺（かやぶき）の家。粗末な住居。隠者の住宅。
・芙渠　フキョ　芙蓉（ふよう）、ハスの異名。スイレン科の多年草。
・襯　シン　肌着、襦袢（じゅばん）、下着のこと。

夕日の光を受けて、酒屋の旗がひらひらと揺らめいている。川向かいには、粗末な家がちらほらと三、四軒見える。私にとって、詩情を示すのにこんなよいところはない。近くの方をよく見ると、蓮池にはサギが蓮にくっつくようにして休んでいるし、ヤナギの木には鳥が止まっている。

画の描いてあるのを見て作った　湖山酔翁

湖山はよく絵を観て詩を詠んでいる。よほど気に入った絵であったに違いない。揺らめく酒屋の旗、川向かいの粗末な家並、近くの蓮池にはサギ、ヤナギにはカラスが止まっている。質素ながらこのような静かな情景が湖山に詩情への心を揺るがすのであろう。湖山の詩からその絵を想像するのもおもしろい。

人を悩ます鴬の声

悩人風物又春深
幾個黄鸝度密林
学繍香閨児女子
為聞嬌語乍停針
　録旧作　湖山七十四翁

人を悩ます風物(ふうぶつ)　又　春深し
幾個の黄鸝(こうり)　密林を度(はか)る
繍(ぬいもの)を学ぶ　香閨(こうけい)の児(こ)女子
聞(き)こえ為(な)す嬌語(きょうご)　乍(たちま)ち針を停(とど)む
旧作を録す　湖山七十四歳の翁

・風物　フウブツ　景色。様子。
・黄鸝　コウリ　ウグイス。高麗ウグイスの異名。
・香閨　コウケイ　美しい立派な女部屋。閨はネヤ、夫人の部屋のこと。
・為聞　キコエナス　聞くところによると。人の話では。
・嬌　キョウ　なまめかしい。かわいらしい。なまめかしく美しい。

人を悩ます景色はたくさんある上に、また春は深まってきた。折しも何匹かのウグイスが林の中を飛び廻っているのが見える。女部屋で裁縫を習っている女の子たちは聞くところによれば、ウグイスの声を聞くとなまめかしい声を出し、すぐに手を休めてウグイスを追い求めているという話である。

前に作っておいた詩を書いた　七十四歳　湖山老人

春が深くなり、ウグイスが森林の中で鳴き、その声につられるかのように女の子たちが我慢できず裁縫の針を止め、同じようになまめかしい声を出している。ウグイスの声もまた人を悩ますのであろう。「深」「林」「針」の漢字の韻が、ウグイスの鳴き声とともに、この詩をいっそう深く惹き付けてくる。

富士山を詠む①

登嶽

鶴賀鸞驂何所羨
短筇支至白雲辺
豪懐不覚地球大
放眼真知天体円
絶頂寒風無六月
陰崕積雪自千年
腰間我有一瓢酒
欲酔玉皇香案前

登嶽（とうがく）

鶴賀（かくが）　鸞驂（らんさん）　何の羨（うらや）む所ぞ
短筇（たんきょう）支え至（いた）る　白雲（はくうん）の辺（へん）
豪懐（ごうかい）　覚えず　地球の大なるを
放眼（ほうがん）　真に知る　天体の円（まろ）きを
絶頂　寒風　六月無く
陰崕（いんがい）　積雪　自（おのずか）ら千年
腰間（ようかん）　我（われ）に一瓢（いっぴょう）の酒有り
酔わんと欲す　玉皇（ぎょくこう）　香案（こうあん）の前

青蓮一去逸才稀
誰復登高能賦詩
世界三千帰掌握
鵬程九万可風追
人間草木未生処
天上神仙来時会
為報東西漫遊客
不攀大岳莫言奇

登富嶽旧作二首

壬申新秋連日苦熱書之遣興

湖山七十九酔翁

青蓮一たび去りて逸才稀なり
誰か復高きに登りて能く詩を賦さん
世界三千　掌握に帰し
鵬程九万　風追す可し
人間の草木　未だ生ぜざる処
天上の神仙　来り会する時
為に報ず　東西漫遊の客
大岳を攀じずんば奇を言うこと莫れ

富嶽に登る旧作二首

壬申新秋　連日苦熱之れを書して興を遣る

湖山七十九歳の酔翁

・鶴賀　ガクガ　太子の乗り物。仙人の乗り物。
・鸞驂　ランサン　鸞（鳳凰の一種）をそえ馬とする。美しい車、美しいもののたとえ。鶴賀と同じく仙人の乗り物。
・筇　キョウ　竹の一種。四川省に産し、杖に適する。つえ。
・豪懐　ゴウカイ　猛々しい心。雄々しい心。
・六月　ロクガツ　暑さのはげしい陰暦六月。真夏の暑さ。

・玉皇　ギョクオウ　道教で天帝をいう。玉泉山に居るとされる。常存不滅。
・香案　コウアン　香炉。燭台等をのせる机。香机。
・青蓮　セイレン　唐の李白（七〇一～七六二）の号。日夜豪飲、財を軽んじ施しを好む。その詩は高砂清逸といわれる。
・鵬程　ホウテイ　鵬は中国の想像上の鳥で翼長が三千里あり、一飛びすれば九万里を行くといわれることから、遠い道程のことを指す。

鶴賀鸞のように仙人の乗り物など別にうらやむこともいらない。現に私は短い杖をついて白雲の辺り富士の頂上まで登ってきた。何と豪懐なことか、地球の大きいことも分かった。目を遠くにやれば、実感として天体が円いのを知ることができた。山頂では寒い風が吹いていて、六月の夏の暑さも感じない。岩かげを見ると、千年も前から積もった雪が残っている。良いことに今日は、瓢箪に酒を用意してきたから、いっそのこと常存不滅といわれる天帝の香炉机の前で酔うてみたいものである。詩仙といわれた李白がこの世を去ってから、人並以上に作詞できる人はあまりいない。もう一度頂上を極めて、その光景を詩にすることのできる者は誰かいるか。三千世界は今、手の中にある。風は、はるか遠くへ吹き抜けて行く。昔、この山ができた時には草木もまだ生えていなかった。その頃、天上の神仙たちが、この山頂で会合をしていたかもしれないが、それ以来この山に来る人はほとんどないように思える。そこで言っておくが、気楽に世界を歩き回っている人たちよ。この山頂を極めずして、山上の不思議な光景を談じてはいけないぞ。

富士登山の旧作二首を書く

明治二十五年の新秋は毎日が暑くてたまらず、この詩を書いて気分を変えることにした。

七十九歳湖山酔翁

何と雄大な詩であろうか。湖山は、地球の広さを感じ、千年前から残る雪を見、鳳が飛び神仙たちが会合する様を想像する。富士山の頂上に立った時、これをいかに詩にすることが可能なのか、湖山にとっては一つの試みであったのではないか。

あの杜甫が山に登り、新奇な世界を眺めるとともに自分を振り返って詠んだ「登金陵鳳凰台（きんりょうほうおう）」の詩を彷彿させる。この三千世界が眼前にあるものの、それはこの山頂を極めた者だけが語りうることができるのだ。八十歳近くなって、今一度あの時の体験が思い起こされたのだろう。

なお、この漢詩は、山梨県編纂『富士山の自然界』（宝文館、一九二五年）に掲載されたものから引用した。

猪口篤志『日本漢詩鑑賞辞典』（角川書店、一九八〇年）には、「湖山小野長愿」の「登嶽」として載っており、津島佑子『火の山—山猿記』下巻（講談社文庫、二〇〇六年）にも引用されている。

富士山を詠む②

望嶽

天風一掃宿雲消
仰見芙蓉秀碧霄
雄峻中含温雅気
居然坐受衆山朝

湖山八十二翁

嶽（がく）を望む

天風（てんぷう）　一掃（いっそう）して　宿雲（しゅくうん）消ゆ
仰ぎ見る　芙蓉（ふよう）　碧霄（へきしょう）に　秀（しゅう）ずるを
雄峻（ゆうしゅん）　中（うち）に温雅（おんが）の気を含み
居然（きょぜん）として坐し　衆山（しゅうさん）の朝（ちょう）を受く

湖山八十二歳の翁

・天風　テンプウ　空高く吹く風。
・宿雲　シュクウン　夜来の雲。宿は「やどる」の意。
・芙蓉　フヨウ　芙蓉峰の略、富士山の異称。
・碧霄　ヘキショウ　蒼空（あおぞら）。青く晴れた空。
・温雅　オンガ　おだやかで上品なさま。
・居然　キョゼン　安らかなさま。すわって動かないさま。
・朝　チョウ　あつまる、あつめるの意。

天風が吹き起こって、昨夜来閉じ込めていた雲はあっさり消えた。仰ぎ見ると、そこには富士山が青空高くそびえ立っているのが見えるではないか。よく見ると、立派に突っ立っている中に何となく上品な感じがする。富士はどっかりと坐り、四方の山を見下ろしている。

湖山が八十二歳の時の作である。

これは、日露戦争後、日本がその勝利に酔っている当時、新聞に「日本百人一詩」として連載された中に、「望嶽」と題して載った詩である。

それを解説するのは、関西大学の最初の名誉教授である藤澤黄坡(ふじさわこうは)である。藤澤は、「この詩もさながら我が天子の御すがたであると祝したものである」という。下から仰ぎ見る富士山は、また同時に四方の山を見下ろしている。湖山にはそんな雄大な山が私たちをおだやかに見守ってくれている存在にも見えるのであろう。

なお、その新聞には初代首相の伊藤博文(いとうひろぶみ)(一八四一～一九〇九)や陸軍軍人の乃木希典(のぎまれすけ)(一八四九～一九一二)らの漢詩が並べて掲載されている。

鋸山を詠う

登鋸山　　　　鋸山(のこぎりやま)に登る

雲霧不遮千里眼　　雲霧(うんむ)の千里の眼を遮(さえぎ)らざれば

海山殆尽十州天　　海山　殆(ほとほと)　尽くす　十州(じっしゅう)の天

・雲霧　ウンム　　雲と霧。人々の迷い、判断をくもらせるもの。

・十州　ジッシュウ　　室町時代、関東管領が政務を統轄した十ヶ国の総称。関八州（安房・上総・下総・常陸・下野・上野・武蔵・相模）に伊豆・甲斐の二ヶ国を加えて呼ばれる。

雲と霧が千里まで見通す視力をさえぎらなかったら、海と山はほとんど十の国の範囲まで私の視野に収まるのだ。

鋸山は、千葉県南部、房総丘陵西端にある山で、鋸の歯のような岩峰が連なることからそう呼ばれている。海抜は三二九ｍと決して高い山ではないが、海辺に近いため、見晴らしがよく、頂上からは東京湾を挟んで横須賀や横浜が一望できるという。千里を一望できる眼をもつことができれば、どんなにか気持ちよいことだろう。

湖上から山を見て

夜宿湖上楼　　夜は湖上の 楼(たかどの) に宿(やど)り

暁看湖上山　　暁(あかつき)には湖上の山を看(み)る
湖光明如鏡　　湖光(ここう)明らかにして鏡のごとく
山整環雲鬟　　山は整い雲鬟(うんびん)を環(めぐ)らす
拍闌絶叫先斟酒　　闌(てすり)を拍(う)ちて絶叫し先(ま)ず酒を斟(く)む
暁日欲昇未昇間　　暁に日昇らんと欲するも未(いま)だ昇らざるの間(あいだ)

中禅湖上五首之一　　中禅湖上五首の一つ

・居然　キョゼン　じっとしているさま。座って動かないさま。いながら。
・皇州　コウシュウ　天皇のくに。日本をいう。
・雲鬟　ウンビン　女の鬟の美しさを雲にたとえた語。また、美しい女のこと。
・闌　テスリ　手すり。たけなわ。
・暁日　ギョウジツ　明け方、あかつき、あさひ。

夜は中禅寺湖畔の楼に泊まり、明け方には湖畔にそびえる男体山(なんたいさん)を眺める。湖に映る景色は鮮明で、湖面は鏡のようである。山はまるで端正な美しさと豊かな緑に覆われている。欄干(らんかん)を叩き感動の声を上げてまずは酒を飲む。明け方に日が昇る直前の時。

中禅寺湖畔で詠んだ五首の一

中禅寺湖から眺めた男体山のことである。古くから修験道(しゅげんどう)の山として知られ、国神山や黒髪山(くろかみざん)ともいわれる。湖上に泊まり、朝方、山を湖から眺める。湖が光り輝き、山は美人髪のように整って見える。その光景に感激し、酒を酌み交わす。ここでも湖山は、その雄大で霊験あらたかなる山が国を鎮めていることを感じたのではないだろうか。それを書いた掛け軸が次である。

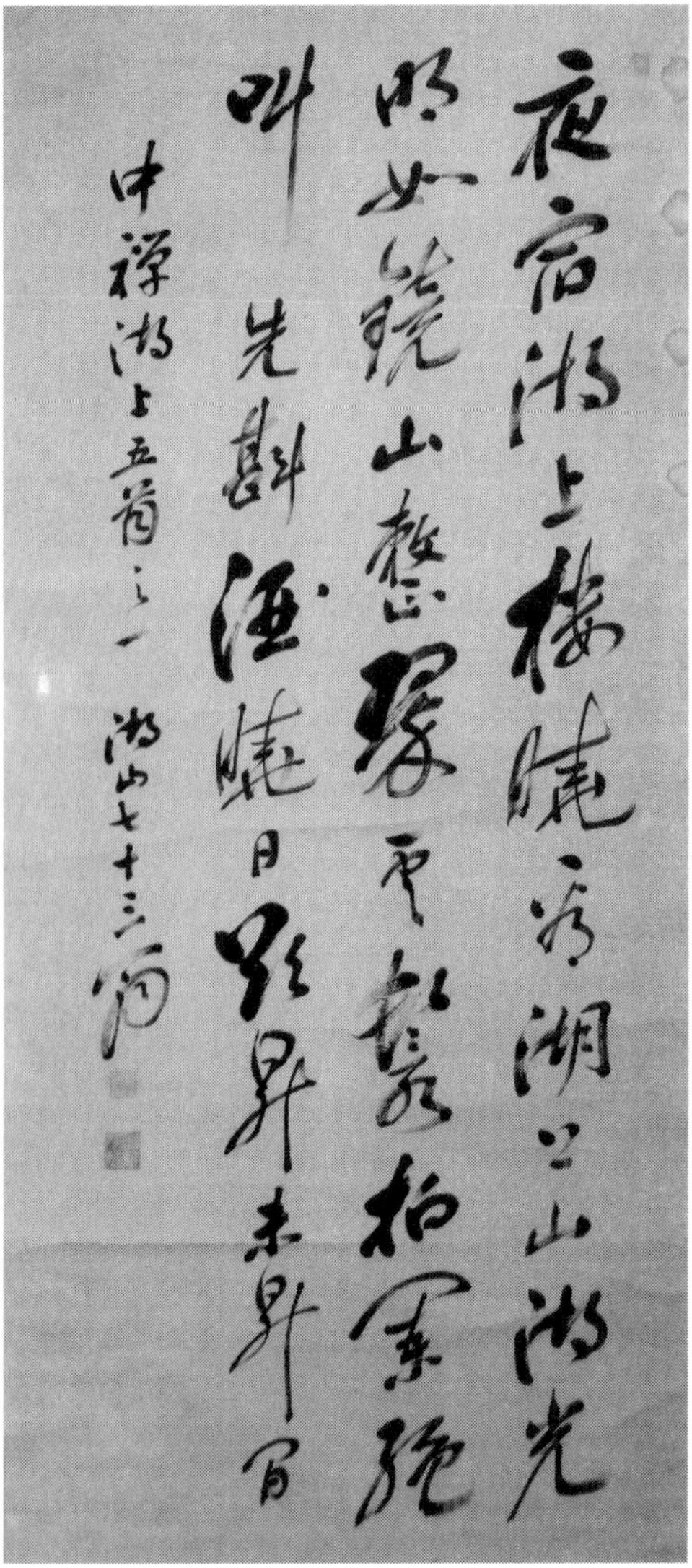

湖山73歳時の詩

鶴を詠う

一声清唳幾人聞
寄夢仙山万畳雲
丹頂分明風格気
優游何害伴鶏群
　詠鶴為北村君嘱
　湖山八十二翁愿

一声の清唳　幾人か聞く
夢に寄す仙山　万畳の雲
丹頂は分明なり　風格の気
優游たり　何ぞ害せん　鶏群を伴うを
　鶴を詠じ北村君の嘱を為す
　湖山八十二歳の翁愿

・清唳　セイレイ　唳は鶴や雁の鳴く声、澄んだ鶴の鳴き声。
・分明　ブンメイ　鶴としての風格あることが一目で分かること。
・優游　ユウユウ　暇があって、のんびりしているさま。
・鶏群　ケイグン　多くの鶏。たくさんの鶏の中に一羽の鶴がいることを鶏群の一鶴という。多くの人の中で一人秀でること。

鶴の清々しい鳴き声は誰も聞いたところであろう。夢の中で仙山の辺りに群がる雲の中を丹頂の鶴が飛んでいる。ただそれだけで鶴としての上品な風格が十分に分かる。優々としてのんびりしている鶴が、騒がしく動き回っている鶏どもの中にいても、鶴の気品は少しも妨げられない。

たいした鳥である。

鶴のことを詠った詩を北村君に頼まれて書いた　八十二歳の湖山老人愿

鶴は、古代中国の伝説では仙界に棲む鳥とされている。また、吉祥（きちじょう）と長寿の象徴でもあり、古来、高位高官の身に着ける装飾品に用いられたぐらいである。

「鶴の一声」は、権力者などが最後に決める一言を表すが、もとは甲高くよく通る声で鳴くことから来ている。声を含めて、その上品な姿とともに鶴はやはりどこか人を魅了するものがある。湖山が敬愛した白居易もまた鶴を愛した人であった。

春の風を詠う

握月担風杯酒不弧　　握月（あくげつ）　担風（たんぷう）　杯酒（はいしゅ）弧（こ）ならず
三友約樵山漁水　　三友（さんゆう）の約　山を樵（きこ）り水（みず）を漁（あせ）る
起居自占一家春　　起居（ききょ）自（おのずか）ら占（し）む　一家の春
湖山八十二酔翁題　　湖山八十二歳の酔翁が題す

・握月　アクゲツ　　月を愛する情の切なるをいう。

・担風　タンプウ　風をになう。握月とともに風月の情緒を楽しむこと。
・杯酒　ハイシュ　杯にくんだ酒。また、酒盛り。
・三友　サンユウ　三人の友だち。画題では松・竹・梅。白居易のいう三友は、琴・詩・酒。この場合は、月・風・酒をいう。
・樵山　ショウザン　山をきこる。山へ柴狩りに行くこと。
・漁水　ギョスイ　川へ魚とりに行くこと。
・起居　キキョ　立ったり、座ったりすること。転じて、日常の生活。

春の風に吹かれながら一杯やっていると、折りから東の空から月が顔を出してくれた。三友の約を違(たが)えることもなく、皆やって来てくれた。また、山へ焚き物を取りに行き、川へは食べ物を取りに行ってのこの生活、わが家こそひとりでにこの世の春を一人占めしているようで、のどかでありがたいことである。

酔翁を名乗る八十二歳の湖山が書いた。

湖山には、春の季節を書いた詩が多い。さらに、月と酒である。山から、川からそれぞれ友だちがものを持ってやって来る。何とうらやましい生活であろう。

幕末の志士たちと交わり、明治の役人にまでなった湖山が、晩年はこのような詩を堂々と出し、自分を酔翁とまで称している。前述したように、湖山は、白居易の詩風に強く心を惹かれていたともいわれている。白居易の晩年が琴・詩・酒を三友としたように、湖山もまた自分を重ねていたのであろうか。

（二）人物を讃える

荘子の思想を詠む

天理人情説得奇
篇名自表大宗師
世間万事渾如夢
豈啻先生化蝶時
　読荘子　湖山酔人

天理　人情　説得奇しなり
篇名に自ら表す大宗師
世間　万事　渾て夢の如し
豈啻に先生　蝶に化する時のみならんや
　荘子を読む　湖山酔人

・天理　テンリ　正しい道理をそなえている人の本性。万物が生長する自然の道理。
・人情　ニンジョウ　人の心、感情。おもいやり、なさけ。
・宗師　ソウシ　尊び、手本とする師匠。大宗師は、『荘子』の本に出てくる篇名で「大宗師篇」がある。根本は、「無心」である。

・啻　タダ　「ただに……のみならんや」のように読み、単にそれだけではない、という意味を表す。

・先生　センセイ　荘子(そうし)のこと。書名、人物名が同一文字であるため、古来、人物の荘周(そうしゅう)をよぶ時は「ソウシ」。書物をよぶ時は「ソウジ」と読み分けしている。

・化蝶　ゲチョウ　「胡蝶の夢」と呼ばれているもの。昔、荘周が夢に胡蝶となって、物と我との区別を忘れ、物我一体の境地に遊んだ故事。転じて人生のはかないたとえ。

・荘子　ソウシ　中国、戦国時代の宋の思想家。生没年は未詳。儒家の思想に反対し、独自の形而上学的世界を開いた。その思想は老子と合わせて老荘思想と称され、後世まで大きな影響を与えた。

天理人情をよく分かるように人に説明し、納得させることはあやしいものである。『荘子』をよく読んでみると大宗師について話されているが、その根本は無為自然で無心の世界の説明である。世の中は分からぬもので、昔、荘周が夢の中で胡蝶となって飛び廻り、物と我との区別がつかず、物我一体の境地に遊んだという話であるが、どうして蝶になったその時だけが夢であったといえよう。考えてみれば、単にそれだけでなくて世の中の一切万事が夢のようなものである。

荘子を読む湖山酔人

湖山は、別の詩でも、「この世は一夢の春」だといっている。荘子の「胡蝶の夢」のごとく物我一体となって、無為自然の状態に行き着くものを感じているのだろう。それ故、湖山もまた翁となってからは酒に酔う自由人となっていった。それは、白居易の生き方に通じるものでもある。

韓湘子を讃える

万里関山竄逐臣
連天風雪奈悲牽
韓家子弟知多少
唯有仙人情最真
　風雪藍関図席上分韻
湖山稿

万里関山　竄逐の臣
連天の風雪　奈ぞ悲しみを牽かん
韓家の子弟　知る多少
唯仙人有りて　情最も真
　風雪藍関の図に席上分韻す
湖山稿す

・関山　カンザン　関所と山々。郷里の四郷を巡らす山々。故郷。韓愈の故事をふまえたこの詩では藍田関をさし、その略。

・竄逐　サンツイ　放逐されること。追放されること。

・知　シ(る)　上表あるいは上疏(君主に意見書を奉ること)して、受け入れられなかった事実をさす。

・仙人　センニン　韓湘子のこと。韓愈の長兄の韓会の養子。中国の八仙人の一人。韓愈は潮州へ流され、その途中大雪に遭うのを監湘子は予言していた。

・分韻　ブンイン　一、人以上会合して詩を賦する時、互いに韻事を分け合い、これを用いて作成する作詩法。唐宋時代より始まった。

遙か藍関の向こうに追放された朝臣韓愈（ちょうしんかんゆ）。厳しい風雪の日々が続くといって、どうして悲しみに囚われることがあろうか。優秀な韓家の子弟が何人いたか私は知らないが、ただ一人の仙人がいたことは知っている。彼の精神は真理に達していた。

風雪藍関の図によって、分韻の方法で即席作詩したものの原稿である。湖山が稿する。

韓愈（七六三〜八二四）は、中国の唐中期を代表する文人で科挙出身の高級官僚である。幼少の時から苦労し、役人になってから二度の左遷を経験する。韓愈が意見を皇帝に奏上したが、その日のうちに八千里離れた潮州へ飛ばされている。風雪は人を寄せ付けず、藍田関を包み込み、馬は進もうとしない。そこに韓湘子が現れ、以前自分が咲かせた花びらに書いた詩の通りになったでしょうと言い、その後韓愈を救ったという逸話がある。

かつて湖山も勤王の志士として活動し、幽閉させられたことがあるだけに、韓愈の立場に共感しつつ、韓湘子のように自分を助けてくれる存在があることに感謝するという、客観的に物事を見ることの大切さをここに詠んだのであろうか。

菅原道真を詠う

珠楼玉殿幾重々　　珠楼玉殿（しゅろうぎょくでん）　幾重々（いくじゅうじゅう）

仰見乾坤霊秀鍾　　仰ぎ見る　乾坤（けんこん）の霊秀鍾（れいしゅうあつ）まるを
一般風節高千古　　一般の風節（ふうせつ）　高きこと千古（せんこ）
遺愛梅花遺愛松　　遺愛（いあい）の梅花　遺愛の松
謁菅公廟　七十五老人湖山愿　　菅公廟（かんこうびょう）に謁（えっ）す　七十五老人湖山愿

・珠樓玉殿　シュロウギョクデン　立派な建物。楼閣。御殿。
・乾坤　ケンコン　天と地。国。天下。天地の間。人の住むところ。
・霊秀　レイシュウ　すぐれてひいでる。神秀。
・風節　フウセツ　風骨と気節。気概。
・千古　センコ　大昔。遠い後の世。永久。永遠。
・遺愛　イアイ　死んだ人がのこした子、功績。生前大切にしていたもの。
・謁　エツ　まみえる。身分の高い人に面会する。
・菅公　カンコウ　菅原道真（すがわらのみちざね）（八四五〜九〇三）の敬称。

道真公を祀るこの社にお参りして眺めてみると、立派な建物が次から次へと現れていくらあるのか分からないほどで、世の中のよい物がここに集まってしまった感じがしてきておのずから頭の下がる思いである。菅公の気概の高かったことは永遠に伝わるわけで、今、目の前にしているのは生前大事にしておられた梅や松がこのことを証しているかのようである。

学問の神様とまで崇められている菅原道真を祀る北野天満宮には、道真公の徳を偲ぶかのように立派な建物だけでなく、梅をはじめ多くの樹木で彩られている。ここに参拝することで、学問への志や人間としての気高い心を思い起こしてくれるようだ。折しも、湖山七十五歳の一千年前は、道真公が宇多天皇のもとで力を持ち遣唐使中止を建議した頃である。

源義家を讃える

誰言百戦不酬功　　誰か言う　百戦功を酬いられず
万里東辺指掌中　　万里　東辺　掌中を指さす
身帯恩輝出関去　　身は恩輝を帯びて　関を出でて去る
征衣春暖落花風　　征衣　春は暖かなり　落花の風
　八幡公過勿来関図　　八幡公　勿来関を過ぐるの図
　湖山生　　湖山生

・万里　バンリ　　非常に遠い道のり。
・東辺　トウヘン　　東北地方。皇威に従わなかった地方。

・掌中　ショウチュウ　支配権の及ぶ範囲。
・征衣　セイイ　出征する兵士の着る服装。軍服。
・関　セキ　勿来(なこそ)の関。古代の関所。白河関・念珠(ねず)ヶ関とともに奥羽三関の一つ。現在の福島県いわき市勿来付近にあった。
・花　ハナ　特にさすものとして古くは梅の花、のち桜の花。
・八幡公　ハチマンコウ　平安後期の武将、頼義の長男、源　義家(みなもとのよしいえ)。

奥州征伐は何回戦ってもうまく成功しなかった、といったい誰が言うのだ。二度にわたって、はるばる東北の地までやってきて、今、皇化に浴そうとしているのではないか。それを何と言うのだ。自分としては朝廷の広大なお恵みをいただき、奥州鎮定の任務を終えて、この関を通り、故郷に帰ろうとしている。折しもちょうど春となり、桜の花は今や満開の状態で、時折、吹いてくる春風に誘われて散り来る花びらは、わが身体に降りかかってくるのである。

八幡太郎義家公が桜花爛漫の勿来関を通っている図を見て、湖山が作った。

源義家(一〇三九～一一〇六)は、後三年の役(えき)の鎮定後の帰途、勿来の関にさしかかり、「吹く風を勿来の関と思えども道もせに散る山桜かな」(『千載集』)と詠じたことでも有名である。

この絵を見ての詩作に藤森弘庵も「誓掃胡塵不顧家、懸軍万里向辺沙。馬頭残日東風悪、吹落関山幾樹花」（誓って胡塵を掃わんとして家を顧みず、懸軍万里辺沙に向かう。馬頭残日東風悪しく、吹き落とす関山幾樹の花）と詠っている。弘庵も湖山同様に異民族が徐々に押し寄せてくる情勢を懸念して何とかしたい一心であったのだろう。

北条時宗を讃える

不報其書誅其使　　其の書に報えず其の使を誅す
武臣籌略是是非　　武臣の籌略　是れ是か非か
従来威断能成事　　従来威断　能く事を成す
何怪神風助国威　　何ぞ神風の国威を助くるを怪しまんや
　天佑国威之図　　天　国威を佑くるの図

・武臣　ブシン　武事で仕える家臣。
・籌略　チュウリャク　はかりごと。策略。
・国威　コクイ　国の威力。国家が対外的に有する威光や威信。

元からの国書に返事を与えず、その使者を斬り捨てた。武臣・北条時宗の謀は吉と出たか凶と出たか（それは今日誰でも知っている）。歴史の上で力強い決断は大事を成し遂げてきた。神風が我が国威をたすけようとして吹いたことをどうして疑うことがあろうか。

鎌倉幕府の八代執権であった北条時宗による元の使者への対応には是非が問われるものの、結果として元の襲来をはね除けられたことは確かである。それを神の恩恵によると考えるのだろう。のちの尊皇攘夷運動に結びつくのだが、権威による判断が必ずしも良いとはいえない場合もある。神や宗教が日本人の行動の根底にあるのは否めない。

楠木正成を詠う

忠純応過武侯倫　　忠純　応に過ぐべし武侯の倫に
一拝龍顔則致身　　一たび竜顔を拝すれば則ち身を致す
乾坤闇闢関出処　　乾坤の闇は闢かれん　関出る処に
可待草廬三顧人　　待つべし草廬　三顧の人を
　楠公　　　　　　　楠木正成公

・忠純　チュウジュン　忠義一途なこと。

・武侯　ブコウ　　　将軍、君主。
・竜顔　リュウガン　天使の御顔。
・致身　チシン　　　身命を捧げること。
・乾坤　ケンコン　　天と地。日本中、世界。
・草盧　ソウロ　　　草で作った小さな家。草庵。

楠公(なんこう)の至誠の忠義は、おそらくあの諸葛武侯の忠節以上であろう。ひとたび帝に拝謁の栄誉を賜るや力を尽くしてお仕えした。天下混迷の闇はひらかれるであろう、逢坂の関の外側で。(忠義の人は)その草庵に三顧の礼を尽くす人を待て。

湖山には、尊皇思想がその根底にある。後醍醐天皇に仕え挙兵し、新政樹立に貢献した楠木正成(?～一三三六)を賛美するのは当然であろう。幕末の時代と重ね、天皇の世にするという忠義は、中国の三国の蜀漢(しょくかん)の初代皇帝である劉備(りゅうび)に三顧の礼を受けて仕えたと伝えられる諸葛孔明(しょかつこうめい)にも通じるものがある。湖山もまさに誠忠の情にあふれた人であったといえよう。

太田道灌の逸話

剥啄叩門礼意疎　剥啄(はくたく)　叩門(こうもん)　礼意(れいい)疎(うと)し
勁弓健馬猟歸初　勁弓(けいきゅう)　健馬(けんば)　猟して帰る初め
一枝春色多情甚　一枝の春色　多情甚(はなは)だし
惹得武人能讀書　惹き得たり　武人(太田道灌(おおたどうかん))の能(よ)く書(しょ)を読むことを

　猟帰借簑　　　猟の帰りに簑を借りる

・剥啄　ハクタク　来訪の者がコツコツと門を叩く音。
・勁弓　ケイキュウ　張りの強い弓。
・多情　タジョウ　情がこもっていること。

江戸城創設の太田道灌は、若き日鷹狩りの帰途雨に遭い、小屋の戸を叩いて簑(みの)の借用を乞う。やがて若き女が出て来て、山吹の一枝を恭(うやうや)しく捧げて入る。道灌はその意を解し得ず、怒って去る。後日、「七重八重花は咲けども山吹のみの一つだに無きぞあやしき／後拾遺（雑五）」の古歌の意と聞き、武には長けても文には疎(うと)かりし我を恥じ、以来学芸の道に勤(いそ)しみ名歌を残す歌人となる。

上杉家の重臣であった太田道灌（一四三二〜一四八六）もまた、君主のために多くの合戦を経験し、最後は主君に暗殺されるという悲劇の運命を辿っている。歌道にも通じたという一つの有名な逸話を詩に表している。武将として武芸を磨くだけでなく、文芸にも通じようとした道灌の話を詩に残しておきたかった湖山の思いを推し量ることができる。

朱舜水を詠う

朱舜水先生墓
安危成敗亦唯天
絶海求援豈偶然
一片丹心空白骨
両行哀涙洒黄泉
豊碑尚記明徴士
優待会逢国大賢
莫恨孤棺葬殊域
九州彊土盡腥膻

朱舜水先生の墓
安危成敗　亦唯天
絶海　援けを求む　豈偶然ならんや
一片の丹心　空しく白骨
両行の哀涙　黄泉に洒ぐ
豊碑　尚記す　明の徴士
優待　会ち逢う　国の大賢
恨む莫かれ　孤棺　殊域に葬らるるを
九州の彊土　尽く腥膻

・安危　アンキ　国の安らかなことと危ういこと。
・成敗　セイバイ　功業の成ることと敗れること。
・亦唯天　マタタダテン　天はめぐりあわせ。
・絶海　ゼッカイ　海をわたること。
・空白骨　クウハッコツ　何の実効もあがらずに死んだこと。
・洒黄泉　セイコウセン　冥土に向かってそそぐこと。
・徴士　チョウシ　徴君ともいう。学問徳行があって朝廷または政府に召し出された高徳の士。
・国大賢　コクタイケン　一国の大賢人。徳川光圀をさす。
・殊域　シュイキ　遠く隔たったよその国。
・九州彊土　キュウシュウキョウド　中国の版図（領土）。
・腥羶　セイセン　なまぐさいこと。外夷にいう。ここは清をさす。

国家の安危も、王事の成敗も、またただこれ天命である。君（舜水）がはるばる海を渡って日本に援助を求めたのは、決して偶然ではない。（当時の日本の国情が許さなかっただけである。）されば君の一片の忠誠も実効を見ず、異国の地に白骨と化したのである。それを思えば同情の涙は双眼より溢れて、黄泉に向かって注ぐのである。君の大きな墓碑には、日本に帰化したはずなのに、君の志を察してか、なお明の徴士と記されている。思えば、君はこよなき優遇を日本の大賢（光圀）に受けているのである。（私にいわせればむしろ）君ほど幸せな人はない、ただひとり異国の地に埋葬されたからといって恨むことはない。たとえ君が故郷に帰ったとしても、中国はなまぐさい胡人(清人)の支配地で、君の骨を埋めるべき清浄の地はなかったのだから。

(猪口篤志『日本漢詩鑑賞辞典』角川書店、一九八〇年)

朱舜水(一六〇〇~一六八二)は、中国の明の遺臣で再興運動に失敗し、一六五九年日本に亡命した。徳川光圀に招かれ、水戸学に影響を与えたという。その墓は水戸藩主累代の墓地である瑞龍山(茨城県常陸太田市)にある。湖山は若い日に、水戸に往来してその墓に詣でていた。舜水が明の徴士となったように、後年、湖山もまた明治になって徴士になるとは思ってもいなかっただろう。

徳川家康を詠う

三峯対峙勢嵯峨　　三峯対峙し　勢い嵯峨たり
載筆日光山下過　　筆を載せて　日光山下を過ぐ
天地英霊秘巌壑　　天地の英霊　巌壑に秘し
金銀楼閣照烟蘿　　金銀の楼閣は烟蘿を照らす
頌言敢擬生民什　　頌に言う　敢て擬す生民の什

閑句聊賡撃壌歌
霞宿雲遊是誰賜
千秋回首感恩波
　日光山旧作　九十老人湖山愿

閑句(かんく)　聊賡(りょうつ)ぐ　撃壌(げきじょう)の歌
霞(かすみ)は宿(やど)り　雲は遊ぶ　是れ誰の賜(たまもの)ぞ
千秋(せんしゅう)　首を回(めぐ)らせて恩波(おんぱ)に感ず

・対峙　タイジ　向かい合って高くそびえ立つさま。
・嵯峨　サガ　高く突っ立って険しいさま。
・載筆　サイヒツ　筆を持って行くこと。記録を付けること。
・英霊　エイレイ　霊妙な気。すぐれた霊気。
・巌壑　ゲンガク　厳しい山と岩屋。岩山と石窟。
・烟蘿　エンラ　烟は霧、霞。蘿はツタ、カズラの類。霧に包まれたツタの這う山奥。
・頌　ショウ　『詩経』の六義の一つ。宗廟(そうびょう)における楽歌。神徳を形容、賛美したもの。
・什　ジュウ　『詩経』の雅と頌の各十編をいう。転じて詩歌、詩篇をいう。
・撃壌　ゲキジョウ　地面を足で踏みならして拍子をとること。堯(ぎょう)の時、天下が太平で、老人がこの遊びをして楽しんだ故事、転じて太平無事の形容。
・千秋　センシュウ　千年。永久。
・恩波　オンパ　いつくしみが広く波及するの意。

（たまたま私は日光山下にやって来た。）高く突っ立つ険しい山が三方から向かい合ってそびえているのを見て、天地の霊気がここ日光の山や深い谷に集まっているという感じになったのである。建物はと見れば金色に輝き、その色が辺りの垣根に照り映えて、何とも美しい世界を目の前にすることができた。そこで、（自ら進んで東照宮のご神徳を称えるべき）一般人民の歌になぞらえて歌をつくってみた。静かにうたい、太平を喜ぶ。昔のこと、撃壌の遊びをして楽しんだように、（今この日光の地に）無事太平の天地がおとずれている。（有り難いことである。）霞がたなびき、雲はゆったりと遊んでいる。（一体どなたのおかげか、）考えてみれば東照公のお陰であって（戦を無くし平和を導いてくれた、）その恩に感じるばかりである。

日光山での旧作を九十の老人湖山愿が書いた。

湖山が九十歳の時は、一九〇三年（明治三十六）で、日露戦争が始まる前年にあたる。日清戦争が終わり、日本がようやく世界の表舞台で対等に渡り合える時でもある。そんな時期、湖山は日光山の徳川家康（一五四二〜一六一六）の霊を神として祀る東照宮を参詣したのだろう。このような詩がつくれるのも、二六五年もの長く続いた江戸時代の基礎を成した家康のおかげだと詠んでいる。

大石良雄を讃える

寄題大石良雄故宅桜花　題に寄す　大石良雄故宅の桜花(おうか)

此老無双士　此の老　無双の士
此花絶世芳　此の花　絶世の芳
千秋留偉績　千秋　偉績を留め
一樹護余香　一樹　余香を護る
諸葛廟前柏　諸葛　廟前の柏
召公宿処棠　召公　宿処の棠
深欽情乃爾　深く欽うの情　乃ち爾り
豈啻賞春光　豈啻に春光を賞するのみならんや

・無双　ムソウ　比較するものがないほどすぐれていること。
・芳　ホウ　香りが発散する。よい香り。花。
・召公　ショウコウ　召公奭。中国、周初の政治家。殷滅亡後、燕に封ぜられ、成王の時、陝西を領す。よく民を治めたという。
・偉績　イセキ　偉大な功績。大功。
・余香　ヨコウ　あとまで残る香り。残り香。余薫。
・棠　ヤマナシ　カラナシ。コリンゴ。バラ科の落葉高木。

この方は、他に並ぶ者がいないほどの武士である。この桜は、この世にまたとないほど優れた花である。長い年月のなかで偉大な功績をなし、一つの樹がよい香りを保っている。諸葛孔明を祀る廟にある柏木や召公奭の宿所にあるヤマナシの木と同様に深く慎み慕う気持ちは当然のことである。どうしてそれらを見て、ただ春の光を讃えるだけで終われるはずがあろうか。

忠孝の士といえば、やはり大石内蔵助（一六五九〜一七〇三）を外すことはできない。赤穂浪士四十六人を率いて吉良邸に討ち入り、主君浅野長矩の仇を討ったことは有名である。今も残る大石邸の桜の木はまるで潔く散る花の命を見事にたとえているようである。

また、杜甫の詩にあるように諸葛孔明や召公奭への敬慕からその廟や宿所にある樹（カシワやヤマナシ）を後世の人は大切にしたともいわれている。単に春の光景を愛でるだけでなく、そんな気高い心を湖山は愛してやまなかったのだろう。

袁子才を詠む

読袁子才集
一世牢籠力亦優
詩文双妙有誰儔
子才子是奇才子

袁子才集を読む
一世牢籠すれば力亦優なり
詩文双つながら妙る　誰か儔ぶもの有らん
子才子は是れ奇才子なるも

唯解游遨不解憂　　唯(た)だ游遨(ゆうごう)を解して憂いを解せず

・一世　　イッセ　　生まれてから死ぬまで。一生。
・袁子才　エンシサイ　袁枚(えんばい)（一七一六～一七九七）のこと。中国、清の文学者。詩は格式にとらわれず、自己の性情を自由に表現すべきものと性霊(せいれい)説を主張した。
・牢籠　　ロウロウ　　引きこもること。人前に出ないこと。
・奇才　　キサイ　　世に珍しいすぐれた才気、才能。また、その才能をもつ人。

袁子才の生涯を概括すれば、やはり秀でた人物であったといえる。詩と文章といずれも優れ、当時並ぶ者はいなかった。子才先生は、いわば奇才先生ではあったが、ただ人生の逸楽を知るばかりで憂傷(ゆうしょう)を解さなかった。

袁子才は、詩人の性情を自由に発露することを重視すべきだという「性霊説」の立場で、自ら豪遊したり、美食に耽溺(たんでき)したりしていた。また、女弟子を多く集め、まさに放蕩(ほうとう)の詩人でもあった。その平明な詩風は湖山が尊敬する白居易に通じるものがあるようだ。ただ、人の憂いというものを解さないところを、湖山は暗に批判しているのではないだろうか。

東郷平八郎を称える

名将機籌精且微
百般計画一無違
祖宗遺烈吾皇徳
天降斯人壮国威
聞対州峡大捷舊作
為下村君清嘱
　従五位小野長愿
　時年九十有四

名将（めいしょう）　機籌（きちゅう）　精且（せいか）つ微（び）
百般（ひゃっぱん）の計画一つも違うこと無し
祖宗（そそう）の遺烈（いれつ）は吾が皇徳（こうとく）なり
天　斯の人を降ろして国威（こくい）を壮（さか）んならしむ
対州（たいしゅう）　峡（きょう）の大捷（たいしょう）を聞きて旧作を
下村君の清嘱（せいしょく）を為す
　従五位小野長愿
　時に年九十有四

・名将　メイショウ　東郷平八郎（とうごうへいはちろう）提督、元帥。
・精微　セイビ　くわしくてこまかいこと（さま）。
・百般　ヒャッパン　いろいろな方面。種々の方面。
・機籌　キチュウ　秘密のはかりごと。
・祖宗　ソソウ　建国の祖と中興の祖。初代から先代までの代々の君主、天皇。
・遺烈　イレツ　前人の遺した立派なことがら。烈は、業。
・対州　タイシュウ　対馬国の別名のこと。

・大捷　タイショウ　ここではロシア艦隊を撃破して大勝したこと。

名将と呼ばれた東郷平八郎元帥の海戦に臨むはかりごとは、くわしく小さいところまでよく行き届いていた。そのため、いっさいの計画が一つも違うことなく大勝することができたのである。これは、実に代々の天皇方がお残しになったお力が明治大帝の御徳となって表れたものであって、天はその人、東郷元帥をこの世に送って、国威を盛んにするようにされたものと思える。

対馬沖海戦の大勝を聞いて作った詩を下村君に頼まれて書いた。

従五位小野長愿はこの時、九十四歳であった。


海軍軍人の東郷平八郎元帥（一八四八〜一九三四）は、日露戦争の際、連合艦隊司令長官としてロシアのバルチック艦隊を日本海海戦で打ち破って活躍した。

その綿密な計画が成功したのは、代々の天皇の力が明治天皇の徳になって表れたものだとまでいっている。小さい日本が大国に立ち向かい、次々と勝利していくことで、一層天皇による国威を絶賛する国民も少なくなかったことであろう。

かつて尊皇運動に力を注いでいた湖山だけに、日本がこのように世界で認められる存在にまでなったことで、九十四歳という長寿を生きた湖山はなおも天皇による国威を絶賛していたことが分かる。

（二）　神や天皇を敬う

それぞれの神を詠う①

天照皇大神

天無常親克誠維親　　天　常(つね)には親(した)しむこと無く　克(よ)く誠(まこと)なれば維(こ)れ親しむ
神無私享克敬維享　　神　私(ひそか)かには享(う)くること無く　克(よ)く敬(けい)なれば維(こ)れ享(う)く

・私享　シキョウ　ひそかに受ける。内緒でわが物とする。

天照皇大神(てんしょうこうだいしん)

天は常に親身のような行いを私たちに与えてくれるというものではなく、よく誠を尽くすことで親身になってくれるのである。神は内緒で自分だけに物を与えてくれるのではなく、よく敬うことで享受できるのである。

八幡大神

勿侮闇室神是聴之　闇室を侮る勿れ　神是れ之を聴く
勿行陰悪天是知之　陰悪を行うこと勿れ　天是れ之を知る

・闇室　アンシツ　人のいない部屋。「闇室を侮る」は、独りを慎むこと。

八幡大神

分からないからといっていい加減なことをしてはいけない。神は十分これを知っているので、独りを慎むことが大事である。陰悪なことをしてはいけない。天はちゃんとそのことを知っている。

春日明神

身行正直神錫之福　身に正直を行えば　神之に福を錫う
心存邪曲天降之咎　心に邪曲を存すれば　天之に咎を降ろす
安政三年蔵次丙辰春三月甲子盥嗽三拝敬書　横山巻

・邪曲　ジャキョク　心がねじ曲がっていて、正しくないさま。邪悪。よこしま。

・咎　トガ　罰されるべきおこない。つみ。
・盥漱　カンソウ　手や顔を洗い、口をすすぐこと。心身を清めること。

春日明神(かすがみょうじん)

自分自身正直であるなら神は福を与えてくださるし、また心に邪悪な気持ちがある時は、その人に罪を与えるであろう。

安政三年(一八五六)、この年は丙辰の年にあたり春三月甲子の日に心身を清め三拝し、謹んでこの軸を書いた。　横山巻

この詩が書かれた安政三年は、東京では死者四千人余りを出す大きな被害があった地震の翌年である。まだその傷が癒(い)えない時でもあっただろう。神前で自ら心身を清め三拝して書いたとある。天や神を信じることを通して、人はどう生きるべきかを改めて示唆しているように思われる。

それぞれの神を詠う②

天照皇大神宮

謀計雖為眼前利潤　謀計(ぼうけい)　眼前の利潤を為すと雖(いえど)も

必当神明之罰　　必ず神明之罰に当たる
正直雖非一旦依怙　　正直　一旦の依怙に非ずと雖も
終蒙日月之憐　　終には日月之憐みを蒙る

・皇大神宮　コウタイジングウ　伊勢神宮の内宮。
・謀計　ボウケイ　はかりごと。計略。謀略。
・神明　シンメイ　神。人の心。精神。祭神としての天照大神の特別の称。
・依怙　イコ　たのみとする。たよる。たよりとなるもの、父母。不公平。

天照皇大神宮

計略をめぐらせて目先だけの利益をあげてみても、必ず皇大神宮の罰を受けることになる。正直なために、ひとたび不公平なことになっても、辛抱していれば最後には月日の憐れみを受ける身となる。

八幡宮

雖食鉄丸　　鉄丸を食すと雖も
不受心穢人之物　　心穢の人之物を受けず
雖坐銅焔　　銅焔に坐すと雖も

不到心濁人之処　心濁（しんじょく）の人之所には到（いた）らず

・八幡宮　ハチマングウ　我が国古来の弓矢の神。祭神は応神天皇。
・鉄丸　テツガン　鉄の塊。（『叢書（そうしょ）本謡曲・三社（さんじゃ）託宣』に同文あり）
・銅焔　ドウエン　銅の燃える火。ともに耐えられる苦痛。

八幡宮（はちまんぐう）

食べられないものをいくら食べよと攻められても心の良くない人の物は受けない。耐えられぬ苦しみにさらされていても濁った心をもつ人のところへは行かない。

春日大明神

雖曳千日注連　千日（せんにち）の注連（しめ）を曳（ひ）くと雖（いえど）も
不列邪見之家　邪見之家（じゃけんのいえ）に列（れっ）せず
雖為重服深厚　重服深厚（じゅうぶくしんこう）を為すと雖（いえど）も
可赴慈悲之室　慈悲之室（じひのしつ）に赴（おもむ）く可（べ）し

・春日大明神　カスガダイミョウジン　春日神社の祭神。

・注連　シメ　地域を限るための目印の縄。
・邪見　ジャケン　因果の道理を無視するまちがった考え。
・重服　ジュウブク　重い喪。父母の喪。
・慈悲　ジヒ　仏が衆生に楽しみを与え、苦しみを除くこと。なさけ。

春日大明神

長い間、しめ縄を張って神事の場を作ってくれても、邪見の家へは行かない。いかに丁重な弔い方をしてくれても、わたしは慈悲心のある家へ行くであろう。

一八八〇年（明治十三）、湖山が六十六歳の時にこの詩を謹んで書いたとある。文明開化が進む一方、不平士族が反乱の相次ぎ、三年前の一八七七年に西南戦争が起こり、最終的にはそれを指揮した西郷隆盛（一八二七～一八七七）が政府軍に敗れ、自刃している。まだ不平や不安の多い世の中だからこそ、神や仏にすがるのが常であるが、辛抱し、人として清く、慈悲の心を改めて重んじるべきだと戒めているのだろう。

（四）　人を祝う

幽斎菴主の還暦を祝う

寄亀祝
同和歌題賀
幽斎菴主六十初度芳筵
五福能全知有幾
六蔵不出更何争
幽斎菴対幽池水
彼此同称霊寿名
湖山僊史巻拝具

亀に寄せて祝す
和歌の題に同(どう)じて
幽斎菴主(ゆうさいあんしゅ)の六十初度(しょど)の芳筵(ほうえん)を賀(が)す
五福(ごふく)能(よ)く全(まっとう)し　知(し)んぬ幾(き)有(あ)らんや
六蔵(りくぞう)出(い)でず　更に何をか争わん
幽斎菴は幽池(ゆうち)の水に対(つい)す
彼此(あれこれ)同じて　霊寿(れいじゅ)の名を称(とな)う
湖山僊史(せんし)巻(おさむ)　拝具(はいぐ)

・同　ドウ　同じる。調子を合わせる。組する。一つの作り方をさす。
・芳筵　ホウエン　おめでたい宴席。芳は相手に敬意を表す語。
・五福　ゴフク　人生の五つの幸福。長寿・富裕・健康・徳を好むこと、天命を全うすること。
・幾　キ　願い。

・六蔵　リクゾウ　五臓六腑。五臓（心・肺・肝・脾・腎臓）と六腑（大腸・小腸・胆・胃・三焦・膀胱）とをいう。はらわた。内臓。

・霊寿　レイジュ　霊寿子の略。亀の異名。

・僊史　センシ　仙人のような人。世離れした優れた人。この場合は、雅号の下につける語。

・拝具　ハイグ　通常は手紙の語尾につける語。謹んでつぶさに申し述べること。

亀に関連付けて祝いの気持ちを表したい。この席での和歌の題に同じて幽斎菴主の還暦の宴をお喜び申し上げます。金もあり、長生きもして、幸福な生活は分かりきったことながら、一切心配はいらない。しかも医者の手をわずらわしたこともなく、身体は元気そのものでこれ以上何の不足があろうか。しかもおめでたい席のこの家は流れて尽きない池水と向かいあっている有様で、こんな結構なことはない。あれこれ考えあわせてみると、ここへ来て長生きするという亀の名を持ち出して今日の祝宴を盛り上げたいと思う。

幽斎菴主が誰なのか分からないが、湖山と深い関係があった人に違いない。湖山は身近な人や親戚、郷里の人々に対して、こまめに祝いの言葉を掛け軸や扁額、屏風にして贈っている。この幽斎菴主にも還暦の祝いとして言葉を贈っていた。そういう細やかな心遣いができる人であったから、湖山の徳がいっそう偲ばれる。

（五）人の死を悼む

地元高畑の飯田寺住職への追悼詩

古寺高僧住　古寺(こじ)に高僧住めり
豈唯郷曲栄　豈唯(あにただ)に郷曲(きょうきょく)の栄のみならんや
学書伝正路　書を学びて正路(しょうろ)を伝え
説法導群生　法を説きて群生(ぐんじょう)を導く
雅意磵泉浄　雅意(がい)　磵泉(かんせん)浄(きよ)く
了心秋月明　了心(りょうしん)は秋月　明らかなり
如今聞遠逝　今にして遠逝(えんせい)を聞かば
一哭若為情　一哭(いっこく)　情を為すが若(ごと)し
哭　哭(ああ)

・郷曲　キョウキョク　村里。片田舎。
・正路　ショウロ　人のふみおこなうべき正しい道。正道。

・群生　グンジョウ　すべての生き物。多くの人民。
・雅意　ガイ　平素の心がけ。常の心。
・磵泉　カンセン　谷川の水。ふき出て来る湧き水。ともに「浄い」の形容。
・了心　リョウシン　仏法の奥義を極めた心。悟った心境。
・遠逝　エンセイ　死去すること。亡くなること。
・哭　コク　人の死を悲しんで泣き叫ぶ。ここでは、「アア」と読む。

むかし、この飯田寺（はんでんじ）には学徳の高い住職が住んでおられた。そんな立派な方がおられたということは、わが村里の名誉であるばかりか大いに誇りとすべきことである。この方は書を学ばれては古来の伝統を伝えられ、また仏法の話をしては多くの村人たちをその道に導かれた。平素の心がけはふき出て来る湧き水のように澄んで美しく、悟りきった気持ちはちょうど秋の月のように澄みきっておられた。このような方であったから、その方が亡くなられて、泣けて泣けて仕方がない。ああ、何という悲しいことでしょう。

菴羅園主上人詩録代墓銘　菴羅園主上人（あんらえんしゅしょうにん）の詩を録（ろく）して墓銘（ぼめい）に代える
湖山小野長愿　湖山小野長愿（ちょうげん）
明治五壬申年　明治五壬申（じんしん）の年

菴羅園釈厭迷

十一月十六日

菴羅園釈厭迷（えんめい）

十一月十六日

・菴羅園　アンラエン　この僧の住居の名前。意味は草でおおわれた質素な小屋を表す。謙称。

・上人　ショウニン　知徳を備え、仏道の修行に励み、深大な慈悲心を備えている高僧。一般に僧侶の敬称。

・釈　シャク　お釈迦様の弟子という意味。浄土真宗の本山の「帰敬式（おかみそり）」で授かる法名。通常、「釈＋〇〇（二字）」。

・墓銘　ボメイ　墓誌銘。その人の出生より逝去に至るまでの功績をたたえて石刻にして後世に残す文。

本来なら、この高僧の方の一代の功績をたたえ、その文を石に刻するはずであるのに、たまたま見つかった上人の詩を書いて墓誌銘を書く代わりにした。

湖山小野長愿が書いたのである。明治五年壬申の年一八七二年

湖山が幼少の折、近くの飯田寺の住職に書や学問だけでなく、仏法を聞いたことであろう。その恩を忘れず、心のこもった詩を寄せている。

その詩と湖山の書が、飯田寺裏にある菴羅園主上人の墓石に刻まれている。それが、次の写真である。

湖山が幼少時に学んだ飯田寺（滋賀県長浜市高畑町）

飯田寺の裏にある湖山筆の住職の墓

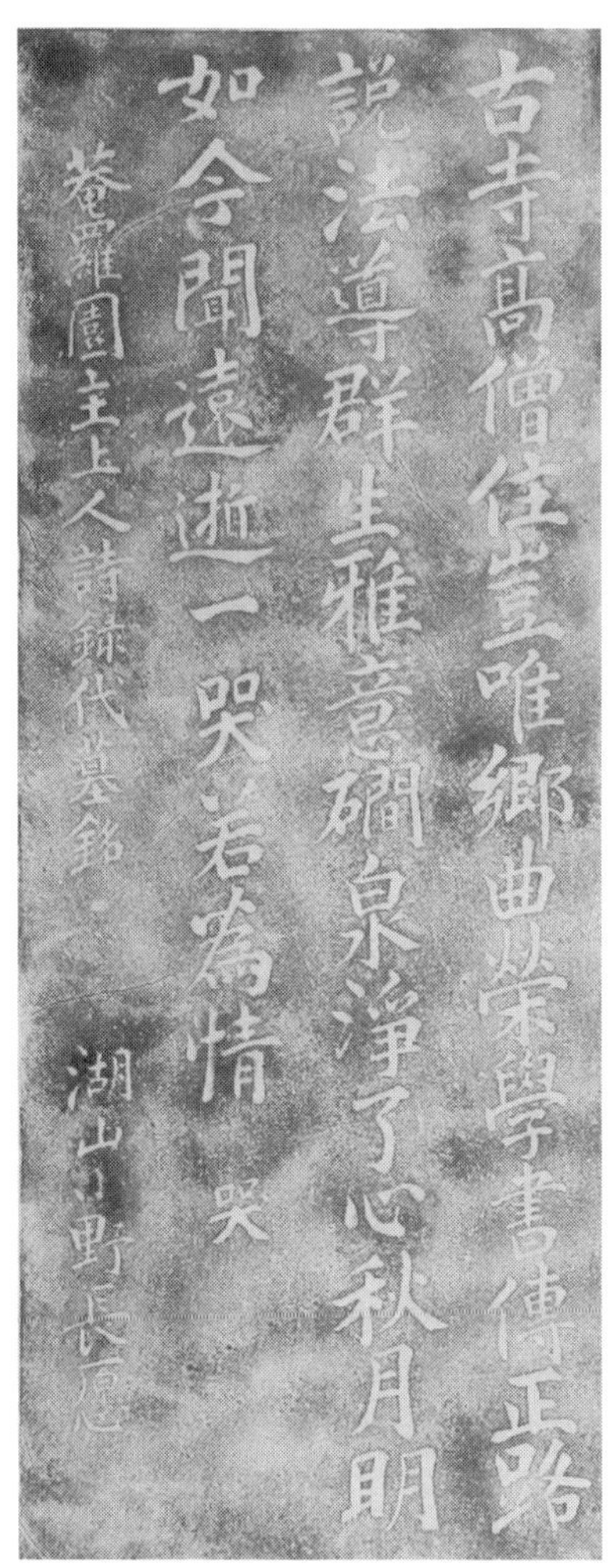

湖山筆の墓銘詩（裏面）

湖山筆の墓銘（表面）

（六）人生を詠う

還暦を迎えて

吾生之歳在甲戌　吾が生の歳　甲戌に在り
今歳重逢甲戌春　今歳重ねて甲戌の春に逢う
雖然老矣不須嘆　然し老ゆと雖も嘆ずるを須いず
百歳寿猶余四旬　百歳の寿は猶ほ四旬を余す

・甲戌　コウジュツ　きのえいぬ。干支の組み合わせの十一番目。ここでは、一八七四年（文化十一）と一八七四年（明治七）のこと。

・矣　イ　助字。訓読では読まない。次のような語気を表す。断定、限定、疑問や反語。

わが生まれは甲戌の一八一四年である。今、歳を重ねて甲戌の春を迎える。しかし、年取ったからとなげくなかれ。百歳の年にはまだ四十年はある。

一八七四年（明治七）に、湖山は還暦を迎えた。湖山は豊橋から再び東京に戻って一年が経つ。さらに漢詩の創作に励んでいく時期でもあった。

百歳まで生きる覚悟をすでに持っていたのだろうか。そして、実際にそれに近い九十七歳まで生き、臨終まで詩や書に没頭したのには、敬服するしかない。

一夢の春

将帰展湖北有作
六十三年一夢春
東風吹暖上烏巾
落花芳草清明路
又作青山展墓人

将（まさ）に湖北に帰り展（まい）らんとして作有り
六十三年　一夢（いちむ）の春
東風（とうふう）　暖（だん）を吹いて　烏巾（うきん）に上る
落花　芳草（ほうそう）　清明（せいめい）の路（みち）
又　青山（せいざん）の展墓（てんぼ）の人と作（な）る

・一夢　イチム　一度の夢。また、一度夢を見る間の短い時間。はかないさまをいう。
・烏巾　ウキン　黒頭巾。即烏角巾。古代に隠居した者が多用した帽子。
・芳草　ホウソウ　萌え出たばかりの、香るばかりの若草。春の草。
・清明　セイメイ　清明節を指し、旧暦三月、春分から十五日目にあたる節日に、家中こぞって先祖の墓参りに出かけた。

・展墓　テンボ　　はかまいり。墓参。

この六十三年間を振り返ると、それはひとたびの夢の春のようである。暖かい東からの風が吹いて、頭の頭巾を上っていく。桜の花は散り、萌え出たばかりの若草が清らかな道に咲いている。そしてまた、木は青々と茂った山となり、墓に参る人が続くのである。

湖山、六十三歳の時に、墓参りに帰っている。自分の人生を振り返るとそれは一つの夢の春のようだという。暖かい春の風が吹き、桜の花が散っていく。そして青山の中に墓を参る。湖山にとっては、人生は一瞬の春にたとえられるのだろう。人生を振り返ってそう思える人は、その時がまさに春を迎えていることの証ではないだろうか。

居を振り返る

卜居

不須江上着漁簑
不用山中鎖薜蘿
老卜閑居何処好

卜居（ぼっきょ）

須（ねが）わず　江上（こうじょう）　漁簑（ぎょさ）を着（つ）くるを
用（もち）いず　山中　薜蘿（へいら）に鎖（とざ）すを
老いて閑居（かんきょ）を卜（ぼく）す　何の処が好きか

東京城裡故人多　東京(とうきょう)　城裡(じょうり)　故人多し

・卜居　ボッキョ　うらなって住居を決めること。転じて、住居を定めること。
・江上　コウジョウ　大河の上。また、ほとり。
・薜蘿　ヘイラ　柾(まさき)の葛(かずら)と、蔦葛(つたかずら)。フジカヅラ。
・閑居　カンキョ　世間の騒がしさから離れた静かな住居。
・故人　コジン　古くからの知り合い。旧友。旧知。

川のほとりに住んでいたが、漁師の簑(みの)を着るわけでもない。山の中にいてもツタで閉ざされるわけでもない。老人になって静かな住まいに移り住んだこともある。いったいどこが好きだと言えようか。東京、城のうちには、実に古くからの知人が多いものである。

湖山は、山に囲まれた故郷の高畑から江戸に出て、豊橋、東京、京都、再び東京、そして千葉と住居を数多く移している。また、九十歳を越えてからは妻を亡くしている。老いて、静かに暮らしていたのであろう。振り返れば、多くの人と交わってきた湖山には、それらの人々が何にも代えがたい財産となったに違いない。

仏を前に坐る

静坐

静坐自期参古仏
依然煩悩乱如塵
情耽花月性憂国
我是人間造業人

静坐

静かに坐し　自から古仏に参らんと期す
依然　煩悩乱れて塵の如し
情は花月に耽り　性は国を憂う
我れ是れ　人間　造業の人

・塵　チリ　ちり。ほこり。ごみ。わずらわしい俗世間。世俗。
・業　ゴウ　身体・言語・心による人間の働き・行為。行為は必ずその結果をもたらし、また現在の事態は必ずそれを生む行為を過去に持っているとする思想は、インド思想に広く見られる。人が担っている運命や制約。主に悪運をいう。

静かに坐り、仏像を拝むことを楽しみとしている。依然として頭の中には煩悩が現れ、自分の身も世俗にさらされて生き、一つの塵のようだ。自分の感情を花や月に任せ、常に国を憂えて生きてきた。私は、そういう人間であり、業をつくってきた人だといえよう。

まさに湖山の老境を詠ったものであろう。仏像を前に静かに座る湖山は、自分や自分の人生を顧みて、時に花や月の美しさに思いを寄せ、その根っこには国を憂えて、感情に任せて行動してきたものの、それは自分の業のなせるところであると詠う。なんとも、人生を達観した静かな境地といえるのではないだろうか。

人生の春を詠む

惜春詞
芳事茫茫欲問誰
青天碧海枉相思
笙歌一陣遊仙夢
杯酒三春送別詩
辛苦醸花花已老
生成在雨雨応知
年来自覚榮枯理
閲致今朝又却悲

春を惜しむ詞
芳事茫茫　誰にか問わんと欲す
青天碧海　枉げて相思う
笙歌一陣　遊仙の夢
杯酒三春　送別の詩
辛苦花を醸して　花已に老い
生成雨に在り　雨応に知るべし
年来自ら覚ゆ　栄枯の理
閲して今朝に到って　又却って悲しむ

・芳事　ホウジ　春の楽しいこと。「芳」は、かぐわしい。

・茫茫　ボウボウ　果てしなく広々としているさま。
・枉　マ(げて)　無理にでも。
・笙歌　ショウカ　笙(しょう)にあわせて歌うこと。またその歌。
・三春　サンシュン　孟春・仲春・季春のこと。春三ヶ月。
・遊仙　ユウセン　中国で、神仙世界を遊歴することをいう。
・釀花　ジョウカ　花を作ること。花を咲かすこと。
・閲　ケミ(する)　確かめる。改めて見る。

(花咲き、鳥歌う行楽の春もいつしか過ぎ去ろうとしている)そんな春の楽しさは、はるか遠くに去って、どこに行ったのか、誰に問うたらよいものか知るすべもない。(今は初夏を迎えて)空は限りなく青く、海は碧く広がっているのを眺めるにつけ、ことさらに春の楽しさを思い出すのである。(若い時は)ひとしきり笙の笛に合わせ歌って、仙境に遊ぶような夢見心地を味わったり、盃の酒を傾けながら春を送る詩を賦(ふ)したりした。苦辛して花を咲かせても、花はやがて萎(しお)れていくが、花を育てたのが雨であるならば、雨こそがきっと花の悲しい心を知っているに違いない。数年来、自分では栄枯盛衰の道理はよく知っているが、(いよいよ春がいくということを)改めて感じて、今朝になっていっそう哀惜の情に堪えられないのである。

この詩は、公益社団法人関西吟詩文化協会のホームページに湖山の漢詩として載せられているものを許可を得て引用した。詩吟の会でも詠われる格調高いものである。人生の悲哀を見事に詠っている。

この時、湖山は二十八歳であった。十八歳で江戸に出て、梁川星巌のもとで学び、二十五歳の時には、豊橋城主松平信古に招かれ、六十石の禄高を得る藩士にまでなっている。若くして学問で身を成した湖山が、このような老境に近い詩を詠い、人生を達観していることに、詩情の豊かさを感じることができる。

地元・田根荘の教育に托す

崇教　　　　　　　教えを崇む
吾同郷人　　　　　吾が同郷の人
能重教育人　　　　能く教育を重んじ
欣助村学者多矣　　欣びて村学を助くる者多し
因欣然書之　　　　因って欣然として之を書す
　従五位小野長愿　　従五位小野長愿
時年九十有四　　　時に年九十有四

・崇　　スウ　　たっとぶ、あがむ。たかい、たかくする。たてる。

・欣然　キンゼン　喜ぶさま。楽しげに事をするさま。教育を大事にすること

私の郷里・田根荘の人は昔からよく教育を大事にする習わしがあり、村内の学問に力をかしてくれる人がたくさんおられた。そのことを知っている私は、頼まれたままに喜んでこの扇面を書くことにした。

従五位小野長愿はその時九十四歳であった。

郷土の誰かに頼まれて、扇に詩を書いたのであろう。故郷の教育について、思うところを率直に書いている。自分がそうであったように、小さい時からの教育の大切さを改めて詠っている。

迷う人々を詠う

穢界人迷勢利華
春風到処競豪奢
嵐山芳野一場夢
争若西方浄土花
春季雑感之一　従五位

穢界　人迷う勢利の華
春風到る処　豪奢を競う
嵐山　芳野は一場の夢
争か西方浄土の花の若からん
従五位　春季雑感の一つ　従五位

小野長愿時年九十有五　小野長愿　時に年九十有五

・穢界　アイカイ　よごれた人間世界。
・勢利　セイリ　権勢と利益。
・豪奢　ゴウシャ　非常なぜいたく。
・一場　イチジョウ　ひととき、花の美しさは咲いている時だけ。
・西方浄土　サイホウジョウド　西方十万億土の彼方にあるという極楽世界、弥陀の国。

汚れた人間世界では人はみな権勢を得ようとして金もうけしようとあくせく騒いでいる。ゆったりしていてもいい春の日でさえ、豪奢を競いあっている。考えてみるがよい。花の名所は、それ嵐山だ芳野だと騒いでみても花の咲いている間だけのこと。散ってしまえば、ハイそれまで。全くひとときの夢である。これは西方浄土の花と美しさを争っているようなもので実にはかないこと。死んでしまえばそれまで。

春の雑感の一首を書いたもの　従五位小野長愿この時九十五歳

この書は掛け軸として、郷土の五先賢の館にある(口絵iiiページ)。これもまた湖山九十五歳の書である。亡くなる二年前で、権力や金儲けにあくせくする人々への憂いを感じている。

人間の性を憂える

天王寺所見
北邙山上暮鴉啼
早晩誰能免寄栖
一笑名心終未止
墓碑猶競石高低

天王寺所見
北邙山上　暮鴉啼く
早晩　誰か能く寄栖を免る
一笑す　名心終に未だ止まず
墓碑　猶お石の高低を競うを

・北邙山　ホクボウサン　洛陽の北にある漢代以来の墓地。ここは谷中の墓地に借用。
・早晩　ソウバン　早かれ晩かれ。いつかそのうち。
・寄栖　キセイ　人間はこの世に仮り住まいしているという考え。
・名心　メイシン　名誉を求める心。

北山上に（天王寺の墓地に借用）、夕暮れの鳥が寂しく啼いている。いずれ早かれ晩かれ死後の世界におもむく身だ。だれがこの世の仮の住まいを逃れることができようか。だが、おかしいことに、人が名を求める心は未だにうせずにいる。墓碑までなお石の高低を競っている。笑止の沙汰である。

（猪口篤志『日本漢詩鑑賞辞典』角川書店、一九八〇年）

この詩も、前作と同じように人間の名誉を求める性(さが)を皮肉っている。見渡す限りの墓地を見て、死んでからも墓の高低で互いを競っている姿に呆れてしまったのだろう。名誉など望んでも仕方ないことであると悟っている湖山自身、自分の成したことは大したことではないと言っている。自分のことを残すことも嫌っていたのかもしれない。

自分の人生を振り返る

文化年間記誕辰　　文化年間誕辰(たんしん)を記す
明治今日老残身　　明治の今日　老残(ろうざん)の身なり
悲歓得喪茫如夢　　悲歓得喪(ひかんとくそう)　茫(ぼう)として夢の如し
夢境悠々九十春　　夢境(むきょう)悠々(ゆうゆう)として九十の春
明有衡山我丈山　　明(みん)に衡山(しょうざん)　我に丈山(じょうざん)有り
皆能高寿占高門　　皆能(よ)く高寿(こうじゅ)にして　高門を占(し)む
九旬我亦同其歳　　九旬　我も亦(また)　其の歳に同じ
二老風標豈易攀　　二老(にろう)の風標(かざじるし)　豈(あに)攀(よ)じ易(やす)からんや
癸卯新年二首湖山九十老人愿　　癸卯(きう)の新年二首

・誕辰　タンシン　辰は日の意、生まれた日、誕生日。
・老残　ロウザン　老いぼれて生き残っていること。
・悲歓得喪　ヒカントクソウ　喜びと悲しみ、損や得したこと。
・悠々　ユウユウ　のんびりしたさま。無関心なさま。憂え悲しむさま。
・衡山　ショウザン　文衡山、文徴明（一四七〇～一五五九）の号。明の文人書画家。詩・書・画に長じた。師の沈周とともに南宗画風の再興に尽くした。
・丈山　ジョウザン　石川丈山（一五八三～一六七二）のこと。江戸前期の漢詩人・書家。三河の武人として徳川家に仕えたが、のち藤原惺窩（せいか）に詩を学ぶ。洛北の一乗寺に詩仙堂を建て隠棲（いんせい）している。
・門　モン　家柄、教えのにわ。
・旬　シュン　十日間、十回、十年。
・風標　フウヒョウ　おもむき、ありさま、様子。
・癸卯　キウ　明治三十六年、一九〇三年。

文化年間に私は生まれ、明治の今日になって、今や老残の身をさらすこととなった。この間の歓びや悲しみ浮き沈みを考えてみるに、ぼおっとして夢のようである。その夢のような世間で何とのんびりと九十年が経ってしまったことか。中国の明には文衡山（ぶんしょうざん）という学者がおられた。我が国には、石川丈山（いしかわじょうざん）がおられる。二人ともに長生きされ、立派な家柄として尊敬されている。さて、私も同じ年の九十歳になっている。この二人の風標に迫ろうと思うが、どうしてどうして近づくことはできない。

明治三十六年新年の作詩二首　九十歳の湖山老人愿

九十歳になった湖山が、自分の人生を振り返っている。自分を老残といい、のんびりと過ごしてきたと謙遜している。それはまた夢のようでもあると。同じく長寿であった中国の明の文衡山や日本の石川丈山を例に二人に近づこうと努力しているが近づけないもどかしさをも素直に感じている。最期まで、湖山は自分に謙虚であった。

姉妹への恩を詠む

吾親雖没有吾姉　　吾が親没すと雖も吾が姉有り
吾姉恩高吾母恩　　吾が姉の恩　吾が母の恩より高し
遠携吾季看吾姉　　遠く吾が季(妹)を携え吾が姉を看る
一堂春色咲声温　　一堂　春色　声温咲く

遠江離詩之一　湖山七十翁　　遠く近江を離れての詩の一つ　湖山七十翁

・春色　シュンショク　春の様子。春の景色。

・声音　セイオン　声の様子・感じ。こわいろ。

私の親が亡くなっても私の姉がおられる。姉の恩は母の恩よりも高い。遠くからですが、私の妹とともに姉を思いやっています。春になり、皆が賑やかに声に花を咲かせていることでしょう。

遠く近江を離れて詩を一つ詠む　湖山七十歳

湖山の姉へのお礼の言葉である（口絵ⅳページ）。湖山が十五歳の時に亡くなった父親に代わり、姉の波満子（はまこ）の励ましにより、念願であった江戸に出て梁川星巌（やながわせいがん）の門人になることができた。その恩を一生忘れてはいない。

長男としての湖山は、故郷の母や姉、そして家族のことがいつも頭の中にあったはずである。七十歳といえば、湖山が天皇から硯と京絹を賜った年でもある。名誉あることを体験して、改めて姉への感謝を書にしておきたかったのだろう。

こぼれ話5　「老後なおも健筆であった」

画家の小野杜堂（一八四〇〜一九一五）は、湖山が九十歳の頃、たまたま上京して妙義坂の邸を訪問した。杜堂の話によれば、時節柄、庭内の桜の花五六株が満開したので観てくれと、湖山自ら先に立って案内し、広き庭内を歩きながら話し、一巡して元の席に帰り、家人が用意した葡萄酒のもてなしがあった。杜堂が豊橋の人々より依頼の数枚の揮毫を求めたのに対し、湖山は「この頃はだいぶと書風が枯れて来たよ」と微笑したという。湖山はかつて「佐藤一斎は八十三で書はなお堪能で、自分の比ではなかったが書体が少し若すぎるといい、筆の穂先を鋏で切って書いた。自分も書く方は一向に変わらず大字でも小字でも書くが、書風は今少し老人化したいと時々思う。そのくせ頭の方は老人化になったと見え、作詩は近来ものうくなったよ」と語ったこともあると。

杜堂の辞去に際し、湖山は玄関を下り門内まで見送ったので、老いてなお運動するということを忘れない事が思われた。同時に、高齢九十にしてなお「書風がだいぶ枯れて来たよ」などとは、この元気があってこそ始めて長寿を保たれた素因があるのだな、と感じたという。

子息正弘氏も側にいて、父は近来何といっても高齢だから、少々揮毫にものうくなったようであるが、責任感の強い性格だから注文の物を長く放棄しておく事は余りない。思い立てば一気に数枚を揮毫する事もあると語った。果たして杜堂の注文した物も二三日を経てことごとく揮毫して、追って郵送されて、杜堂が滞在中の親戚の家に届いたという。[1]

第三章　扁額などの書

（一）　扁額

快日明窓閑来時試墨
寒泉古鼎静裡自煎茶
戌寅清明節

快日(かいじつ)　明窓(めいそう)　閑(のど)きたりて時(とき)に試墨(しぼく)
寒泉(かんせん)　古鼎(こてい)　静かな裡(うち)に自ら煎茶(せんちゃ)
戌寅清明節(ぼいんせいめいせつ)

・明窓　　メイソウ　　光のさしこむ明るい窓。
・清明節　セイメイセツ　二十四気の一つ。四月五日ごろ。陰暦三月の節で、春分後十五日目に当たる。この節になると、すべての物がみな新鮮で、多くの花が咲く好時節になるということから、この名がある。

よく晴れた日、明窓のもとで静かに諸作を試み、冷泉の水を酌み古鼎に茶をにる。
　明治十一年（一八七八）六十五歳

これは、中国の南宋の詩人である陸游(りくゆう)(一一二五～一二一〇)作の「幽事」の詩の一部である。

無事是神仙

無事是れ神仙(ぶじこれしんせん)

・神仙　シンセン　道家(どうか)で不老不死の術を得た変化自在な者をいう。仙人。道家とは、中国、諸子百家の一つ。老子を祖とする学派で、荘子らが継承し発展させた。宇宙原理としての道を求め、無為自然を説いた。

無事、息災でいられることが何よりである。天性に従い自然の生活をする神仙でありたい。

湖山は、老荘思想の根底に流れる無為自然の考え方に従って自ら生活しようとしていたのであろう。

忠実報業勤倹治産
九十六翁　湖山

忠実報業(ちゅうじつほうぎょう)　勤倹治産(きんけんちさん)
九十六翁　湖山

・忠実　チュウジツ　まじめ、まめやかで偽りのないこと。
・報業　ホウギョウ　仕事に精を出すこと。恩返しのために勤めること。

・勤倹　キンケン　仕事に励み、倹約（けんやく）すること。
・治産　チサン　家業に従事し、励むこと。財産の管理処分。

かげひなたなく勤め、一方で倹約に努めるならば産をなすことができる。

九十六歳の湖山が額の文字として書いた。

惟信惟義
八十六才湖山

惟信（これしん）　惟義（これぎ）
八十六才　湖山

・惟　コレ　発語の助字。文頭または句間にあって口調を整える。

信と義こそが大切なのだ。　八十六歳湖山

神知人
湖山酔人

神知（かみし）る　人（ひと）を
湖山酔人

神はこちらから説明しなくても、その人柄を知っておられる。　湖山酔人

寿 而 康
湖山七十翁

寿(いのちなが)くして康(やす)し
湖山七十翁

・寿　ジュ　いのち長し。寿命が長い。
・康　コウ　じょうぶ。すこやか。健康。

長生きして、じょうぶでいられるのがよい。　湖山この時七十歳

愈 勤 愈 昌
下村君清囑
湖山愿時年九十四

愈(いよいよ)勤(つと)め愈(いよいよ)昌(さか)ん
下村君の清嘱
湖山愿時に年九十四

・愈　イヨイヨ　人並みより抜け出る。まさるの意をもつ。ここは発語の助字と解したい。
・昌　ショウ　盛ん。栄える。明らか。美しい。
・清　セイ　一種の敬語。

心力を尽くして勤めると栄える。
下村君に頼まれて書いた。湖山その時九十四歳であった。

如南山寿

丙申之春

湖山八十三翁愿

南山の寿の如し

丙申之春

湖山八十三翁愿

・南山　ナンザン　中国、西安の近郊にある終南山の異名。終南山がいつまでも崩れないように、長寿を祝う言葉。

・丙申　ヘイシン　明治二十九年、一八九六年。

南山のように長生きしてください。　明治二十九年の春　湖山八十三歳愿

恬澹養遐齢

丙寅春日書

湖山楼主人

恬澹　遐齢を養う

丙寅春日書

湖山楼主人

・恬澹　テンタン　恬淡。心静かで無欲なさま。あっさりしているさま。

・遐　　カ　　遠い、遙か、長いの意。遐齢で長生き、長寿をいう。

・丙寅　ヘイイン　ひのえとら。慶応二年、一八六六年。

心静かな暮らしをして、長生きしよう。　丙寅の春　湖山楼主人五十二歳

前述した（72ページ）ように、三条実美宰相が湖山のためにこの五文字を書いて送っており、湖山もそれを一室に掲げ、座右の銘とし、実践していた。

福禄来綏
湖山七十三叟

福禄（ふくろく）　綏（すい）を来（き）たす
湖山七十三叟（そう）

我が身に福も禄も与えられて、落ち着いていられる。　湖山が七十三歳

・福禄　フクロク　幸福と俸禄。幸い、しあわせ。「福禄寿」の略。
・来綏　ライスイ　来は、まねくとも読む。綏は、安らかなさま。また、安んじる。

淡如菊
湖山八十三翁

淡（たん）なること　菊（きく）の如（ごと）し
湖山八十三翁

・淡　タン　あっさりしている。気持ちがさっぱりしている。欲望が少ない。名誉や利益などに執着しない。

欲が少なく、すっきりしていることは、ちょうど菊の花のようである。

湖山が八十三歳で書いた額

温如玉

温(おん)　玉の如し

・温　オン　おだやか。やさしい。

君子の徳の美しいたとえ。性質の飾り気がなく善良なさまを温という。〔出典、詩経〕

謙受益
癸未之秋

謙(けん)は益を受く
癸未(きび)の秋

・謙　ケン　へりくだること。自分をひくくして人にゆずること。

謙遜、謙虚なれば利益を受ける。〔出典、書経〕

癸未（明治十六年）湖山七十歳

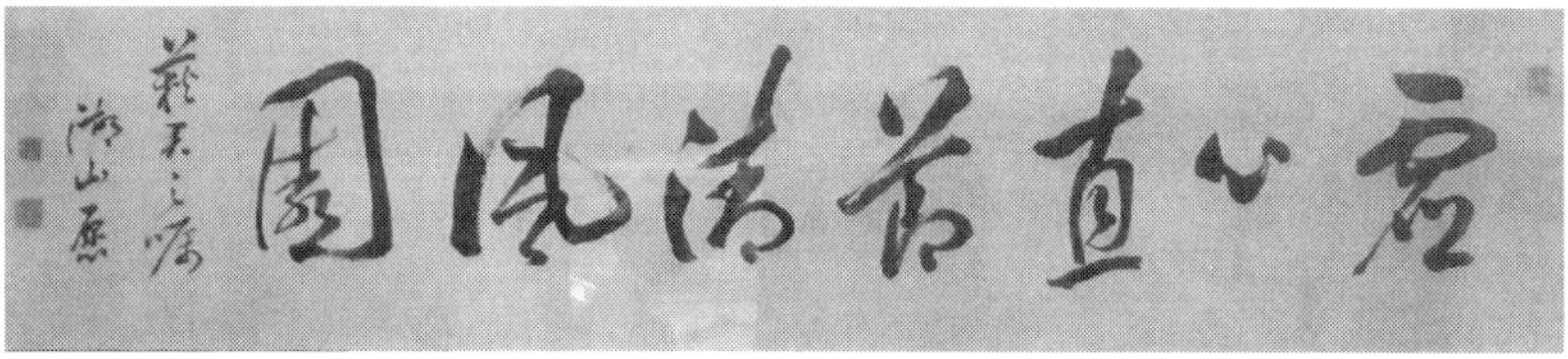

湖山の書「虚心直節清風園」

虚心直節清風園

萩君之嘱　湖山愿

虚心（きょしん）　直節（ちょくせつ）　清風（せいふう）の園

萩君の嘱　湖山愿

・虚心　キョシン　心にわだかまりをもたない。公平無私な心。

・直節　チョクセツ　真っ直ぐな節（ふし）。上下に節が並んでいること。空（から）の芯（しん）と真っ直ぐな節。ともに竹の形容。

・清風　セイフウ　さわやかな風。

庭先の竹やぶに清々（すがすが）しい風が吹いている。
公平無私な人柄を竹になぞらえて称（たた）えた横額で、荻君に頼まれて書いた。

湖山愿

この軸は、長浜市高畑町の波久奴（はくぬ）神社の社務所に現在も飾られている。

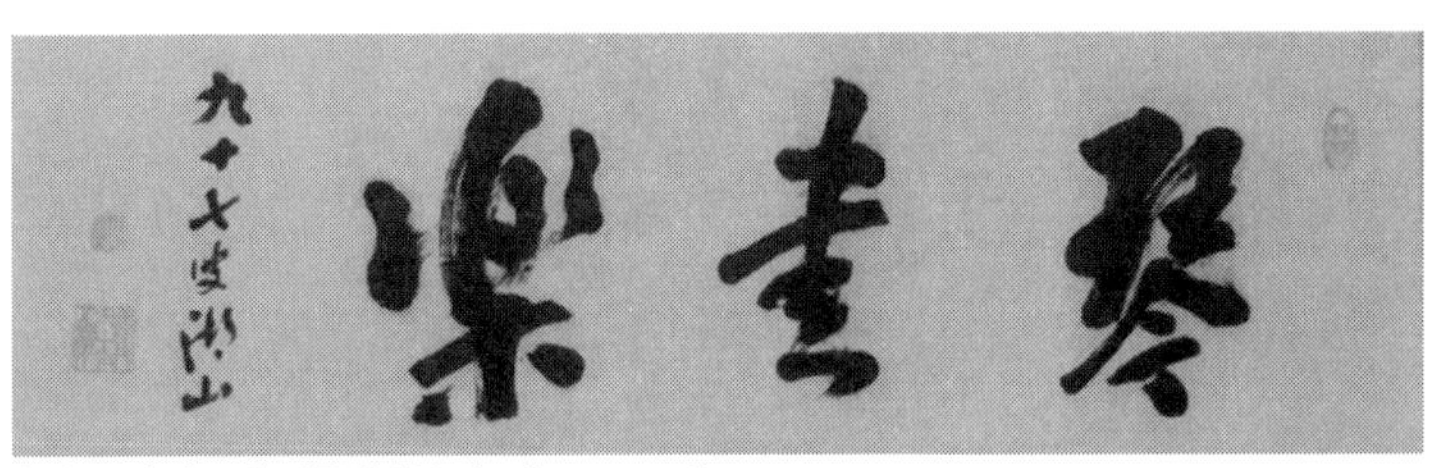

湖山97歳時の書「琴書楽」（口絵ⅱページ）

琴書楽（きんしょがく）
九十七翁湖山

琴　書　楽
九十七翁湖山

・琴書　キンショ　琴、囲碁、書、絵画のこと。琴（音楽）と書（学問）は、中国における伝統的文人像を象徴する。

琴書の楽しみ
九十七歳の翁湖山

九十七歳の臨終を迎えた年の湖山の書である。湖山の書に向かう姿を想像するだけでも、改めてすごいと思う。自分の命を最期まで燃焼し尽くした人でもあった。

五先賢の館でこの額を見た時、最も胸打たれたのを今も思い出す。九十七歳でこれだけの字が書け、最期まで書を楽しもうとする気持ちが卒直に伝わってくる。

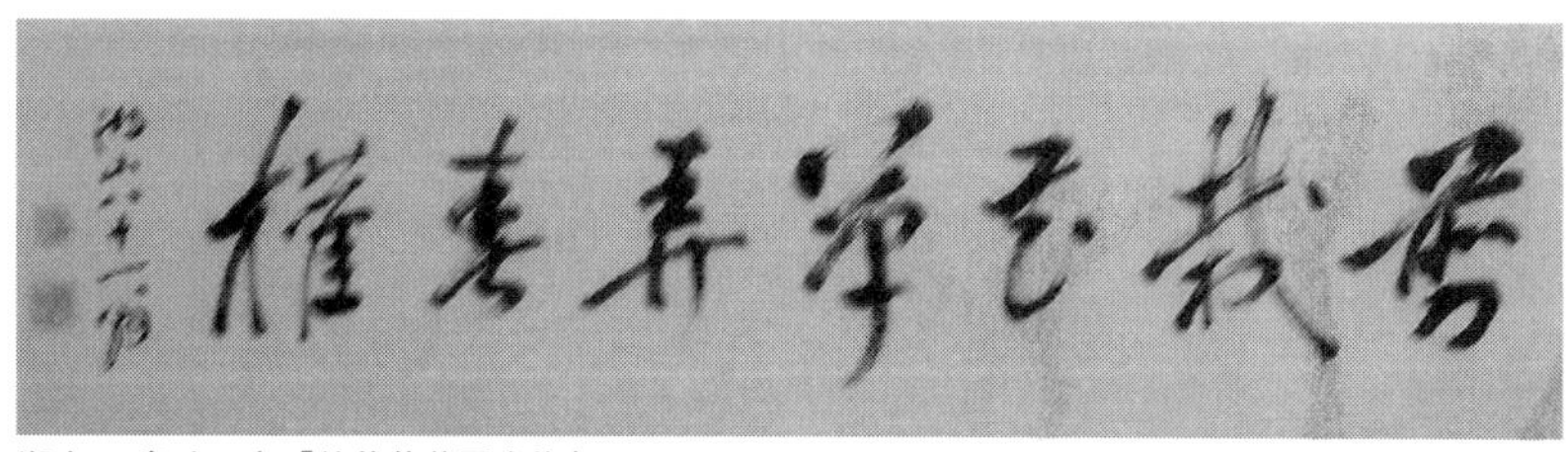
湖山81歳時の書「剪裁花草弄春権」

剪裁花草弄春権
湖山八十一翁

剪裁(せんさい)　花草　弄(もてあそ)ぶ　春の権
湖山八十一翁

・剪裁　センサイ　布などを裁つこと。花を摘み切ること。
・弄　ロウ　もてあそぶ。いじる。いらう。
・権　ケン　はかる。いきおい。かり

育てた美しい草花を手入れして、春の良さを楽しむ。
湖山八十一歳の時の額

自分がこまめに手をかけ、きれいに花を咲かせた人にこそ、その花の美しさをよりいっそう感じることができるのであろう。

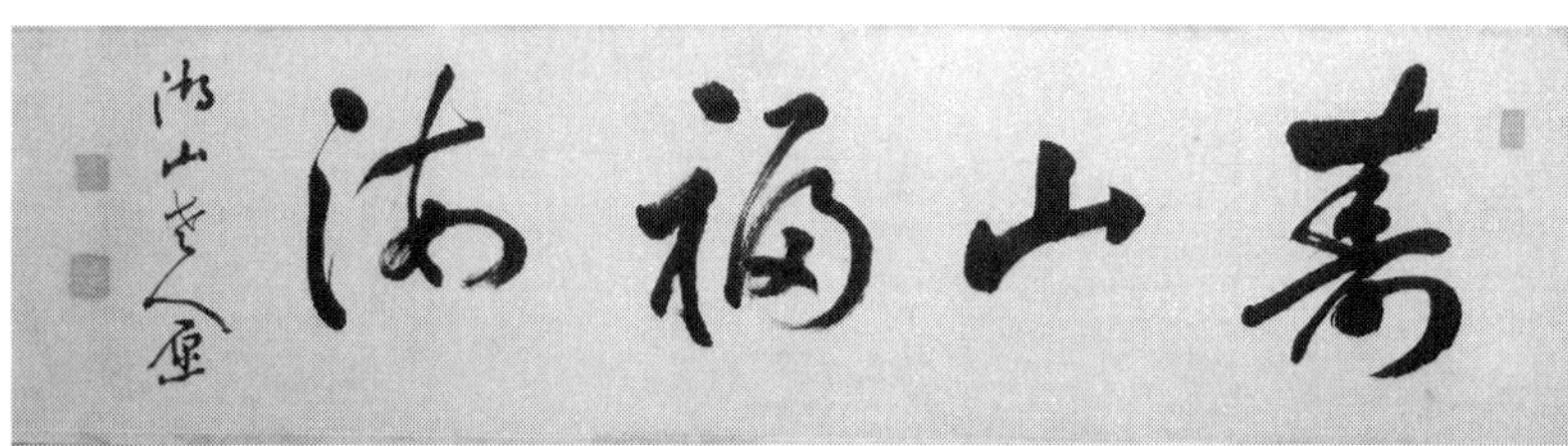

湖山78歳時の書「寿山福海」（口絵ⅱページ）

寿山福海
湖山老人愿

寿山（じゅさん）　福海（ふくかい）

湖山老人愿

・寿山　ジュサン　めでたい年。長寿をたとえていう。

寿命は山のように長く、福は海のように深くありたい。

湖山老人愿

湖山七十八歳の時（明治二十四年）の額。自分の寿命はできるだけ長く、そして福が多く来ることを望むのが多くの人間の欲であろう。しかし、これは、たんに人間の欲を越えて、今日を最高の日とし、それを喜び感謝しようという禅の言葉でもある。

湖山88歳時の書「庭階多瑞気山海発奇観」

庭階多瑞気　山海発奇観
八十八翁湖山愿

庭階(ていかい)　瑞気(ずいき)多し　山海　奇観(きかん)発す
八十八翁湖山愿

・瑞気　ズイキ　めでたい雲気。神々(こうごう)しい雰囲気。瑞祥の気。
・奇観　キカン　珍しい眺め。すぐれた景色。

庭にはめでたい運気が漂っている。
山と海は珍しい眺めを呈している。
　八十八の翁湖山愿

米寿を迎えた湖山の眼には、庭や山や海を見てもそこに計り知れない気を感じ、美しさを感じ取っていたのであろう。

（二）五先賢の館に残る他の書

五先賢の館（長浜市北野町）に残る湖山筆の他の書を紹介する。

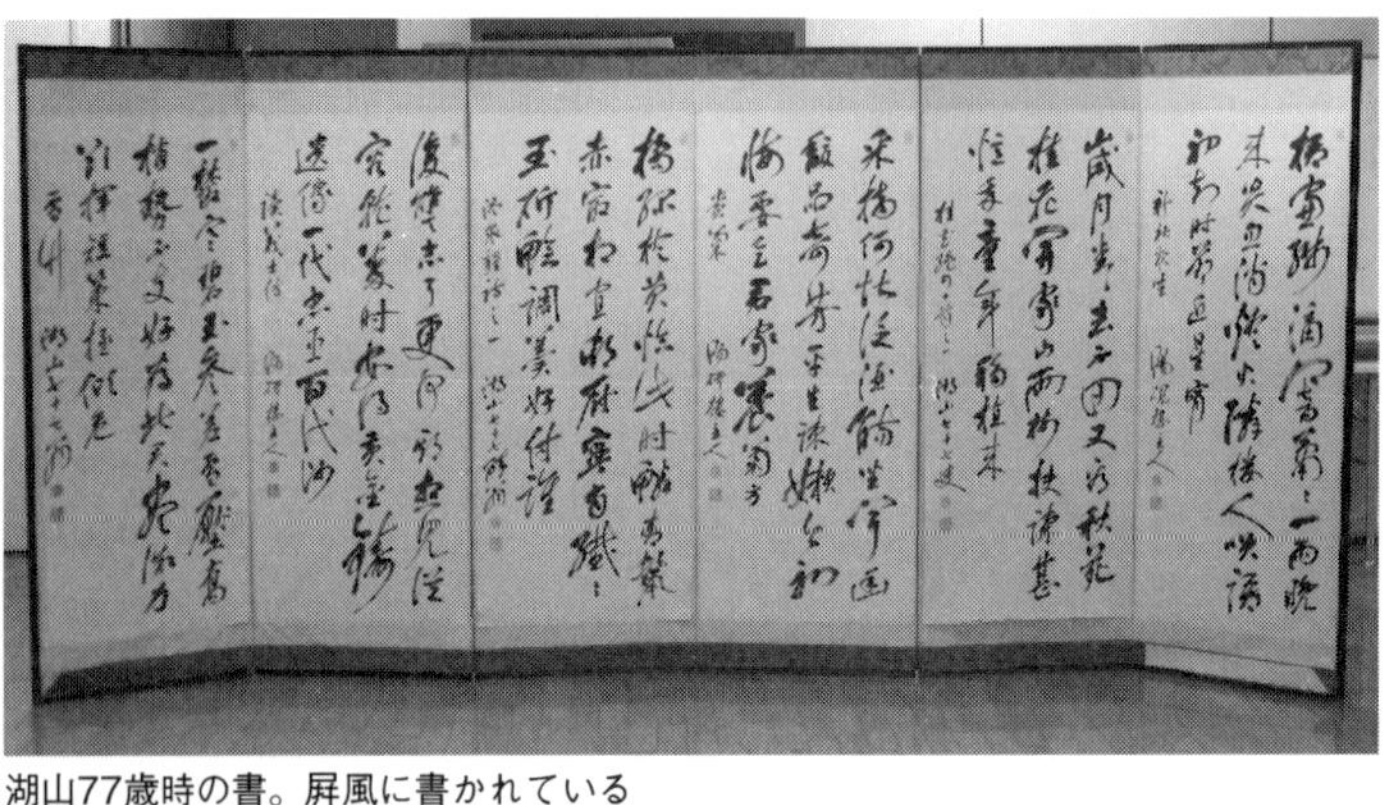
湖山77歳時の書。屛風に書かれている

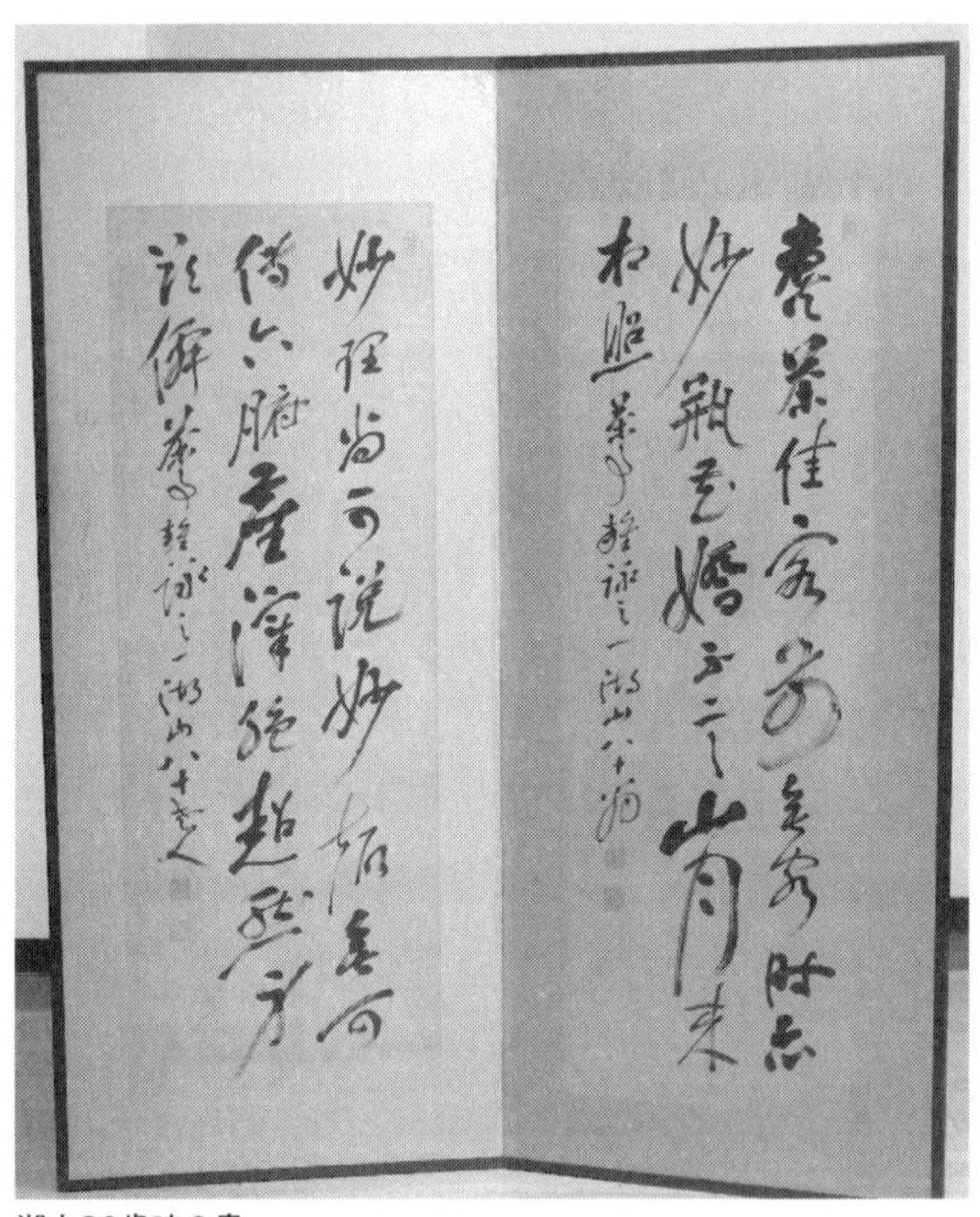
湖山80歳時の書

湖山90歳時の書

湖山75歳時の書

（三）高畑に残る湖山の書

長浜市高畑町に残る湖山筆の書としては、前述した（131ページ）ように飯田寺庵羅園釋厭迷の墓碑銘のほかに、二つある。

一つは、記紀に登場する高皇産霊神を主祭神に物部守屋大連を配祀する波久奴神社の社標（口絵vページ）である。

波久奴神社の拝殿

社伝によると、五八七年（用明天皇二）七月、物部守屋は河内（大阪府南部）において蘇我馬子（?～六二六）らと戦って敗れた。その時、家臣の漆部巨坂という者が守屋に代わって激闘して戦死した。

その間に守屋は巨坂の弟の小坂という者を伴って、守屋の領地であった田根の地に密かにやって来て、高畑の萩の茂る地に草庵を構えた。

そして自らを萩生翁と称し、土地の人々に読み書きや農業を教えるなど恩恵を施したので、守屋の死後、土地の人々はその遺骸を小谷山東峡の巌窟に葬り、「正一位萩野大明神」と称し崇敬した。

これが当社のはじまりであるという。地元では今も「はぎの」神社とも言っている。

神社の正面にある社標（口絵vページ）の文字「式内波久奴神社」は、湖山が書いたものである。式内とは、「延喜式」神名帳に記されていること。また、その神社のことをいう。

もう一つは、「馬場」と呼ばれる地区にある「大神宮／村中安全」と刻まれた大灯籠（口絵vページ）である。湖山が今も村中の安全を見守っているかのようである。

もちろん、湖山の書は、五先賢の館（長浜市北野町）に行けば見られるし、縁のある家にはまだ静かに眠っているに違いない。

第三部

湖山の再発見

第一章　松浦武四郎と湖山

（一）　武四郎と湖山とは隣人

松浦武四郎（一八一八～一八八八）は、伊勢国一志郡須川（三重県松阪市小野江町）で生まれ、幕末期にロシアとの国境問題で揺れた蝦夷地（北海道）を六回踏査し、アイヌ民族の生活、文化などを克明に記録し、『十勝日誌』などの書籍や地図、すごろくとして発行した。

また、幕末の志士や政治家、学者、文人との幅広い交流の中で、情報通や収集家としても有名であった。

明治維新とともに開拓判官となり、北海道名や国郡名を選定するが、政府のアイヌ政策を批判して辞任している。その著『蝦夷日誌』は有名である。

さらに、その他にも幕末期に武四郎はさまざまな出版物をつくっており、その中には多くの和歌や漢詩、絵などが含まれている。

例えば、『西蝦夷日誌』二編には、尻別川河口の渡船場の様子を描いた挿絵があるが、その上部には小野湖山が詠んだ漢詩がある。湖山は、武四郎と東京神田五軒町で隣同士だったのである。そのことについてさらに詳しく調べてみると、次の記述が見つかった。

『校注簡約松浦武四郎自伝』によると、「慶応四年（九月八日改元明治）五月八日岩倉邸内へ引移り」とあり、下谷の寓居で東征大総督参謀の呼び出しを受けた一月ほど後、武四郎は「北方政策顧問格」として求められて、岩倉具視邸へ転居していた。武四郎は、大久保利通の推薦で岩倉の知遇を得ていたのである。その後、小野湖山と二人で購入した神田五軒町三番地の大関氏屋敷跡六百坪に移り住んでいたということがあり、新政府要人邸に身を置ける身分にまで二人がなっていたことが分かる。

なお、このことは、「北海学園大学人文学会」による松浦武四郎に関わる研究発表によるものである。

（二）武四郎の涅槃図

武四郎の出版物全体では、詩歌で二一四名、絵画で一一七名が和歌や漢詩、絵を寄せている。このような幅広い交友関係に注目すると見えてくるものがあるし、新しい資料が発見される可能性もある。なかでも、「北海道人樹下午睡図」（武四郎涅槃図、口絵viページ）は有名で、重要文化財にまでなっている。それは、絹本著色、縦約一五二cm、横八四cmの大きさで、一八八六年（明治十九）に完成している。落款に「明治丙戌春日　暁斎洞郁図」、印章「洞郁」とある。「洞郁」とは洞郁陳之のことで、河鍋暁斎の画号である。

河鍋暁斎（一八三一～一八八九）は、浮世絵師の歌川国芳（一七九七～一八六一）、画家の狩野洞白（一七七二～一八二一）に師事し、当代一流の絵師で「画鬼」とも称されていた。暁斎は妖怪や地獄の絵と並んで、極楽往生の様子も描いていたが、「北海道人樹下午睡図」は、彼の代表的なものとなった。普通の釈迦の涅槃図とは異なり、遊び心が込められている。その遊び心は、涅槃に午睡の字を当てているところにもうかがえる。釈迦ならぬ北海道人が樹下に昼寝をしている様子を描いている。「北海道人」とは、松浦武四郎のことで、武四郎からの依頼を受けて、暁斎は一八八一（明治十四）にこの絵の制作にとりかかり、完成までに足かけ六年を費やしている。

依頼の趣旨は、武四郎本人を釈迦に見立て、その入寂の様子を描いてほしいというものであった。だからこれは武四郎の遺影として描かれたものといえる。

画面の真ん中には、分厚い畳の上で武四郎が手枕をして寝そべっている。その右手、武四郎の足元には黒い喪服を着た女性が畳に取りすがって泣いているが、これは武四郎の妻であろう。手前のほうには、天神、観音、不動、布袋のほか、さまざまなものが集まって来て、武四郎の入寂を悲しんでいる。

武四郎のすぐ上手には雛壇が設けられ、さまざまなものが飾られている。これらは武四郎が収集したものだとされる。画面最上部には、雲に乗った女性たちが描かれている。本来、阿弥陀様一行の来迎であるべきところに遊女たちを配したのは、生前の武四郎の挙動にちなんだのだという。

「松浦武四郎関係歴史資料目録」によれば、箱書蓋表には、次のような湖山の書が見られる。

北海道人樹下午睡図　暁斎洞郁筆

また、箱の蓋裏には、

陸放翁句云一身自是一唐虞禅家所
説即身即仏蓋亦此意嗚呼
北海道人樹下夢中之楽可想耳
湖山七十三叟小野愿拈香三拝題

とあり、湖山が七十三歳の時に書いていることが分かる。

さらに、武四郎は郷里の伊勢から稲木合羽の煙草入れを取り寄せ、新しい袋には知友などに揮毫を求めた。それには、近江の書家である巌谷一六のほか、同じく書家の市河万庵（一八三八～一九〇七）、小野湖山、河鍋暁斎、そして渡辺崋山の次男で画家の渡辺小華（一八三五～一八八七）なども「火用心」や「鳥図」を揮毫している。皮を擬した紙製のこの刻み煙草入れは彼のトレードマークでもあった。

また、巌谷一六は、武四郎刊行本『そめかみ』（一八八〇年〈明治十三〉刊）などに題詞や題字を寄せている。さらに、涅槃図に錦嚢を懸けた錫杖にあたる竹製の杖には、近江の書家である日下部鳴鶴（一八三八～一九二二）が漢詩を寄せている。このように、近江の有名な人々が、武四郎とも関係しているのは興味深い。

松浦武四郎記念館（三重県松阪市小野）の所蔵品を紹介する。

武四郎の団扇に遺る湖山の書（松浦武四郎記念館蔵）

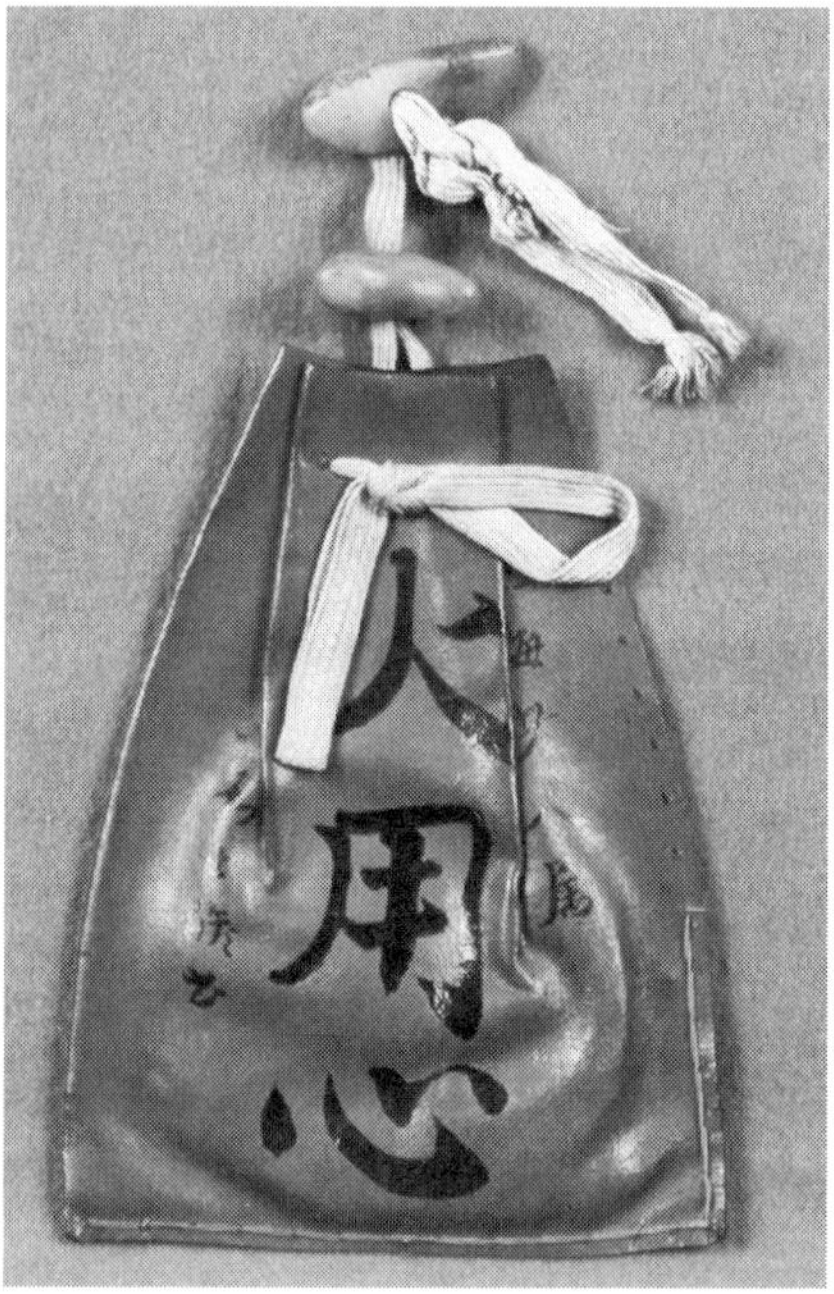

武四郎が愛用した火用心袋（松浦武四郎記念館蔵）

（三）涅槃図に描かれた湖山

その涅槃図に、小野湖山が描かれているという。コロンビア大学のヘンリー・スミス名誉教授は、武四郎と小野湖山の関係を探り、涅槃図の中心に横たわる武四郎の顔のすぐ下で反対向きに横たわる人が湖山であると指摘している。

スミス氏は、湖山の顔を確かめるために二〇一三年（平成二十五）に長浜市まで来て、「五先賢の館」を訪ねている。

スミス氏は、論文に次のように記している。

> The figure also has the look of a real person. One obvious candidate immediately emerged: the poet Ono Kozan, Matsuura's old friend and neighbor, and the one who composed the dedication for the lid to the box in which the nehanzu is stored-an intimate linkage to the painting itself.
>
> I soon discovered a photograph of Kozan that seems to clinch the case (fig. ①). Although taken some two decades later, when Kozan was ninety-six, the resemblance is plausible, particularly the eyes. Kyōsai's painting shows a much fuller face, and has a slight element of

caricature that only makes the resemblance more persuasive.
(Thesis title : The Stuff of Dreams: Kawanabe Kyo-sai's Nirvana painting of Matsuura Takeshiro. Henry D. Smith II)

［引用者訳］

その絵は、ある実在の人物を模しています。その一人の明らかな候補は、すぐに出てきました。詩人の小野湖山です。松浦の旧友で、隣人です。湖山は、涅槃図を納める箱の蓋に字を書いた人です。

私は、湖山の写真をすぐに入手しました（写真①）。約二十年後の写真を利用されているのですが、湖山が九十六歳であった時の顔に、類似しているようです。特に目の辺りです。暁斎の絵の顔は、風刺的な要素はわずかに見られるものの、外面的に類似していて、非常にふっくらした顔を表しており、説得力があるように思われます。

（論文のタイトル「The Stuff of Dreams：松浦武四郎の河鍋暁斎による涅槃図」ヘンリー・スミス）

武四郎は、一八八八（明治二十一）二月十日、七十一歳の生涯を東京神田で終えている。湖山は、時に七十五歳で、その後一八九一年（明治二十四）に京都鴨川の西に移っている。

なお「涅槃図」と湖山の絵に関するスミス氏の論文は、松浦武四郎記念館より入手した。また、スミス氏には、メールにてその論文の掲載及びその和訳についても許可を得ている。

涅槃図の下の一部分（松浦武四郎記念館蔵）

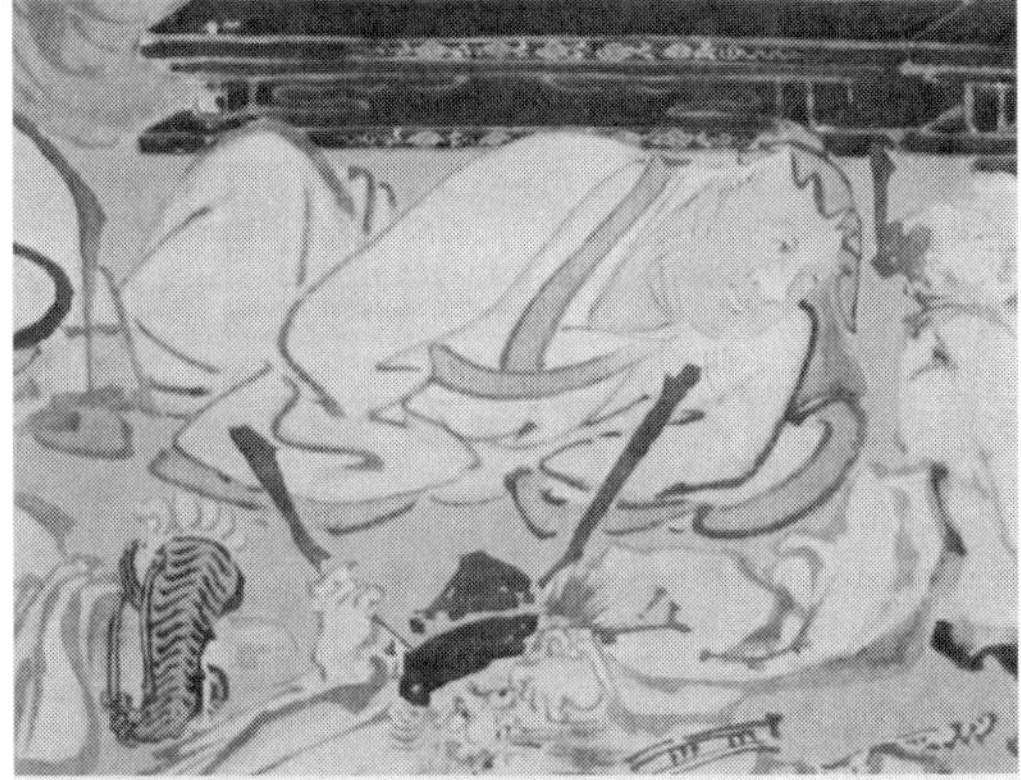

小野湖山を模したとされる人物

湖山96歳時の肖像画（写真①）

こぼれ話6　「湖山の長寿の秘訣①」

湖山の生家は医師だったが、農事を兼ねており、養蚕にも精を出して一家は早起きが習慣で、湖山もそれは生涯変わることがなかった。九十歳に達した後も、夏期などは朝食前に少しずつ庭園の掃除や水やりなどの手入れをした。

午後は必ず正午に食事をし、毎日一定の時間に三食を取って夜は早く就寝している。衣食住ともに常軌を逸せず、衣服は美しさを求めず、ひ孫の勧めで六十歳後はズボン下のようなものを用いたが、シャツは使用せず、かといって薄着をするのではない。

食べ物に好き嫌いはなく、歯は悪くなく、九十歳近くまではかなり硬い物も食べた。肉類は好まず、魚の刺身は最も好物でどんな物でも細かに咀嚼（そしゃく）して飲み下し、午前午後一回ずつ煎茶を飲み、菓子もその場にあれば少量くらいは口にした。

煙草は一切のまず、酒は壮年より好物で、維新後の職を辞任した前後はことに至る所で飲食の機会があり一時はほとんど一升にも達したという。酔っても乱れず、筆を握ることもできた。酔うにも節度はあった。七十歳くらいから家人の注意もあり、漸次（ざんじ）酒量を減らした。終生酒のため太りもせず痩せもせず、酒に飲まれず酒を飲んだようだ。六十二、三歳頃より家人の勧めで毎日牛乳二合を飲んだ。

六十歳翁三歳児。日貧牛乳滋味厚。大人不失赤子心。此語鄒孟許我否。

六十歳翁三歳児。日に牛乳滋味（じみ）の厚きを貪（むさぼ）る。大人赤子の心を失わずと。此語鄒（すう）の孟（もう）（孟子）我れに許すや否や。[1]

こぼれ話7 「湖山の長寿の秘訣②」

湖山は長年度々住居を転じている。その住居についても、衣食と同じく飾るというような嗜好がなかった。広い所であろうが狭い所であろうが、あまり意に介せず、通気とか排水とか周囲とかも考えなかった。若干それが考えられたとすれば、晩年東京巣鴨の妙義坂に子息正弘の考えた新居くらいであろうという。京都に住んでいた時も東山の別荘の一戸が設備してあったが、湖山はやはり市中を人も我も便利であると住んでいた。

元来健康体と見え、九十歳に達しても日中に床を伸べさせて横臥するということもなかった。洗面は必ず冷水を使った。

ある人が長寿の感想を問うと、湖山は微笑みながらただ一言「俺はのん気だから丈夫なのだろう。心配は大毒さ」と片付けてしまった。高齢になるまで何事も出来るだけ家人の手を煩わさないように心掛けた。一つは健康自衛法と一つは艱難に遭遇したことによる修養から来たのではないか。さらに、本文にも述べたように、三条実美宰相よりもらった扁額「恬淡養遐齢」に意味されたように、物に執着せず心安らかに生きたからではないだろうか。

その他、湖山は厳寒の時を除くほか、多くは灸治を怠らなかったという。夕食前に日課として行った。その箇所は、「曲池」と称する左右腕の屈折の所、足部の「三里」、及び足の親指の爪先の所、手一足と下三里以上は自ら据え、「四花関門」の背部の灸もみは他人の手を借りたようだ。[1]

第二章　永井荷風が記す湖山

（一）　永井荷風の『下谷叢話』

永井荷風（一八七九～一九五九）は、フランスから帰国後、皮相な近代化に反発し、江戸趣味へ傾斜しつつ、終生反俗的な文明批評家としての姿勢を貫いた。『あめりか物語』『ふらんす物語』『濹東綺譚』『断腸亭日乗』など多くの著書がある。

荷風が五歳の時、弟の貞二郎が生まれる。母は、そのため荷風の養育をしばらく現在の東京都台東区にある下谷の祖母に托した。荷風は小石川の父母の家を離れて下谷の祖母の家に行くことを嬉しく思っている。

この下谷の家は一九二三年（大正十二）の関東大震災で焼かれてしまう。荷風は、その災禍の悲しみを慰めようと下谷のことを書こうと思い立つ。下谷の家には外祖父にあたる鷲津毅堂（一八二五～一八八二）がかつて住んでいた。毅堂は、江戸末期から明治初めにわたって世に知られた儒者であった。

さらに、その鷲津家と同族には、奇遇にも漢詩人として有名な大沼枕山（おおぬまちんざん）がいた。この二人の生涯を主として描いている。新政府の役人としての地位を保つ毅堂に対し、下谷界隈（かいわい）を離れず、詩の世界から離れなかった枕山。その対照的な二人を淡々と描いていく。それ故、彼らと大の友人であった小野湖山の名もその作品には数多く見られ、湖山のことをさらに詳細に知ることができる。

（二）作品に出てくる湖山

永井荷風の『下谷叢話（そうわ）』（岩波文庫、二〇〇〇年）から小野湖山に関して記述がある事柄のみを、原文通りここに引用する。

大沼枕山と湖山との交友

梁川星巌の声望は都門の青年詩人を一堂に会せしめ善く相交る機会をつくらしめた。大沼枕山が孤剣飄然（ひょうぜん）として江戸に帰るや否や忽（たちまち）にして莫逆（ばくげき）の友を得たのは重に星巌が吟社の席上においてである。枕山が後年に至るまで交を棄（す）てなかった詩人は竹内雲濤（うんとう）、鈴木松塘（しょうとう）、横山湖山、長谷川昆渓（はせがわこんけい）、関雪江（せきせっこう）である。（54ページ）

この記述までに鷲津毅堂と大沼枕山の経歴、その父親のことや当時の詩壇のことが描かれ、これ以後、毅堂と枕山のことが年ごとに詳しく書かれていく。梁川星巌が神田お玉ヶ池に移り住んだのが一八三四年（天保五）十一月である。枕山は、その翌年に江戸に帰って来ている。

ところで、大沼枕山の父である大沼竹渓は尾張の鷲津家の生まれで、鷲津幽林の長男であった。竹渓と漢詩人の菊池五山とは友であったと荷風は書いており、枕山が菊地五山の門人になったのは当然で、本著24ページで述べた枕山の逸話は怪しいと指摘している。

なお、ここで初めて湖山の名が出てくる。ただ、横山姓になっているのは、安政の大獄で幽閉されてから小野姓になったためである。湖山と枕山とはこれ以後、親友となったと思われる。

竹内雲濤（一八一五〜一八六三）は小倉藩医の次男で、貧窮の中で別号の酔死道人のごとく世外に生きた。

鈴木松塘（一八二三〜一八九八）は安房郡谷向村（千葉県南房総市谷向）の医者の家に生まれ、高崎藩（群馬県高崎市）の藩儒・長谷川昆渓（一八一六〜一八六八）とともに星巌の門下生である。関雪江（一八二七〜一八七七）は土浦藩儒で下谷に家塾・雪香楼を開いた。維新後は集議院に出仕している。

松塘・枕山と並び明治の詩名として残る

鈴木氏が家の嫡男元邦、名は甫、字は彦之、号を松塘という。後に姓を鱸と書し、枕山湖山と並んで詩名を世に知られたのは即この人である。松塘が始めて贄を星巌に執ったのは十七歳の

時だという。この年天保九年には十六歳のなのでまだ玉池吟社の詩席には出たことがなかったわけである。（66ページ）

大沼枕山と鱸松塘のことを湖山とともに有名な詩人として荷風は認めていることが分かる。枕山はしばらく房州北条の町外れの豪農・鈴木氏の家に寄寓していた。松塘はその家の出であった。

佐久間象山と共に星巌を送る

三月九日、枕山は星巌夫妻の潮来（いたこ）に遊ばんとするのを行徳（ぎょうとく）まで送って行った。佐久間象山（さくましょうざん）もこの日行を送る人の中に交っていた。象山は時に年三十一である。横山湖山は去年から星巌の家に寄寓していたので、倶（とも）に行徳まで送って行ったに相違ない。湖山が送別の作中に、「雲断鏡光湾上寺。潮高銚子港頭楼。江山皆我題名地。愧被先生問昔遊。」（雲断鏡光湾上ノ寺／潮高銚子港頭ノ楼／江山皆我ガ題名ノ地／先生ニ昔遊ヲ問ワルルヲ愧ヅ）云々。湖山が房総に遊んだのは天保十年である。『房山集』を著した枕山の感想も思うにまた湖山と多く異るところがなかったであろう。（78ページ）

湖山は、佐久間象山（一八一一〜一八六四）と出会っていると思われる。湖山が二十七歳の時である。象山は江戸神田に象山書院を興し、蘭学や砲術に通じ、開国論を唱えたが、攘夷派のために暗殺されている。現在は湖山と同じく妙心寺に眠っている（67ページ参照）。

枕山と湖山は毎年月を観賞

この年中秋、枕山は去年の如く横山湖山と相携えて隅田川に月を賞した。五言律詩の題言に「墨水ニ到ツテ去年ノ遊ビヲ継グ。」としてある。この夜も三年つづいてまた良夜であった。（89ページ）

この年とは一八四四年（天保十五）のことで、枕山との月の観賞は毎年続いていた。まだ月の観賞できる余裕はあったのだろう。その年の十二月二日に弘化と改元されて、枕山は十二月二十八日に徒士街に居を移している。

枕山とともに星巌を見送る

枕山は横山湖山その他の詩人と共に星巌を送って板橋駅に到って袂を分った。星巌は道を中山道に取って美濃に還らんとしたのである。鈴木松塘は房州那古の家から出府し、倉皇として板橋駅に来ったが恋々として手を分かつに忍びず、そのまま随伴して美濃に赴いた。古人師弟の情誼はあたかも児の母を慕うが如くである。大正の今日に至っては人情の異なることもまた甚しい。（92ページ）

梁川星巌は、一八四五年（弘化二）の晩夏にお玉ヶ池の家を引き払って帰郷の途についている。湖山が三十一歳で、江戸の吉田藩邸で藩儒として藩士などに学問を教えていた頃であった。鈴木松塘の恩師への厚い思いが伝わってくる。荷風が賞するまでもなく、明治の漢詩人の人間関係には私もまた驚きを禁じ得ない。

お玉ヶ池に住んだ後、火災に遭う

星巌の去った後、玉池吟社の跡は化して何人の居となったのであろう。（中略）蒲生褧亭の『近世偉人伝』を見るに、小野湖山は註して「備後ノ五弓士憲カツテ翁（星巌）ノ年譜ヲ作ル。イマダ世ニ行ハレズ。惜シムベシ。」と言っている。嘉永五年に湖山がお玉ヶ池に居を卜したことがあるが、それは星巌の旧居より少しく隔った地蔵橋のほとりであった。湖山の家はいくばくもなくして火災に罹り、その後江戸時代には再び詩人の来ってこの地に卜居する者はなかった。（93ページ）

五弓士憲（久文、一八二三〜一八八六）は、近世の伝記記事を集め、「事実文編」を編集していた。湖山は、五弓が星巌の歴史に取り組んでいるのを知っていたのだろう。星巌が江戸を去った後は、前述のように湖山は地蔵橋近くに住んでいたが、火災があってからは次の記述にあるように、芝山内の学寮に移り住んでいる。

枕山と毎年中秋の夜に遊ぶ

弘化二年の季夏星巌西帰の後、枕山湖山の二詩人は中秋の夜相携えて隅田川に例年の遊びを継いだ。『湖山楼詩稿』に「是日陰雲四塞。」（是ノ日陰雲四ニ塞グ）といってある。湖山は星巌の帰国した後芝山内の或学寮に寄寓していたのであるがあたかもこの八月中に麹町平川天神の祠畔に家を借りて移り住んだ。（94ページ）

一八四五年（弘化二）にも、続けて枕山と湖山は隅田川で中秋の月の下で遊んでいる。そして、また、湖山は麹町平川天神の近くに家を借りて住んでいることが分かる。

枕山との中秋の夜に三人が加わる

湖山枕山の二人は例年の如く墨田川に舟を泛べた。この夜は雨のふり出したにもかかわらず新に長谷川昆渓、鷲津毅堂、菊池秋峰の三人が加わった。（中略）湖山がこの夜の作中に、「秋峰瀟洒質。子肇豪宕才。文郁齢猶弱。清詩絶点埃。子寿交最旧。辛勤十載偕。姓字馳海内。吟壇推雄魁。」（秋峰瀟洒ノ質／子肇豪宕ノ才／文郁齢猶弱シトイエドモ／清詩点埃ヲ絶ツ／子寿交リ最モ旧ク／辛勤十載ヲ偕ニス／姓字海内ニ馳セ／吟壇雄魁ニ推ス）と言っている。ほぼ諸子の風概を想見ることができる。文郁は穀堂の字で、二十二歳である。穀堂の名が江戸の詩人枕山湖山ら先輩の作中に見えたのはこの時を以て始とする。（100ページ）

菊池秋峰は菊地五山の嫡男で、漢詩人・画家である。別号は秋浦。没年は一八六三年（文久三）以降といわれている。この夜の湖山の漢詩によれば、秋峰はさっぱりしており、上品で垢抜けている。昆渓は気持ちが大きく、細かいことにこだわらない。穀堂は二十二歳とまだ若い。枕山との交わりは古く、十年ほど辛苦をともにして名を馳せ、吟壇でも雄々しくてたくましいと記す。荷風は、ここに枕山や湖山の作中から穀堂の名を見つけている。

俎橋に転居し、梅痴上人に詩を贈る

この年（慶応四年）九月、横山湖山が九段坂下俎橋に家を遷した。『火後憶得詩』を見るに、湖山は去年乙巳の八月に麹町平川町に卜居し、この年丙午の三月に至って某処の谷町に移りさらにまた俎橋に転居したのである。

十月に結城弘経寺の梅痴上人が紫の袈裟を賜り飯沼なる寿亀山弘経寺の住職に任ぜられた。（中略）梅痴上人が飯沼に移るに当って平生その知遇を受けていた詩人は宮沢雲山、横山湖山、大沼枕山を始めいずれも祝賀の詩を賦した。（102ページ）

一八六八年（慶応四）に湖山は九段坂下俎橋に移り、谷町に移ったものの、また俎橋に転居している。梅痴上人（一七九三〜一八五九）は、京都、ついで江戸へ行き増上寺住職となり、のちに下総弘経寺に住した。詩書画・儒学等に通じ、画は山水・梅を能くし、詩は江戸名家の一人に数えられ、頼山陽・菊池五山・大沼枕山らと交遊していた。

『湖山楼詩屏風』を刻し、屏風に詩を録す

文中に「懐之屏風集の催し」ということがある。これによってわたくしはこの書簡の裁せらた日を推定して弘化四年となしたのである。懐之は横山湖山の字である。湖山が『湖山楼詩屏風』二巻を刻したのは弘化五年二月以後嘉永改元の頃である。巻首の小引には「弘化丁未春日」としてある。湖山は唐の白居易がその友元微子から贈られた詩を屏風に書きつけたという風雅の故事に倣い、江戸当時の詩人の中平生師と尊び、友人として交っている諸家の吟詠一百首を屏風に録し朝夕諷詠して挙目会心の楽しみを得たいという。これが序言の大意である。従来刊行せられた詩家の選集は例えば『文政十家絶句』、『天保卅六家絶句』というが如きものであった。湖山が『詩屏風』は少しく趣を異にしているので、梅痴は預めこれを聞き知って「是は新趣向大に面白き様存じ候」と言ったのである。梅痴は湖山から『詩屏風』に採録すべき近作を請われたについて、既に客歳『玉池吟社詩』に掲載したものは除いて、過日枕山の手許に送った近什の中から佳作を択みなお十分添削の労を取るようにと言っている。（106ページ）

この箇所から、湖山が一八四八年（嘉永元）に『湖山楼詩屏風』を出したことや、白居易の故事に従い、諸家の漢詩を屏風に書き写して、それを楽しみとしていたことが分かる。

枕山と毎年中秋の夜に遊ぶ

枕山が横山湖山と中秋の良夜を期して舟を墨水に泛べたのは天保十四年に始ってここに五年となった。わたくしは年々枕山がつくる所の詩賦を誦み、昔江戸の詩人の佳節に逢うごとに、いかにその風月を賞して人生至上の樂事となしたかを思い、翻って大正の今日にあっては此の如き往時の慣習既に久しく廃せられてまた興すに道なきことを悲しまなければならない。（109ページ）

枕山と湖山が中秋の夜に舟を浮かべて月を愛でるのも五年目となっていた。一八四八年（弘化五）のことである。この時、あいにく月は見られなかったが、二人が出会い、遊ぶことはできたようだ。荷風が口ずさむ枕山の作は、この前に載せている。読み下し文をここに記す。

古自リ佳期動スレバ相失ヒ／天時人事長吁スルニ足ル／独リ旧交ノ旧約ヲ尋ヌル有リテ／年年此夕余ヲ負カズ／観月ノ伴時トシテ闕クコト有ルモ／観月ノ遊戯トシテ無キコト無シ

（109ページ）

海防の必要を説き、『乍浦集詠鈔』を刊刻する

この年（嘉永二年）の冬横山湖山が『乍浦集詠鈔』一巻を刊刻した。『乍浦集』の原本は西暦千八百四十二年即我が天保十三年壬寅の年英国の軍隊が南清の諸州を寇し遂に香港を割譲せしむるに至った時、この兵乱に遭遇した清国諸名家の詩賦を採って沈約なる人の編成した集である。湖山がこの書の集約を出版したのは言うまでもなく説詩に托してわが国海防の一日もゆるがせにすべからざる事を知らしむるためであった。序詞には枕山、柳窩、毅堂の名が連ねられ、巻尾には頼士峰の文が載せてある。この書は幸にして幕府の忌む所とならなかったようである。（117ページ）

湖山は、一八四九年（嘉永二）に、前年に続いて『乍浦集詠鈔』を出している（76ページ参照）。各国が通商を求めて来ており、幕府は翌年には民間の海防論を禁止した。湖山がいよいよ幕府に目を向けられることにもなる。

子が生まれ、喜びを母に知らせ、お玉ヶ池に移る

この年冬十月、横山湖山はその妻の始めて児を挙げたのを見て、「酔筆匆匆報故国。乃生載衣語偏繁。遙知阿母多喜色。今日天涯添一孫。（酔筆匆匆故国ニ報ズ／乃チ生マレ載チ衣セ語偏

ニ繁ナリ／遙カニ知ル阿母ノ喜色多キヲ／今日天涯一孫ヲ添フ」の絶句にその喜びを言っている。湖山が俎橋からお玉ヶ池に家を移したのはこの年の冬にあらざれば次の年の春であろう。
（130ページ）

「この年」とは、一八五一年（嘉永四）湖山が三十七歳の時。その年に長男が生まれている（32ページ参照）。早速、母に報じると母の喜ぶ姿を知ることになる。

毅堂とともに羽倉簡堂に招かれ、佐久間象山に会う

嘉永六年癸丑三月三日に横山湖山、鷲津毅堂の二人が羽倉簡堂に招かれて、その邸に催された蘭亭修禊の詩筵に赴いた。簡堂の邸は、下谷御徒町藤堂家の裏門前にあった。湖山毅堂の二人はこの日簡堂の邸において佐久間象山に会ったはずである。象山の詩集にこの日の詩筵の作が載っているからである。（139ページ）

羽倉簡堂（一七九〇～一八六二）は、儒者であり幕臣である。父の死後代官職を継ぎ、一八四二（天保十三）に老中水野忠邦に起用され、納戸頭勘定吟味役となっている。一八四九年（嘉永二）に『海防私策』を著している。湖山はここで佐久間象山に会っていたことが分かる。その年の六月に、ペリーは軍艦四隻とともに浦賀に来航している。

老中阿部の態度を批判する詩を詠う

　米国の軍艦が浦賀に来って国書を呈したのは六月五日である。横山湖山の絶句に「海口無関碧淼漫。妖鯨出没湧狂瀾。羽書不奏安辺議。唯報夷情測得難。〔海口無関ク碧淼漫タリ／妖鯨出没シテ狂瀾湧ク／羽書ハ安辺ノ議ヲ奏セズ／唯夷情測リ得ルコト難キヲ報ズルノミ〕（142ページ）

荷風は、湖山の絶句を載せている。「狂瀾（きょうらん）」というほど、世間が荒れ乱れた情勢であったのだろう。老中の阿部正弘は、大名の議論は求めたものの天皇には異国の事情の計り知ることが難しいことのみを報告しただけだと、湖山は書いている。

家慶の葬儀のため観月をやめ、海防の意見書を出す

　八月四日前将軍家慶（いえよし）の葬儀が芝増上寺において行われた。枕山らが年々催す中秋の観月は、これがために今年は廃せられた。湖山の絶句に「白雲明夜悠悠。一酔何堪消百憂。莫怪江湖閑散客。也因世故廃中秋。」〔白雲明夜悠悠／一酔何ゾ百憂ヲ消スニ堪ヘンヤ／怪シム莫カレ江湖閑散ノ客／也（また）世故ニ因リテ中秋ヲ廃スヲ〕

　湖山はこれより先嘉永四年の冬褐（かつ）を釈（と）き、参河国（みかわのくに）吉田の城主松平伊豆守信古（のぶひさ）の儒臣となっていたので、海防に関する意見書を藩主に呈し、また人を介して老中阿部伊勢守正弘の手許にも建

白する所があった。（145ページ）

一八五一年（嘉永四）に湖山は藩臣となっており、藩主の松平信古に海防の意見書を提出し、阿部正弘にも建白書を出している。このことは、本著35ページにも記した。

小原鉄心の詩会に招かれる

十一月冬至の日、小原鉄心が今年もまた去年の如く溜池の屋敷に詩筵を催した。招かれた賓客の中に毅堂湖山枕山も加っていた。（146ページ）

小原鉄心（一八一七〜一八七二）は、美濃（岐阜県）の大垣藩士である。斎藤拙堂に学び、一八四二年（天保十三）城代となり、以後三代の藩主に仕える。戊辰戦争では、一時幕府軍に従った藩を新政府に帰順させた。湖山とともに毅堂や枕山も詩会の席に招かれている。

火災の類焼でお玉ヶ池の家の門と塀が焼かれる

安政紀元十二月二十八日の夜、酉（とり）の下刻（げこく）、神田多町二丁目北側の乾物屋三河屋半次郎の店から発火して南の方日本橋まで延焼した。横山湖山がお玉ヶ池の家はその門と塀（へい）とを燬（や）かれた。（152ページ）

一八五四年（安政元）は、ペリーが再来し、日米和親条約が締結されている。湖山が住んでいたお玉ヶ池の家まで火が延焼しているが、家にまで被害は無かった。しかし、翌年に大地震が起き、その時に火災の類焼に遭っている。その後『火後憶得詩』を刊行した。

土佐藩の詩人との交流があった

安政四丁巳の歳枕山は四十歳、毅堂は三十三歳になった。

横山湖山の『火後憶得詩』の中「墨水看花歌」に「丁巳三月念一日鷲津重光、井上公道、松岡欲訥、田中君山、福岡藤二ト墨水ニ遊ブ。時ニ井上福岡ノ二子帰期近キニアリ。」云々の題言が記してある。これらの人名の中、福岡藤二は土佐の藩士で大正八年頃まで生存していた子爵福岡孝悌である。また松岡欲訥は同じく土佐の藩士松岡七助、号を毅軒といった人であろう。

（159ページ）

一八五七年（安政四）、湖山は四十三歳になっている。土佐藩の詩人とも交流があったのであろう。井伊直弼が大老に就任する前年の年である。

大火では家族の難を逃れたが、詩作の多くを失う

十一月十五日、暁丑の刻、神田相生町から起った大火に横山湖山はお玉ヶ池の家を燬かれてその妻と乳児を扶けて箱崎町なる武家某氏の長屋に立退いた。湖山はこの火災に平生の詩稿を蕩尽した。その集『火後憶得詩』の序を見るに、「余ノ吟詠ヲ好ムヤ二十年来作る所千余首ヲ下ラズ。去月望、都下ノ大災延イテワガ廬ニ及ベリ。炎威惨虐ニシテ百物蕩尽セリ。稿本マタ一紙ヲ留メズ。但シソノ既ニ梓ニ上セシ者ハ伝播スルモノ頗多シ。板葉焚燬ストイヘドモコレヲ索ルコトマタ難カラズ。ソノ他イマダ梓セザルモノ長短七、八百首アリ。獲ント欲スレドモ由ナシ。懊悩スルコト累日。譬ヘバ児ヲ喪ヒ妾ヲ亡フガ如ク、痴心イマダ婉惜ヲ免レズ。一夜灯前旧製ヲ追憶シ、漫然コレヲ録シテ三十余首ヲ得タり。爾後十数日ノ間相続イテコレヲ得ル者マタ一百余首。因テホヾ前後ヲ整理シ題シテ『火後憶得詩』トイフ。吁、古人は一タビ経目スルノ書、終身忘レザル者アリ。今余自ラ作ル所ノ者ナホソノ十ノ二、三ヲ記スルコト能ハズ。哀病ニ由ルトイヘドモマタ賦性ノ然ラシムル所。コレ嗟スベキノミ。戊午杪冬念八日箱崎邸ノ寓樓ニ識ス。時ニ新居ノ経営イマダ成ラズ。楼上風雨寒甚シ。乳児は乳ニ乏シク夜間シバ〳〵啼ク。頗ル苦境タリ。マタ詩人ノ常ナル歟。（168ページ）

このことは、本書34ページにも記した。

大火により、湖山はお玉ヶ池の家から箱崎町の武家の長屋に住んでいる。妻も子も助かったが、多くの詩集を無くした。まるで子を失ったかのようだともいう。家も無くし、二十年かけて作った千余首の詩が灰となる。その湖山の悲しみは、いかばかりであったろう。

吉田での幽閉された様子が詳細に描かれる

横山湖山もまた罪を獲てその藩主松平伊豆守信古の居城なる三州吉田に送られた。当時の事状は明治十六年に湖山が七十歳になった時、その児内閣書記小野弘のより撰した寿詞の中に識されている。寿詞は『花月新誌』に載っている。その一節に曰く「嘉永癸丑米艦浦賀ニ入ル。海内騒擾。聖天使旰食寧カラズ。幕吏国家ノ大計ヲ以テ模稜コレニ処セント欲ス。天下ノ志士切歯憤惋セザル者ナシ。家君モマタカツテ交ヲ志士ニ結ブ。東西ニ奔走シ以テ大義ヲ天下ニ伸ベントス。事イマダ成ラズシテ戊午ノ大獄興ル。共ニ謀ル者相継イデ獄ニ下ル。一夕藩吏突トシテ至リ、家君ヲ以テ去リ吉田城ニ押送シ妻児ヲ谷中ノ別邸ニ幽ス。両地音耗全ク絶ユ。時ニ弘ナオ幼ナリ。出デ、羣児ト戯ル。輙チ皆罵ツテ曰ク汝ノ父ハ賊ナリト。弘独リ走ツテ帰リ泣イテ家慈ニ訴フ。家慈嗚咽シテ対ヘズ。甫メテ十歳家慈ニ従ツテ吉田ニ至ル。偕ニ函嶺ヲ踰ユ。方ニ春寒シ。山雨衣袂ニ滴ル。躓キカツ仆ルコトシバ〳〵ナリ。家慈輿中ヨリコレヲ覘ツテ欷歔ス。小弟懐ニアリ呱呱乳ヲ索ム。余モマタ家慈ニ向ツテ頻ニ阿爺ニ見ユルコト何ノ日ニアルヤヲ問フ。シカモソノ幽囚ニアルヲ知ラザル也。至レバ則チ老屋一宇。監守スル者六、七人。儼トシテ監舎ノ如シ。家君ソノ中央ニ座ス。左右に書巻数冊、夷然トシテ詩ヲ賦スルコト前日ニ異ラズ」云々。

湖山はその幽屏せられた吉田城内の老屋を名づけて松声幽居となした。藩士の監視は始の中は脱走を虞れて頗厳重であったが湖山が日常の様子に安堵して次第に寛かになり、遂には藩士中就いて詩を学ぶものもあるようになったという。蒲生褧亭の『近世偉人伝』中狂狂先生伝にその事がしるされている。湖山が幽囚を赦されたのは文久三年で赦免の後姓名を改めて小野侗之助と称した。（173ページ）

小野湖山は、安政の大獄で自分の身に起きた詳細を、朝野新聞社社長であった成島柳北（一八三七～一八八四）が創刊した「花月新誌」という雑誌に随筆文として載せている。一八八三年（明治十六）に湖山が七十歳の時に子息の正弘が撰したものである。湖山が幽閉された当時の様子がよく分かる。牢屋に入れられたものの、後には藩士たちに詩を教えていたことも記されている。

小原鉄心が湖山の男子に感心する

わたくしはまた鉄心の紀行『亦奇録』について、横山湖山の長男亥之吉があたかもこの時毅堂の家にあって勉学していた事を知り得た。亥之吉は小原鉄心の一行に随って参州吉田に赴きその父を省して直に名古屋に還ったのである。『亦奇録』に曰く、「湖山ノ男亥之吉鷲津氏ノ塾ニアリ。余拉シテ東シニ親ヲ省セシム。コノ夜逆旅ニ来ツテ寝ス。余コレニイツテ曰ク二親在ス。汝ノ来ルハ何ゾヤ。曰ク僕大夫ヲ送ツテ至ル。今二親ニ見ユ。実ニ望外ノ幸ナリ。然レドモ学業イマダ成ラズシテ数(しばしば)省スルハコレ二親ノ喜バザル所、僕モマタコレヲ愧(は)ヅ。明朝直ニ西セン耳(のみ)ト。余コノ言ヲ聞キテ甚コレニ感ズ。時ニ亥之吉年十六。他日ノ成業是(ここ)ニオイテカ見ルベシ。」
（206ページ）

鷲津毅堂は、一八六五年（慶応元）に尾張に帰っている。江戸に出てから二十年が経っていた。毅堂は尾張藩主の幼主徳川元千代（義宜）の教育を委任させられたのである。翌年の三月二十六日に大垣藩の家老小原鉄心は毅堂を訪ねている。そのことは、鉄心の『亦奇録(えききろく)』にある。荷風は、その紀行を詳しく記している。その中にあったのがこの一節である。荷風は小原鉄心が湖山の子息の言動に感動したことを記述しているのである。鉄心が記すように、この湖山の子息正弘は後述（216ページ）するように、家督を継ぎ、一八七二年（明治五）には仕官して左院掌記より正院に転じている。

役人に任ぜられるが、母を見舞うため帰郷する

明治五年壬申七月枕山毅堂二人の旧友なる横山湖山がこの年五十九歳にして東京に来り、池の端の某処に居を卜しこれを談風月楼と称した。湖山は安政六年水戸の疑獄に連座し、五年の間参州吉田の城内に蟄居(ちっきょ)していたが、文久三年に赦免せられてから姓を小野、字を長愿、名を侗之助と改めた。湖山は国事に奔走した功によって維新の際太政官権弁事に任ぜられ記録編輯の事を掌ること僅に三個月ばかり、母の病めるを聞き官を辞して故郷近江(おうみ)に帰臥(きが)したのである。毅堂が湖

山新居の作の韻を次いだ絶句十首の中に、「幾歳休官鬢有霜。冷然洗尽熱心腸。」〔幾歳カ官ヲ休メテ鬢ニ霜有リ／冷然トシテ洗ヒ尽クス熱心腸〕また「梁門伝法有之子。昨住玉池今小湖。」〔梁門法ヲ伝フ之ノ子有り／昨ハ玉池ニ住ミ今ハ小湖〕などの語を見る。（237ページ）

一八七二年（明治五）湖山は五十九歳の時、豊橋から東京に移っている。ここで、荷風は湖山の東京に移り住むまでの経過を簡潔に書いている。以後、湖山に関しては記述が見られない。

これから後は、毅堂と鷲津毅堂の没するまで、及び死後の代にまで綴られていく。

毅堂は、一八七一（明治四）に司法省出仕を命ぜられ宣教判官に任ぜられ、明治十五年に病んで没するまで司法省の官吏となっていた。五十七歳であった。一方、大沼枕山は毅堂が没した頃から中風症に罹って歩行も困難な状況であった。一八九一年（明治二十四）に没している。七十三歳であった。二人の死後の子息の代にまで記述は及び、荷風が知り得たところまでを書いて終わっている。

（三）『下谷叢話』という作品

荷風が書いた『下谷叢話』は、小説ではない。考証的伝記ともいえる。下谷を舞台にした鷲津毅堂と大沼枕山という二人の漢詩人と彼らを取り巻く漢詩人の姿を、多くの文献や資料からの史実をもとに、荷風がそれらの人々を生き返らせた作品である。

中国文学者でもある成瀬哲生がその本の解説をしている。『下谷叢話』は、一九二四年（大正十三）発行の雑誌「女性」第五巻第二号に「下谷のはなし」として「一」から「四」までが掲載された。これが始まりで、以後毎月連載され、第六巻第一号の「二十三」から「二十九」の掲載をもって終わった。その後も完成に向けて荷風の努力は続けられ、一九二六年（大正十五）に『下谷叢話』が春陽堂から発行された。荷風四十五歳の頃である。その後、一九三八年（昭和十三）に冨山房から『改訂下谷叢話』が出版され、一九五〇年（昭和二十五）に『荷風全集』の中に最終的に修正された『下谷叢話』が載せられているという。結果として、荷風は二十七年間もその本を温めてきたのである。一九五九年（昭和三十四）に死去、享年八十であった。一つの作品の完成を自分が納得いくまで修正し続けたのである。

それでも、荷風は「自序」においてまだ杜撰（ずさん）なところがあると述べている。それを加味しても、この作品で私たちは、その当時の特に漢詩人の様子を知ることができる。解説から当時の作家の批評を知ることができて興味深いのであるが、荷風は一九一六年（大正五）に発表された森鷗外の『渋江抽斎（しぶえちゅうさい）』を読んで、感銘を受けている。抽斎（一八〇五〜一八五八）もまた江戸後期の儒者であった。荷風が亡くなった時にも、『渋江抽斎』が四分の一ほどのところのページをひらいたままになっていたという。

荷風をもってしても、毅堂と枕山の漢詩人の伝記を書くことに苦労しており、鷗外を超えることはできなかったのであろう。

しかし、成瀬が指摘するように、「それらの人物像には刺激があって、読み進むにつれて輪郭のある人物像として示されている」のは確かである。そこに「数多くの人物との出会いが周到に用意されている」からである。

それは明治後期という特殊な時代背景とそこに翻弄された多くの魅力ある漢詩人や歴史的に有名な人物が輩出し、その一人としてまた小野湖山も登場しており、その作品を彩っている。

荷風は、作品の中で自分の感情を素直に出している箇所が見られた。それは一つに、漢詩人同士が毎年中秋の夜に出会い、月を観賞しそこで遊ぶという風景である。そのことを荷風はうらやましく思っている。また一つは、師弟の結びつきであった。特に、鈴木松塘は梁川星巌が美濃に帰る時に見送りに来たのだが、そのまま別れることに耐えきれず、美濃まで随伴してしまったことを「児を母が慕う如く」「大正の今日に至っては人情の異なること甚だしい」と書いている。

私もまた今の時代との違いを思わざるを得ない。確かに、そこには漢詩という文学を共にする深い友情や師弟愛があったのだろうが、現在そのような人情にあふれた場面を見ることは少ないだろう。明治時代に置き忘れてきた何かがあるのではないだろうか。

そういうことを気付かせてくれる作品でもあった。湖山もまた優れた師や多くの友人に恵まれたのは幸運であったといえるのだろう。

第三章　渡邊楠亭と湖山

（一）朝妻筑摩の渡邊楠亭

渡邊楠亭（一八〇〇～一八五四）は、一八〇〇年（寛政十二）に渡邊又次の長男として現在の米原市朝妻筑摩に生まれている。幼名を司馬次郎といった。この地域は、長浜市と彦根市との間にあり、琵琶湖岸に面して大きく湾のようになっている。もと「入江村」と呼ばれたのも、こうした土地柄によるものである。

筑摩には、古代、皇室に鮒鮨などの食糧を貢納する御厨が置かれ、その鎮守として御食津神を祀ったとされる筑摩神社がある。例年五月三日に日本三大奇祭の一つである「鍋冠祭り」が行われ、色鮮やかな狩衣姿に張子の鍋を被った数え年八つの少女たちが渡御し、本殿に参進する。八世紀の桓武天皇の時代以来、一二〇〇年の伝統がある。過去には、鍋冠の女性は経験した男の数だけの鍋を冠るという不文律があり、平安時代の歌物語『伊勢物語』にも「近江なる筑摩の祭とくせなむつれなき人の鍋の数見む」（第一二〇段）と詠われるほどであった。

しかし、江戸時代中期に、わざと少ない数の鍋を被った女性に神罰が下り、被っていた鍋を落とされ笑いものにされ、宮の池に飛び込み自殺してしまうという事件が起きた。事件の顛末を聞いた藩主の井伊氏が鍋冠祭りを禁止したが、嘆願の結果、七、八歳の幼児による行列ならばと許可され、今日の姿となった。

筑摩神社から南へと入江の浜伝いに歩いて行くと、やや突き出した岬のようなところがあり、さらにそこを通り過ぎると、小さな入江が広がっている。右手の湖岸に沿って点在する地域に楠亭は生まれている。左手前方の北側に目をやると美しい松林が見えてくる。ここは昔、朝妻港として栄えたところで古代から中世にかけての湖東の重要な港として栄えていた。

湖には竹生島（ちくぶしま）が波の上に浮かび、遠くは比良（ひら）・比叡（ひえい）連峰が望める。左手には船の形をした多景島（たけしま）、その向こうに沖島が見られる。東の方には伊吹の山々を遠望することができる。入江と砂浜と松の緑や岬の交錯した雄大な風景は見るものの心を引きつけて止まない。

楠亭の家は代々農業のかたわらで酒を売って生活していた。小さい頃から学問を好み、同じ筑摩の竹中文語（たけなかぶんご）や近隣の高溝（たかみぞ）の来照寺（らいしょうじ）住職の恵念（けいねん）から、読書や漢文の素読（そどく）の手ほどきを受けた。その後は、ほとんど独学自修で、昼は田畑で汗まみれで働き、夜はわずかな灯火をたよりに明け方近くまで学問に励んで、ついに朱子学の奥儀（おうぎ）を極めるに至ったといわれている。充分な書籍もない環境の中で、しかも独力でこれだけの深い学識を得るには、並大抵の努力ではなかったことが推察される。

楠亭の名声は、すでに四方に高く、教えを乞う者は、遠近を問わずその数は数百人にのぼった。交流のあった名士や門弟は、近江国内はもとより、京都・名古屋をはじめ、大垣・笠松・一宮・垂井・敦賀にまで及んでいる。家業の妨げにならないように、春夏は未明近くまで独学し、秋冬は薄暮（はくぼ）頃を人に教える時間とした。楠亭は、このように自ら鍬(くわ)をとって耕し、農業という生産活動に従事しながら、その合間に学び、門弟の教育をした。

彦根藩からは藩儒としての再三の招きもあったが、一切固辞して農民としての生活に甘んじ、人間としての真実の道を求めて実践に努めてきた。

一時、伊吹山の松尾寺の提宗和尚(ていそうおしょう)に就き、易学や法相(ほっそう)の学を修めた。幕末の農政改革の面でめざましい活躍をした大原幽学(おおはらゆうがく)（一七九七～一八五八）も同じ現在の米原市に住んでおり、ときどき山を下って楠亭を訪ねている。

当時、楠亭の屋敷の隅に数百年を経たクスノキ（楠）の巨木があり、筑摩の地域の手前からそれが眺められた。楠亭が家産を弟に譲ってからは、専ら門人の教育をするためにその木の傍らに小さな家をつくった。そこから、楠亭と号したといわれる。

楠亭が亡くなった時には、その死を惜しみ、弔いに来た人は幾千人であったという。それだけ楠亭の徳を惜しんでいた人々が多くいたのだろう。

湖山もまた、かつて三河吉田藩の藩儒として諸国を巡り、各地の有名な学者を訪ね回った折に、楠亭のもとを訪ねてきたことがあるようだ。その時、湖山は楠亭の人となりや生き方に触れてよほど感じ入ったと思われる。

楠亭が五十四歳で亡くなった時、湖山は四十歳であった。次に載せた楠亭の追悼詩（写真は口絵ｖページ）からも楠亭の徳を十分に偲ぶことができる。

（二）楠亭への追悼詩

朝坐湖上亭　朝に湖上の亭に坐し
暮坐湖上亭　暮に湖上の亭に坐す
飢食湖米粲　飢えては湖米の粲を食し
渇飲湖水清　渇しては湖水の清を飲し
湖水清徹底　湖水の清は徹底すといえども
若人何瀟灑　人何ぞ瀟灑にして
遯世而無悶　遯世して悶え無きに若かんや
有政是孝弟　有政是れ孝弟
憶昔訪夫君　憶　昔　彼の君を訪う
行々湖水濆　行く行く湖水の濆
一樹老楠秀　一樹の老楠　秀いで
人指先生門　人先生の門を指せり
迎我飲湖上　我れを迎えて　湖上に飲み
留我煮湖魚　我れを留めて　湖魚を煮る

・亭　テイ　やしき。
・粲　サン　ついて白くした米。
・清　セイ　水がきれいにすむ。
・瀟灑　ヨウサイ　こだわりがないさま。清廉潔白。
・遯世　トンセイ　俗世の煩わしさを避けて静かな生活に入ること。
・有政　ユウセイ　『論語』「為政（二十一）」に、親に仕えて孝を尽くすことが国の政治をなすことにもなるという。
・濆　フン　ほとり。
・楠　ナン　楠亭の屋敷には大きなクスノキ（楠）がある。

遙々湖城水
送我罄晤語
温潤如瓊玉
堅貞石與金
仁厚化郷俗
可知所得深
一別経幾歳
赴音数行字
開緘驚且歎
不覺潸涕涙
遙聞易簀前
湖天亦黯然
遠近慕高義
會葬人幾千
往時藤樹氏
今日楠亭子
偉哉湖東西

遙々(ようよう)たり　湖城の水
我を送って晤語(ごご)罄(むな)し
温潤(おんじゅん)　瓊玉(けいぎょく)の如く
堅貞石(けんていせき)か金か
仁厚(じんこう)　郷俗(きょうぞく)を化す
得る所　深きを知るべし
一別幾歳(いくとせ)を経て
赴音数行(ふいんすうぎょう)の字(じ)
緘(かん)を開きて　驚き且歎(かったん)じ
涕涙(ているい)の潸(せん)たるを覚えず
遙(はるか)に聞く　易簀(えきさく)の前
湖天(こてん)亦暗然(あんぜん)たりしと
遠近高義(こうぎ)を慕(した)い
会葬(かいそう)せし人幾千なり
往時(おうじ)　藤樹(とうじゅ)氏あり
今日　楠亭(なんてい)子あり
偉なる哉(かな)　湖の東西

・晤語　ゴゴ　相対してうちとけて語ること。
・温潤　オンジュン　おだやかでうるおいのあるさま。
・瓊玉　ケイギョク　美しい玉。
・堅貞　ケンテイ　意志が堅いこと。
・郷俗　キョウゾク　郷土の気風。
・赴音　フイン　死の知らせ。
・緘　カン　手紙などの封じ目
・涕涙　テイルイ　涙を流すこと。
・易簀　エキサク　賢人の死を敬っていう語。
・暗然　アンゼン　暗いさま。
・高義　コウギ　高い徳行。
・藤樹　トウジュ　中江藤樹。我が国陽明学の祖。村民を教化し徳行をもって聞こえ、近江聖人と称された。

賢哲後先起
湖上我旧郷
夢思何敢忘
義事常願聞
逢人問審詳
寄言湖上友
墓碑要高乎
老楠継老藤
千秋同不朽
追悼　楠亭渡邊翁

賢哲　後先して起る
湖上は我が旧郷なり
夢に思うて何ぞ敢て忘れんや
義事　常に聞かんことを願う
人に逢えば問ふこと審詳なり
言を寄す　湖上の友
墓碑　高を要せんや
老楠は老藤を継ぎ
千秋　同じく朽ちざるなり
湖山巻拜具

・賢哲　ケンテツ　賢くて物事の道理に通じている人。
・義事　ギジ　良いたより。
・審詳　シンショウ　くわしいさま。
・老藤　ロウトウ　藤樹の書院にあったフジ（藤）の木を指す。
・千秋　センシュウ　非常に長い年月。

朝夕、湖に面した小さな家に住んで湖の風景を眺めて暮らしている。腹がすくと、湖水のほとりでとれた米を食べ、喉が渇くと湖水の清らかな水を飲んで暮らしている。たとえ、湖の水が、どこまでも澄みきっていようとも、この人（楠亭先生）の清廉潔白で、わずらわしい世俗の悩みから解放された清浄な生き方には遠く及ばない。また（孔子の言葉にあるように）父母に孝行をつくし、年長者によくつかえることが、一国の政治をなしているかのように実践している。

あゝ、昔、君を尋ねて筑摩を訪れたことがあった。幾つかの入江や浜を過ぎると、目ざす筑摩の村が見えてきた。一本の楠の大木がひときわ高くそびえている。道端で働いている人に、楠亭先生の家を尋ねると、その人は、楠の木の根方(ねかた)の門を指して教えてくれた。

私の来訪を喜んで迎え、湖上に船を出して飲み、帰ろうとすると私を引き止めて湖でとれた魚を煮て、心からもてなしてくれた。遙か遠くに湖城が見え、その水は果てしなく広がり、まるで主人公の広い気持ちをあらわしているかのようである。

私を送ってくれた時の、あの打ちとけたなつかしい言葉も、今はむなしい思い出の中にしかない。あたたかくて、うるおいのあるやさしい心は、まるで瓊玉(けいぎょく)の玉のように美しい光を放っている。

また意志の堅いことは、金か石のように、己のいったん思い立ったことは、必ずやり通すという強い意志力を持っている。

その反面、情け深く思いやりのある心は、郷土の気風を一変させる程の感化力があった。こうした楠亭先生の日常生活に接して、自分は心の中に深い感銘を与えられたことを知った。

緘(かん)を開いて驚き、深い悲しみにおそわれて、思わず涙がほおを伝って流れ落ちた。遠くはるかに聞くところでは、楠亭先生の臨終の前は、湖上は暗雲が低くたれこめて、この偉大な人の死をまるで悲しむかのようであったということである。その葬儀には、遠近から生前の人徳を慕って集まった人は、幾千人に及んだということである。

昔は中江藤樹先生あり、今日、これに匹敵する人は楠亭先生である。湖をはさんで、東と西から、この偉大な賢人と哲学者が、まるで互いに呼応するかのように、時を経てあらわれたことは誠にすばらしいことである。

この近江の地は、私の故郷である。夢にまで思って忘れることのできないなつかしい土地である。いつも故郷から良い便りが届けられることを願っている。近江の国からやってきた人に会う度に、くわしく知人の消息を聞くことを、一つの楽しみにしてきた。

今、幽明をへだてた湖上の友（楠亭先生を指す）に一言申し上げたい。墓や業績をたたえる碑は、どうして高く立派なものを作る必要があろうか。老楠（楠亭先生の遺愛の楠の大木）は、老藤（藤樹先生の書院の藤を指す）のあとを継いで、その遺徳は千年のあとまで朽ちることがなく、長く後世の人々の心の中に生き続けることであろう。

この湖山の追悼詩は、「はじめに」に述べたように、田中弥一郎著『楠亭詩集とその背景』に載せられていた。

米原小学校にある渡邊楠亭の肖像画

弥一郎氏は、一九七四年（昭和四十九）、教頭として赴任した米原町立入江小学校（現在は統合されて米原市立米原小学校）に掲げてあった渡邊楠亭の肖像画に出会い、それが契機となって楠亭の詩の研究に取りかかり、五年の歳月をかけて自費出版している。

ところで、私はその本やこの追悼詩を見るたびに、人の縁の不思議さをつくづく思わざるを得ない。湖山が楠亭を慕い、それが追悼詩として残り、それを弥一郎氏が見出し、そして私がここにそれを著している。人が人として慕い、尊敬する。その中で、一つの肖像画や詩が、あるいは本が世の中に形として残り、後世に見出され受け継がれていく。そういうつながりに何か不思議な縁を感じるのである。人はやはり人から学んでいく。この追悼詩は、私に今も一つの財産となっている。

湖山は楠亭に一度しか会っていないが、その時の楠亭のもてなしに感激し、また楠亭の人柄や生き方に感銘を受けたのであろう。

地位や名誉はなくても地域の多くの人に慕われ尊敬されてこの世を去っていった楠亭を、湖山はある意味で羨ましく思っていたのかもしれない。

湖山のように生家を離れて、江戸に出て名を馳せ、事を成した生き方がある一方、農業や家業に従事しつつ生まれた地域の人に教え、地域の人とともに自分の生を貫き通した生き方がある。それもまた尊いことなのである。

「人間とはどのように生きるべきか」、また、「どのように生きることが、真の幸福につながるものであろうか」といった、我々人間がこの世の中を生き抜いていくための根本的な問題について、具体的な姿で二人は教えてくれているのである。

こぼれ話8　「岡本黄石と湖山」

岡本黄石（一八一一〜一八九八）は、彦根藩士宇津木久純の四男で、彦根藩の家老職を継ぐ岡本織部祐業常の嗣子となる。初め詩を中島棕隠に、のちに梁川星巌に学ぶ。一八三六年（天保七）中老となり、江戸で数年勤める。菊地五山、安積艮斎に学び、湖山始め大沼枕山、遠山雲如、鱸松塘らと交わる。

一八五一年（嘉永四）、井伊直弼が藩主となり、家老に任ぜられる。一八五八（安政五）年に直弼が大老となり、頼三樹三郎、橋本左内らを処刑したことを聞き、黄石は愕然とし、湖山にも刑が及ばないよう旅費を送って江戸を去るよう援助している。勤王志士と交っていたこともあり、その後、解雇されている。

一八六〇年（万延元）、直弼が桜田門外で暗殺された後、黄石は子の直憲に仕え、藩の存続を優先とし、藩士を諭すことに努めたり、直弼時代の寵臣・長野主膳、宇津木六之丞（景福）を処刑するなどして、政情の変化に対応して藩政の存続を牽引している。一八六五年（慶応元）、長州征伐に参戦。やがて徳川慶喜が将軍となり、一八六七年（慶応三）大政奉還を迎え、戊辰戦争においても新政府側に味方している。一方、漢詩人としても名を馳せ、その詩は杜甫を宗とし、気品高いものが多いとされている。晩年は東京に住み、麴坊吟社を創立し、そこには杉聴雨・巌谷一六、日下部鳴鶴をはじめ十八名ほどが出入りし、大いに文筆に親しんでいる。また、梁川星巌門下では湖山と並んで、人品詩品ともに高く評価されている。また、湖山同様、八十八歳という長寿でもあった。著に『黄石斎』六集十九巻、『黄石遺稿』がある。[6]

第四部　湖山と現在

第一章　地域に残る湖山の書

（一）　現在の小野家

湖山亡き後の生家について簡単に記しておく。

冒頭で述べたように、湖山には三人の姉である波満子、岸子、道子がいた。波満子と岸子は独身を通しており、それぞれ九十一歳、九十歳と長寿であった。湖山は、この姉たちのお陰で江戸に行くことができた。姉たちは湖山の苦学の生活を支援していたのである。道子は、隣の北野（長浜市北野町）の矢守家に嫁いでいる。

また、湖山には弟である伝兵衛と釈東胤、妹の梢がいた。伝兵衛は同じ高畑（長浜市高畑町）に速水家として分家している。釈東胤は京都の妙心寺大龍院の住職となり、独身を通し七十四歳で亡くなっている。

姉たちが亡くなった後は、末っ子の梢が湖山の生家を守り、七十六歳で亡くなっている。その後、この湖山の生家にそれぞれ外から嫡子が来て、その子である元碩が後を継ぎ、現在はその妻が生家を守っておられる。

湖山の生家（長浜市高畑町）。1898年（明治31）撮影当時、横山梢宅。現在も残る

上段左から、湖山の次姉・岸子（88歳）、長姉・波満子（94歳）、次妹・梢（74歳）。下段左から、元子夫人（77歳）、湖山（85歳）

湖山には四人の子がいた。長男の正弘（初名は亥之助、号は双松）は一八五一年（嘉永四）に江戸に生まれ、家督を継いでいる。一八七二年（明治五）、仕官して左院掌記から正院に転じ、内閣書記官、記録局次長を歴任し、官職を退いて一時商社に携わったが、まもなく退いている。一九二八年（昭和三）三月二十九日、七十八歳で病没した。

湖山の二、三番目の子はともに夭逝（ようせい）し、末の子である源太郎は横山姓を名乗り、最終的には横浜に住んだ。

長男の正弘には子がなく、吉田藩士・関根録三郎の二男・竹三を養子とした。竹三は東京帝国大学文学部英文科を卒業し、長崎高等商業学校教授、学習院教授を経て、武蔵野女学院学監となっている。その後、竹三の子である盛一、さらにその子の威久と現在も続いている。

それ故、速水家と小野家にはそれぞれ湖山の書が今も残っている。

（二）　速水家所蔵の書

湖山の弟である伝兵衛が嫡子となった速水家では、次の二つの掛け軸を大切に保管しておられた。これらは、九十一歳の湖山が速水家に贈ったものと思われる。

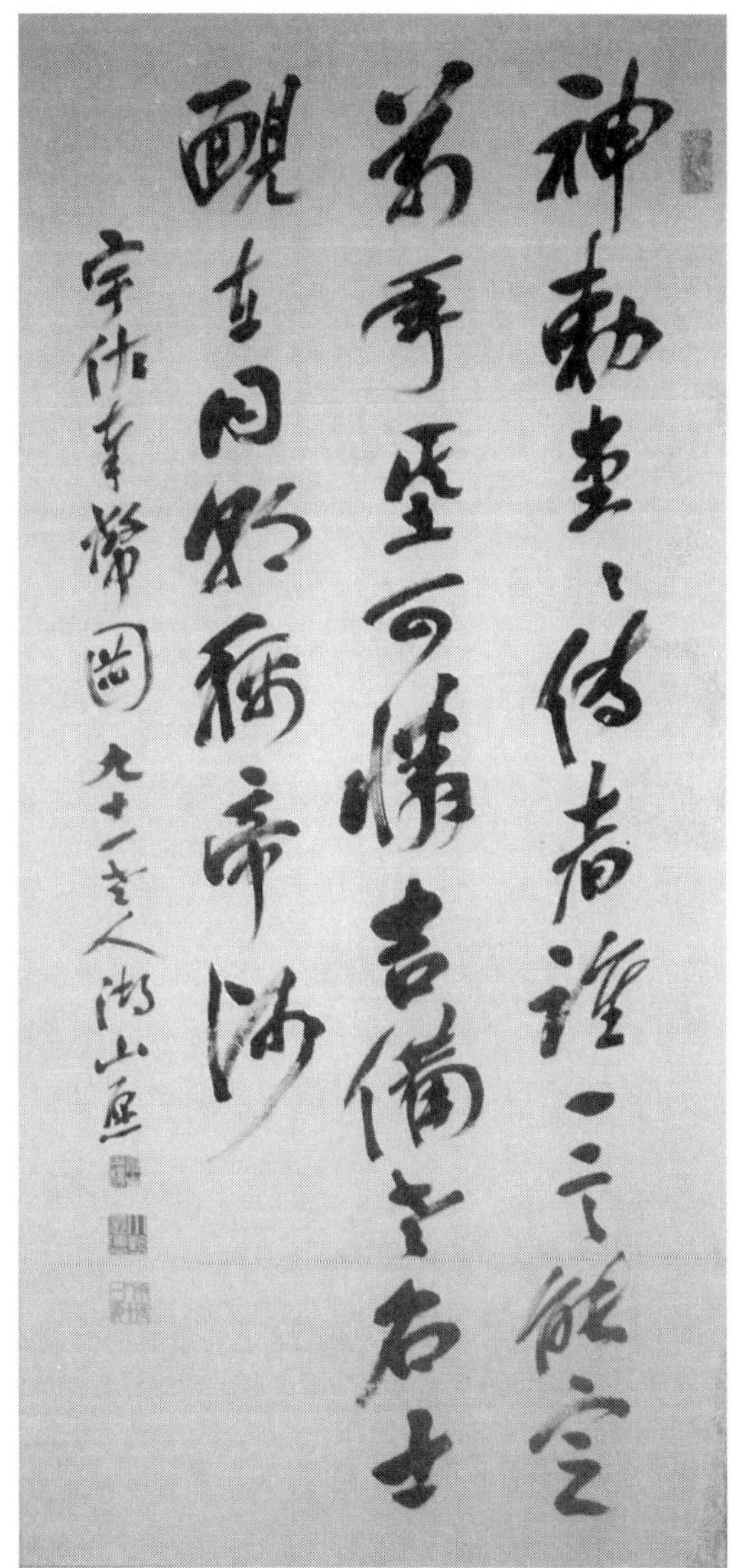
湖山91歳時の書（速水家蔵）

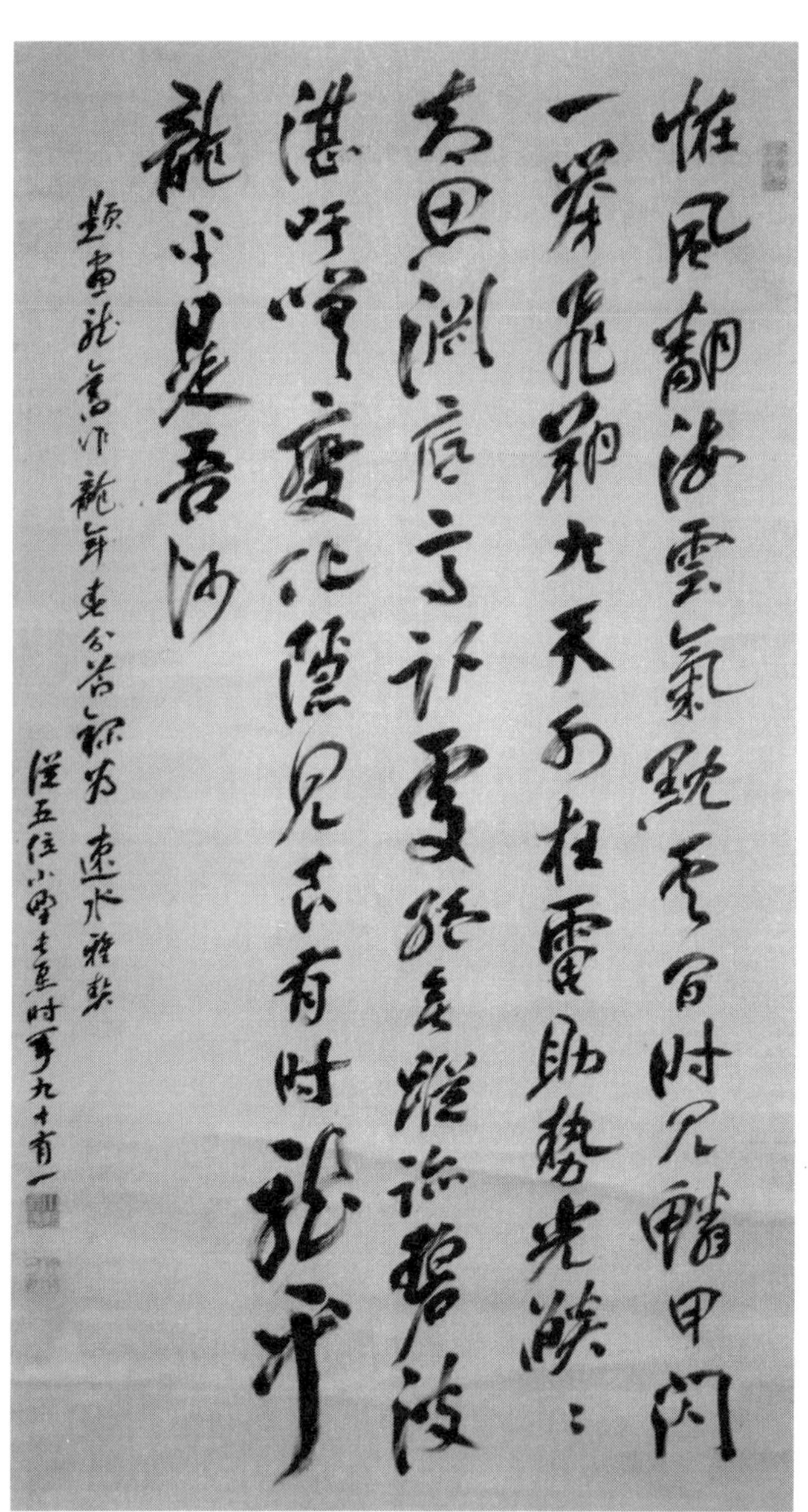

従五位小野長愿（湖山）91歳時の書（速水家蔵）

（三）小野家所蔵の書

湖山の生家である小野家には、唯一、掛け軸（口絵viiページ参照）が残っていた。それは、「浜縮緬創製記念碑」と題したもので、長浜の有名な産業の一つである「浜ちりめん」が創製された時の記念碑の原文が掛け軸となっていたものである。

浜縮緬工業協同組合（長浜市祇園町）で入手した資料をもとに記念碑の原文を次ページで紹介する。

この文面を見ると、浜縮緬の歴史がうかがえる。詳しくは次章で取り上げ、ここでは、この記念碑から見えることについて記す。

その最初の行に見える「陸軍少佐大勲位能久親王」とは、皇族の北白川宮能久親王（一八四七～一八九五）で、一八七四年（明治七）に陸軍少佐に任官され、一八八四年（明治十七）に陸軍少佐になっている。当時の大日本農会の初代総裁にもなっている。

この文面を考案したのが「小野愿」すなわち小野湖山で、これを書にしたのが最終行に見える「元老院議官従四位勲四位巌谷修」、つまり巌谷一六（一八三四～一九〇五）で、前述したように近江出身の政治家かつ書家で、かつて湖山とは明治初めに同じく徴士になっている。

また、最後に「東京井亀泉」とあるのは、江戸三大石匠の一人といわれた東京の石屋・井亀泉（本名は酒井八右衛門）のことで、一八九七年（明治三十）五月に彫っている。一八八八年（明治二十一）天長

浜縮緬創製記念碑

浜縮緬創製記念碑　陸軍少佐大勲位能久親王篆額

吾近江国有浜縮緬之産広布海内人莫不称其精巧今則遠輸之海外為交易之一良品而其製造実宝暦年間中邦林助乾庄九郎二子所創也二子東浅井郡難波邦人邦係旧彦根藩所領地瀕姉川歳被水害耕耘之利甚薄二子憂之将大開蚕織之利以謀救済会丹後商人来説縮緬之利二子喜之遂考究各土織法使闔邦婦女従事于斯工漸熟所製日多鬻之京師当時西陣織工以為妨害其世業者訴之于官官乃禁其鬻京肆二子訴其不公強争之遂下獄幽囚至四年不屈且屢哀愬邦民艱苦請開販鬻之途官憫其篤志縦之彦根藩有司及京人近江屋喜平者与有力焉二子益尽力此業而邦民被其利彦根侯深賞其功労特許二子以織元之称織元即有専売権者也凡製縮緬者皆受其点検更受彦根国産局検印而輸之京師使近江屋喜平量其軽重然後発集之各肆故長無濫悪之弊既而隣境仿之製縮緬者至数百戸之多其製成者皆集之長浜以受点検及検印於是乎浜縮緬之名大著其製造益夥得利沢日大矣嗚乎二子於百二十年前艱難勤苦能成其志以致其功績如此豈可不仰企而記念哉明治十六年於大阪府設関西諸府県共進会西郷農商務郷莅之聞二子勤苦之状与其功績之著賜褒詞及金若干円追賞之二子而有知亦将欣然拝其賜也

明治二十一年天長節　小野愿撰

元老院議官従四位勲四位巌谷修書　東京井亀泉鐫

浜縮緬創製記念碑原文を起こしたもの

節（明治天皇の誕生日である十一月三日）に創案されたと思われる。

この原文と合わせて浜縮緬工業組合でいただいた資料をもとに、その歴史を次章で記しておく。

長浜八幡宮の浜縮緬創製記念碑（長浜市宮前町）

第二章　地域の産業と湖山

（一）　浜縮緬の歴史

浜縮緬は、湖北・長浜を代表する絹織物として、長くこの地域の経済を支えてきた。縮緬の製造技法は、戦国時代の天正年間（一五七三〜一五九二）に大陸から渡来した明国の人々によって堺の織匠に教授されたのが日本におけるはじめといわれているが、その後江戸時代に入り、縮緬を織る技術は京都の西陣を経て丹後や岐阜、そして長浜へと伝えられていった。

湖北・長浜での縮緬製造については、浅井郡難波村（長浜市難波町）の林助と庄九郎がこれを始めたという。たびたび水害に見舞われて年貢米にも困窮していた難波村の林助と庄九郎の二人が縮緬織りの講習を受け、農家の余業としたというもので、その事情は一七五二年（宝暦二）の「願書」の雛形によりうかがうことができる。この史料には「私ども少高の者故、渡世難儀仕り候につき、右の者ども冬春の内、折々雇い、縮緬織り申す筋道、妻子どもに指南請け習わせ、縮緬織り出し、渡世のために仕りたく願い奉り候」との一文が見える。

林助と庄九郎が記した「願書」は、彦根藩に対して提出された文書の下書きであろうかと思われるが、この「願書」が書かれた前後には、織物の一大消費地であった京都において、織物をめぐる大きな問題が起こっている。

当時の京都は、西陣を中心とした絹織物の産地であり、そして「京の着だおれ」などと称されるほどの高級織物の購買層があった。この京都の地で、一七四四年（延享元）に縮緬や紗綾（さあや）などで、京都以外で織られた高級織物、いわゆる「田舎織物」の移入を制限する命令が下った。これは、地元の産業を振興する立場の京都町奉行所が下したものであったが、この結果、林助と庄九郎が主導した縮緬織物は、その最大の販売先を奪われることとなってしまった。

「浜縮緬発祥の地」の碑
（長浜市難波町、制作：長谷川善男）

そこで、林助と庄九郎は一七五五年（宝暦五）に、京都での販売許可を得るための工作を彦根藩に願い出る。そこには「京都へ指し登し、売買仕り候処、相応の利潤も御座候」ことや「然る処、四年以前、京都西陣表より御願い下され」たこと、そして「御領分中縮緬屋十五軒、機数二十にて御座候、一カ年漸く縮緬織り高七百疋ばかり」と、当時の生産状況に関する数値などが書き連ねられている。この訴えを受けて彦根藩は、織り上げた縮緬を年貢として受け、これを彦根藩の御用商人を通じて京都で販売させるという策を打ち出した。こうすれば、彦根藩は年貢を換金するという名目で京都で縮緬を売りさばけるわけで、地元には京都での販路が確保され、しかも彦根藩には縮緬の売上による収益がもたらされるという利点があった。

こうして、縮緬の販売に乗り出した彦根藩は、一七六〇年（宝暦十）正月、販売にかかる管理と手数料などの規定を定め、各織屋を統制する役職として「織元」を置き、これに林助と庄九郎の二人を任命した。この後、湖北で縮緬の生産に携わる者には鑑札が発行された。

この宝暦年間の縮緬をめぐる騒動は、湖北・長浜で織られた縮緬が、それ以前から京都での一定の販路を持っていたことを物語っている。

なお、浜縮緬の黎明期の歴史については、『長浜市史　第三巻　町人の時代』（一九九九）に詳しく記載されている。

（二）湖山の「養蚕雑詩」

湖山の家では蚕を飼っていた。蚕の飼い方については幼少より知識を持っていた。

前述（31ページ）したように湖山は養蚕の経験や知識があったため、「養蚕雑詩」二十首を詠んでいた。かつて五先賢の館（長浜市北野町）で養蚕展を実施した時に展示された序を含む十四首をここに記しておきたい。

余故里入家家事養蚕　故聞知蚕事頗熟
後遊上毛寓島村　其地極盛所聞見亦多
偶々読蚕経蚕書　追思彼此作雑詩二十
余首読者知其非虚構乎

余の故里入家の家養蚕を事とす　故に蚕事を聞き知るのを頗る熟す
後に上毛に遊びて島村に寓す　其の地極めて盛にして聞見する所亦多し
偶々蚕経蚕書を読み　思して彼此追って雑詩二十余首を作る
読者知らん其の虚構に非ざるを乎

私の故郷はどの家も蚕を飼うのを仕事にしている。それで私は蚕の事については（昔から）見たり聞いたりしてよく知っている。長じて後に上毛（群馬県）地方へ行く事があって島村に宿をとっていた。その土地は養蚕が大変盛んであって見聞する所が多かった。その時たまたま蚕についての説明書や蚕の飼い方などを書いた本を読んで家居の方の事や群馬地方の事などを思い浮かべて、蚕についての雑詩を二十余首作った。詩を読んでくれる人は私がでたらめを書いているのではない事が分かるであろう。

蚕事始起神聖世　歳加其盛見天真
人生最切衣与食　莫忘先王垂教深

蚕事始め神聖の世より起こる　歳に其の盛を加え天の真なるを見る
人生最も切なるは衣と食なり　忘るること莫し先王の教えを垂ること深きを

蚕を飼う事は古代神農の時分から始めて起こって来たもので、それ以来年々盛んになって来て天（神）のいつわりでなかった事がよく分かった。人が暮らしていく上で一番に大切なものは衣料と食料である。ずっと昔の皇帝たちが製糸紡績の方法を教えてくれたお陰であることを忘れてはならぬ。

我邦称蚕称御子　佳名亦是古遺
可知風習近相似　則従来喚女児

我邦蚕を称するに御子　佳名亦是古より遺る
知る可し風習近し相似　則ち従来より女児と喚ぶを

我が国では蚕のことを言うのに、女の子を呼ぶように、御子さん蚕さんと呼んでいる。このよい呼び名は、ずっと古くから残っている。女の子と蚕の習わしとはよく似ているので、昔から今に至るまで、女の子の呼び方と同じように「さん」付けで呼んでいることを知っていた方がよい。

村田高下入春鋤　一望桑林過雨余
只怕驟喧蚕出早　迎風桑葉未全舒

村の田高下(こうげ)春に鋤(すき)に入る　一望の桑林(そうりん)は過雨(かう)の余(よ)
只怕(ただおそ)る　驟(にわかに)喧(かまびす)し蚕の出(い)ずること早し　風を迎うるの桑葉(そうよう)全ての舒(の)びは未だならず

春になってきて、どの村でも田の春仕事が始まっている。畑の方を眺めると一面の桑畑に今しも春雨が通っていったところである。人の話ではこんな年は蚕の出るのが早いのではないかと、にわかにかまびすしく言いよっている。春風の吹いている桑畑を見てみると、まだ桑の葉は十分のびていないではないか。

蚕忙日夜慣酸辛　女不梳頭已両旬
羅襪金梯倚杖歇　世間有箇来桑人

蚕に忙しく日夜酸辛に慣れたり　頭を梳して已に両旬なり
羅襪金梯杖に倚りて歇む　世間箇来の桑人有り

蚕を飼うようになると毎日がとても忙しくて一旦やり出したら最後苦しいの辛いのといっているわけにはいかない。そんなわけで、私は頭に手をやった事なんかこのところ二十日余りもしていない。よい着物を着て桑のもりなどの仕事は出来もしない。悪い着物で仕事をしている人たちが世間にはざらにあることを知ってほしい。

猶是清和四月天　荊桑無葉尽空枝
移蛾製種爺々享　繹繭為糸属女児

猶是清和四月の天　荊桑葉無し尽く空の枝
蛾を移して種を製は爺々の享　繭を繹ね糸を為は女児に属す

晴れて暖かな四月の季節になったけれども、外を眺めてみるといばらのような桑の木にはまだ新芽は出ていなくて、皆一面に枯れ枝のような形をしている。そんな時の仕事といえば、繭から出てきた蛾を交尾させて蚕の種紙を作るのは年寄りのおじいさんである。繭を湯につけて糸口を引いて糸取りをするのは女の子の仕事になっていたようである。

夙夜何愁露湿衣　偸閑小婢寿花枝
蚕家主婦無情意　仕唱桑中要送詩

夙夜(しくや)何ぞ愁(うれ)えん湿(しめ)すを露(あら)わな衣　閑(ひま)を偸(ぬす)みて小婢(しょうひ)花枝(はなえだ)を寿(ことほぐ)す
蚕家(さんけ)の主婦情意(じょうい)無し　唱(とな)うるに仕(し)す桑中要送(そうちゅうようそう)の詩

朝から晩まで働き通しで、桑もりにいく衣服は露でぬれているというのに若い女は気楽なもので、少しの暇を見つけては花を摘んで遊んでいる有様である。蚕飼いの主婦はこうなっては、もうねたむ気持ちもなくなってしまって、桑もりしながら要送の歌をうたっていようが唄うにまかせて叱りもしないでいるのである。

后妃親蚕名甚美　姫人養蚕事堪悲
唯知今日眼前事　早入唐朝才子詩

后妃蚕に親しむ名甚だ美なり　姫人蚕を養う事悲しみに堪えたり
唯知る今日眼前の事　早く入らん唐朝才子の詩

皇后様やお妃が蚕を飼っておられると聞くと只そう聞いただけで大変立派な事のように聞こえるが、家の女の人が蚕を飼うという時は同じ事実でありながら（菜摘や田仕事の時期が重なって）大した重労働になるので悲しくてたまらない。しかし、今日のように養蚕が盛んになって来た時代では養蚕は日常の普通の仕事になってしまっている。（昔から養蚕の盛んであった中国においては）この養蚕の事について唐代の詩人たちはどのように表現しているか知りたいものである。

詩家自謂諳民事　賦出蚕村桑舎風
混用黄糸与綿繭　頭翁応愧石湖翁

詩家自を民事に諳しと謂い　賦し出す蚕村桑舎の風

黄糸と綿や繭とを混用す　頭翁応に愧ずべし石湖翁に

詩を書き作る人は自分から私は世の中の事は余り知らないと言っているが、養蚕をしている村の事や蚕を飼っている家の様子などについての詩は作っているのである。ところで、その作った詩を見るとどうも、製糸、綿、まゆの事などについては余り気にせず、平気で混用している有様である。上に立つお偉様（詩人をからかいあざけって頭翁といっている）はこれではいかん。石湖翁（南宋の詩人である范成大のこと）に対して恥ずかしいと思うがよい。

曽読前人蚕織詩　多陳婦女怨哀詞
豈知今日蚕家利　比較農商相倍蓰

曽て読む前人蚕織の詩　多くは陳ぶ婦女怨哀詞
豈に知らん今日蚕家の利　農商に比較するに相倍蓰す

私は前に蚕飼いや糸取りの苦しさを書いた詩を読んだ事があるが、大抵の詩には女の人が、こんな仕事はしたくないとか苦しい仕事だという悲しみの言葉を書いた詩に出合ったものである。しかし今日蚕を飼っている家のもうけぶりを考えてみるに、純農や商売をしている家と比べて、その何倍ももうかっ

ているのであるが、その事を分かっている人は少ないだろう。（神戸港よりアメリカへ多く輸出されていた頃の作詩）

伝得西洋便利方　欝然築出製糸場
繰車無復伊唖響　全省従前女手忙

西洋便利方を伝へ得たり　欝然として築き出す製糸場
車を繰るに復伊唖の響無し　全に従前を省みるに女手忙し

糸取りについて西洋からの大変便利な方法が伝わって来て我が国でもこれを理解する事が出来て、次から次へと製糸場が作られるようになった。昔は糸くりに一人一人でやっていたので、お互いに話をしながら笑ったりしていたのに機械化されてからは笑ってなんかいられず、機械に追い廻される事になってしまって前の手仕事でしていた時の事を思い出すと、糸取り女も忙しくなった。

枝条繁盛葉長舒　也是工夫培養余
蚕翁事々用心密　閑却前賢種樹書

枝条(しじょう)繁盛(はんじょう)し葉は長く舒(の)ぶ　也是(またこれ)工夫培養(ばいよう)の余り
蚕翁(さんおう)事々(ことごと)心を用いること密(ひそか)なり　閑却(かんきゃく)す前賢(ぜんけん)の樹を種(う)るの書

肥料が程よくきいて来て桑の木は枝が十分張って来てその葉は長く伸びて来ている。元はひとえに桑の栽培に工夫をこらして来た結果なのである。こうなると先輩たちが桑の木の栽培管理などについて書いている指導書などは、もうとっくに忘れ去っているのである。

戸々相慶同一筏　三眠過俊恰連晴
冉々其啄班其色　食葉声如風雨声

戸々(ここ)相(あい)に慶(よろこ)ぶ同一筏(どういつかだ)　三眠(さんみん)過俊(かしゅん)恰(あたか)も連晴(れんせい)なり
冉々(ぜんぜん)として其(そ)れ啄(ついば)み班(まだら)なる其の色　葉を食するの声は風雨の声の如し

養蚕をしているどの家でも育ちの悪い家もなく同じ調子に育っていって、おめでたいことである。三眠してから後は天気続きで桑もりの心配もいらない。桑をやると、もりもりと桑を食べ身体に白い筋が出来てきたようである。その桑を食べる音を聞いていると、風が急にふいてきたり雨が降り出して来たようにやかましい事である。

養蚕有訳授新娘　要為蚕家破故常
蚕愛開明忌捻欝　不容温火暖蚕室

蚕を養うに訳有り新娘（しんじょう）に授く　要は蚕家の為に故常（こじょう）を破ると
蚕は開明（かいめい）を愛し捻欝（ねんうつ）なるを忌（い）む　温火（ぬるび）を容れ（い）ずして蚕室（さんしつ）を暖たむと

蚕を飼うには余り人に知られたくない要領がある。今度その事を若嫁に色々と話をした。要するに大事なことは、蚕を飼うからには普通のことをしていては駄目である。蚕という動物は空気が乾いてカラッとしているのが好きでジメジメうっとうしいのを嫌う性質がある。それで自分たちの身体を温めるのを止めてその熱を蚕室を暖めるために使うのである。自分たちは蚕室で寝起きするくらいに育てるほど大事にするのである。

田根（たね）郷土史研究会が長浜市八島（やしま）町の片桐善太郎氏にこの漢詩の解明を依頼しており、その資料が五先賢の館に現在も保存されている。

このように湖山は養蚕に関わって、体験に基づく多くの知識を得ていたことが分かる。これらの漢詩の大意を含めて補足説明をしておきたい。

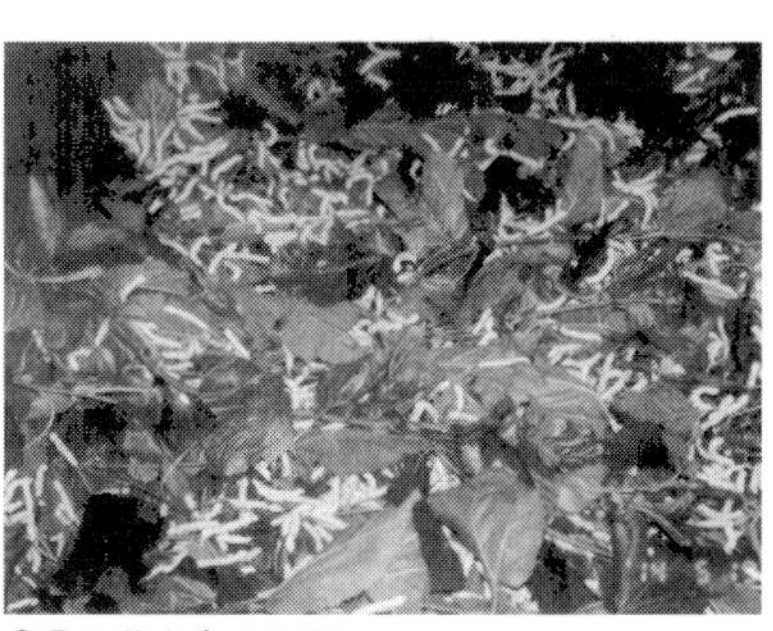
①桑の葉を食べる蚕

②区画の中でできた繭の数々

写真①～⑤は、五先賢の館で展示された写真の一部である。

養蚕の歴史は古く、日本には弥生時代、中国大陸からの移住者が稲作とともに養蚕技術を伝えたといわれている。かつては蚕のことを「オカイコさま」「カイコさん」と呼んでいた。その呼び名は現在も湖北地域に残っている。

湖北においても江戸時代中頃から養蚕が盛んになってきた。そのため湖山も幼少期に養蚕の経験をしていたのであろう。蚕の食料となる桑畑があちこちにあり、春になると田んぼの仕事が忙しくなる一方、蚕の世話にも追われていたようだ。服装も気にせず、労力を惜しみなく投入していた人々がいたに違いない。

繭から出てきた蛾を交尾させるのは家のおじいさんの役目で、糸取りは女の人の仕事と割り当てられていたのだろう。湖山の生家でも姉たちが糸取りに精を出していたと思われる。そんな女の人にとって、暇な時間に花を摘んだり、歌をうたったりするのが唯一の自分の時間でもあったようだ。

皇室でも古くから養蚕が行われている。一時中断はあったが、明治になり復活し、皇后陛下が行われる養蚕ということで「皇后御親蚕（ごしんさん）」とい

③大量にできた繭

④繭から糸を繰り出す

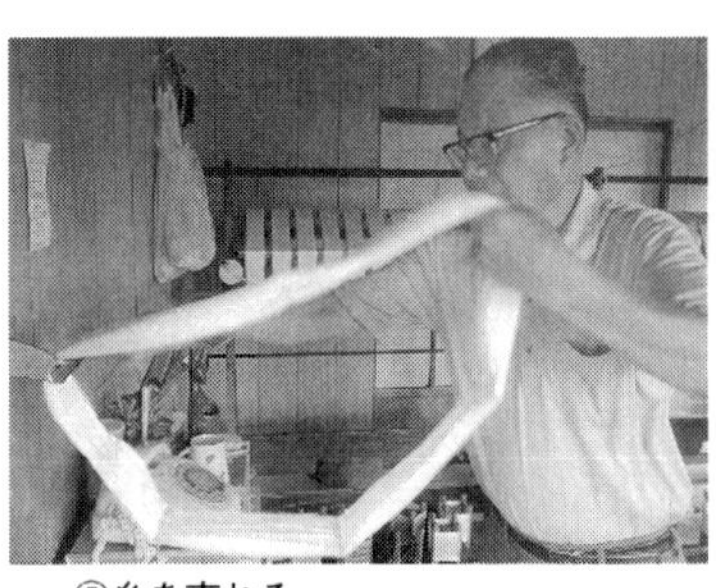
⑤糸を束ねる

われ、皇居の紅葉山御養蚕所で蚕が飼育されている。令和の時代になった現在もなお継続されている。

製糸業というのは蚕の繭から絹糸を作ることであり、紡績業は綿花から綿糸を作るものである。それを混同している詩人もいたようである。

養蚕や糸取りの仕事は大変つらい仕事ではあるが、米作りの専業農家に比べると大きな収入源となった時があった。しかし、糸取りがしだいに機械化されると生産能率は上がったものの、女工にしてみれば気楽に一休みすることが難しくなったともいえる。

上州（群馬県）では、古くから養蚕が行われていた。江戸時代になると国内産の生糸の需要も高まり、農民たちの養蚕への関心はさらに大きくなっていった。そこで「蚕書」と呼ばれる養蚕指導書が盛んに出版された。また、大日本蚕糸会は、蚕糸絹に関する基礎科学や応用技術の研究開発を行うとともに、蚕糸絹業の改良発達や蚕糸絹に係る社会文化の向上発展に寄与することを目的とし、一八九二年（明治二十五）に設立されている。

蚕の幼虫は、四回の休み（眠）と脱皮を繰り返し、約二十五日経つと糸を吐き、約二日で自分の体を包み込む繭を作る。繭を作ってから約三日経つと繭の中で蛹になる。蛹になってから約十二日経つと成虫になって繭から出てくる。成虫は交尾をし、メスの成虫が卵を産む。三眠すると桑の葉をよく食べるのでその音がやかましいのであろう。

養蚕は乾燥したところがよく、群馬県内では、一八七二年（明治五）には田島弥平（一八二二～一八九八）が「清涼育」という養蚕技法を発表し、風通しをよくすることが大切であると教えている。なお、弥平の本家である田島武平（一八三三～一九一〇）は私塾を開いており、湖山は群馬県の島小学校の板額の書者であったことから招かれていたようである。

（三）地域の養蚕製糸家の話

現在もなお長浜市太田町で養蚕製糸業を続けておられる西村英次さんと則子さんご夫妻から、地域の養蚕の歴史に関わる資料をもとにお話を聞くことができた。

この地域を流れる草野川の流域では、江戸中期から六〇〇戸以上が養蚕や生糸作りに携わっていたという。この流域の地下水はきれいな軟水なので生糸を作るのに適していたこともあり、一八七八年（明治十一）頃には大半の農家が生糸作りに従事していた。農家の副業としては貴重な収入源にもなっていた。

糸取り作業中の西村則子さん

一九〇四年（明治三十七）頃になると養蚕農家戸数がピークとなり、近隣地域では五一四二戸にまで達していたという。

しかし、大正時代になると、一九一四年（大正三）の第一次世界大戦の影響もあり、主要農産物の価格が下落し、生糸の価格も暴落し、各村での養蚕業も衰えていった。

さらに一九二九年（昭和四）の世界恐慌により、農産物、特に米と生糸の価格は暴落した。一九三七年（昭和十二）の日中戦争、一九四一年（昭和十六）の太平洋戦争へと進むにつれて農家は米作りへの転換が進み、養蚕農家戸数は急減していった。

一九四八年（昭和二十三）には農業協同組合が成立し、養蚕指導員が駐在し、農家への指導に当たった。その三年後には、東浅井郡特殊生糸保存協同組合が発足し、のちに浅井町邦楽器原糸製造保存会となっている。その翌年、稚蚕共同飼育所（土室）が地域に四基設置されたが、相当数の農家では個人で蚕を飼育していたという。

しかし、繭価格は低迷し、絹織物の需要は伸びず、将来の見通しが暗くなったため原糸の製造が国の指定保存技術に指定され、二〇〇八年（平成二〇）に西村さん一軒が残り、春糸は三味線や琴糸、秋糸は能装束や高級織物の原糸として特殊生糸製造を今も継続している。

西村さんの工場では、糸取りに座繰器という昔ながらの器具を使い、糸を巻く動力としてモーターを使っているが、それ以外はすべて手作業で行っている。

現在、湖北地域では養蚕製糸家としては長浜市木之本町大音と米原市多和田にそれぞれ一軒あるが、全国的にも養蚕家が減ってきており、日本の貴重な文化が消えつつあることに西村さんは寂しさを感じておられた。

このような歴史や文化を少しでも伝え残していくために、年に数回は地元の小学生に糸取りを教えておられる。今では、小学三年生の理科での「昆虫」学習の一環として蚕を飼っている学校もあり、蚕を実際に育て、その繭を持ってくる場合もあるという。

さらに、最近では県外からも体験学習に訪れる方がおられるので、近くの浅井歴史民俗資料館（長浜市大依町）で養蚕や製糸の歴史の学習をしたり、座繰器を使って糸取り体験ができるようにしたりしている。また、市の広報やテレビ番組の取材などもあるという。

何とかこの伝統が子どもたちや多くの人々に受け継がれていくことを期待しておられた。

こぼれ話9　「渋沢栄一と論語」

豪農の家に生まれた渋沢栄一は、十七歳の時に武士になるという志を立て、二十三歳で江戸に出て、儒学や剣術を学び、勤王志士と交友する。幕末に備中（岡山県）松山藩の藩政改革にあたった陽明学者の山田方谷の門人で、「義利合一論」を論じた三島中洲と知り合い、栄一は三島と深く交わるようになる。

渋沢は、三島の死後に彼が創立した二松学舎の経営に深く関わることになる。やがて一橋慶喜に仕え、その家臣となる。二十七歳の時にはパリ万博を視察する。その後、官僚を辞め、三十歳を過ぎてから実業界の人になっている。そこで、「道徳経済合一説」という理念を打ち出す。『論語』を拠り所に倫理と利益の両立を掲げ、経済を発展させること、利益を独占するのではなく国全体を豊かにするために富は全体で共有するものとして社会に還元すべきであると説く。

当時の日本の体制は、天皇制という特徴を持ち、枠組みの面に関しても、明治維新後に政治家たちが着々と整備していったが、経済的豊かさと力強さはまだ備わっていなかった。

さらには、個人の人格を磨くこと。すなわち、「忠・信・孝弟・仁」という道徳を身につけることが、社会に生きていくうえでも欠かせない条件であると説く。法よりも「思いやりの道」こそ、人の行いをはかる定規であると。

渋沢は七十歳を迎えると、大半の企業の役員を辞めている。その後、四回も訪米し、日米の関係改善に努めた。また、ヨーロッパやアジア諸国との交流及び中国に対しても親交を図った。『論語』を規範にして生きていた渋沢は、特に日中間の友好関係樹立には強い思いがあった。中国への経済的援助こそ日本の役割であると主張した。それは戦争ではなく、あくまでも平和的経済競争を願っていたのだ。

さらに、社会福祉の整備に尽力した。東京養育院、私立の学校や女子教育の支援を行い、教育面だけでなく、史料や文献を残す文化事業にも貢献した。まさに、『論語』の教えを自ら実践した人であった。[7]

第三章　地域で生きる湖山

（一）　長浜市立田根小学校

現在、田根地域を学区とする「長浜市立田根小学校」は、次のような沿革をもつ。


一八九三年（明治二十六）「田根村村立田根尋常小学校」創立。

一九四一年（昭和十六）「田根国民学校」に改称。

一九四七年（昭和二十二）新学制公布により「田根村立田根小学校」となる。

一九五九年（昭和三十四）「浅井町立浅井北小学校」と改称。

二〇〇六年（平成十八）　長浜市との合併にともない、「長浜市立田根小学校」に校名変更。


平成三十一年度は、藤田浩行校長はじめ職員数十五名、児童数は五十六名である。

校歌は、次の通り。

長浜市立田根小学校

一、伊吹の山の朝光に／田園田根の子どもらわれら
　平和日本の文化を日ざし／学ぶのぞみをもえたたす
二、古い歴史の湖国に／五賢の血潮うけつぐわれら
　めぐるみどりの光りを吸うて／心も強くそだちゆく
三、波久奴の郷の学舎に／民主日本の子どもらわれら
　ひびく明るい歌声あげて／世界のあすにつらなろう

「田根」「五賢」「波久奴」の言葉がまさにこの学校の郷土らしさを表している。

玄関に入ると、「先哲の努力に学ぼう／忍苦　創造　寛容」の教育目標が大きく掲げられ、その額の下に「五先賢」（小野湖山・相応和尚・小堀遠州・片桐且元・海北友松）のそれぞれの肖像画と言葉そして簡単な紹介文がある。

小野湖山には、「師事星巖苦学堅／詩篇混々湧如泉／湖山妙筆書家鑑／九十七才天寿全（星巖に師事して苦学堅し、詩篇混々として湧くこと泉が如し。湖山の妙筆は書家の鑑、九十七才天寿を全うす。）」とある。これは、現在の滋賀県草津市北大萱町に住んでいた僧侶・駒井元悦（号は鳴水）の作、書である。また正面玄関には、児童らが描いた五先哲の似顔絵が置かれている。

教育目標と五先賢の紹介

現在、田根小学校では、「五先賢学習」と称して、各学年で五先賢にちなんだ学習を行っている。一年生は五先賢カレンダーの「塗り絵」、二年生は住職による「書道」の指導、三年生は「墨絵」、四年生は住職による「座禅」、五年生は茶道浅井支部による「茶体験」、六年生は「片桐且元ゆかり須賀谷(すがたに)での現地学習」を行っている。

ここでは、小野湖山に関連した二年生の体験について書き記しておきたい。

二〇一九年(令和元)十月三日、五先賢の館で二年生の「先賢学習」があった。書道体験である。児童二人は担任とともに館まで徒歩で来る。指導者は、大吉寺(だいきちじ)(長浜市野瀬町)の吉瀬雄成(きせゆうじょう)住職であった。かつて比叡山で修行もされたという。

二年生の二人の児童は、慣れない筆を持って約一時間ほど机に向かう。住職も年配の方である。児童の緊張が参観する者にも伝わってくる。

そんな中、住職から、姿勢をはじめ筆の持ち方や運筆の仕方などの指導を受ける。縦線、横線の練習の後、自分の名前に使われている漢字を丁寧に、慎重に書いていく。そして出来上がった字を見せると、住職にほめてもらえた。児童も微笑む。

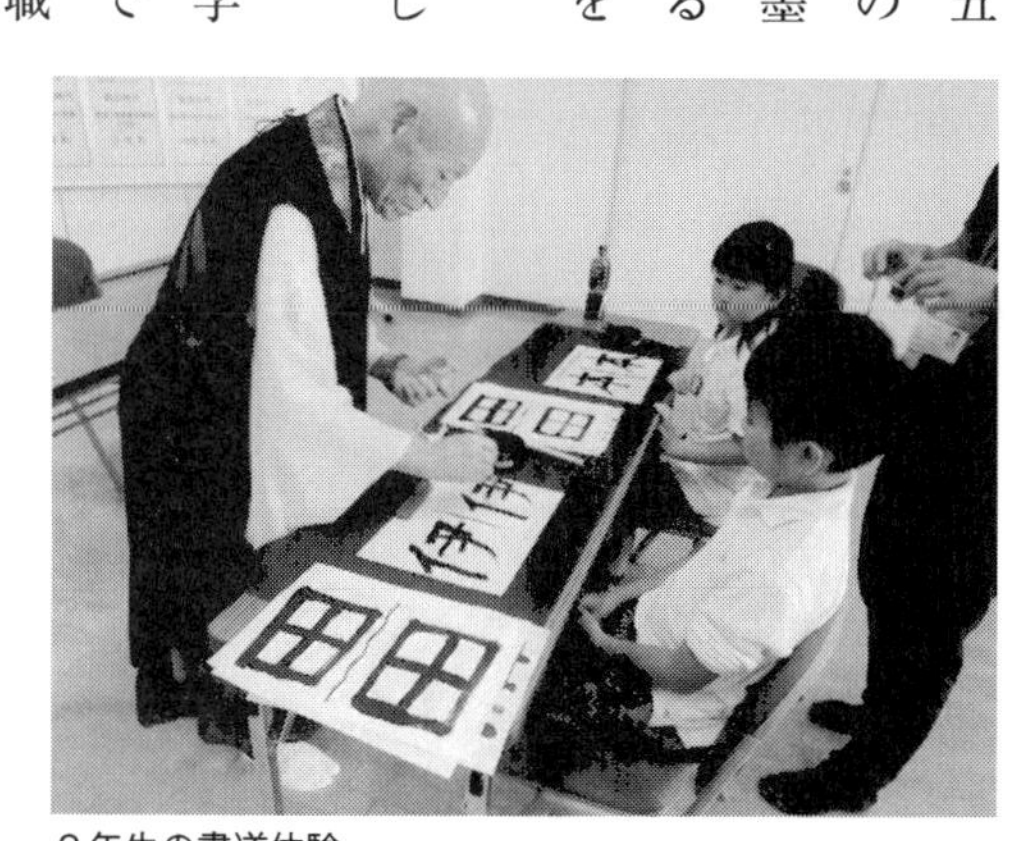
２年生の書道体験

特に、吉瀬住職は姿勢の大切さを一貫して力説しておられた。家でも同じで勉強をする時はもちろん、食事をする時、テレビを見る時も背筋を伸ばしておくことが集中力をもたらし、呼吸も十分できるので病気もしないと諭すように言われた。

子どもの感想は、次の通りである。

> はじめてしょどうをやりました。かん字がセンスがあるといってくれたので、もっとがんばろうとおもいました。しせいのこともおしえてもらいました。とくに、しせいをぴしっとするのがむずかしかったです。
> もういちど、しょどうをしたいとおもいました。おふだがもらえてうれしかったです。もっとやりたいです。

> 学しゅうしたことは、しゅうじのふでのもちかたやどうやったらできるのかを学しゅうしました。しせいよくすわって、せなかをまっすぐすることです。
> きょうはいっぱいいろんなことをおしえてくれ、いっぱい学しゅうができたのでたのしかったです。すごい一日だなとおもいました。つぎも、またいきたいです。すごいいい人だなとおもいました。

児童たちは、緊張した雰囲気の中でも、懇切丁寧に教えていただいたこと、そしてほめてもらったことを素直に喜び、もう一度習いたいとまで書いている。こういう経験を通して、子どもたちは書に意欲的に取り組んでいくのであろう。

湖山が五歳の時に書いた「松垂千歳緑」の字を思い出す。あの時もまた、湖山は地元の飯田寺（はんでんじ）の住職であった菴羅園主上人（あんらえんしゅしょうにん）に習ったことで、湖山があのような迫力ある、個性的な書を書くことができたのは確かで、またその時の教えが湖山の能力を開花させ、以後も自信を持たせ、素晴らしい多くの書の作品を残すことができたのではないだろうか。

「タネまき祭り」で展示された小学生の書の作品

書にしても、何にしても、やはり最初の指導者や指導内容がいかに大切であるかを教えてくれているようだ。

毎年、田根小学校の二年生はこのような形で吉瀬住職から書の基本を教えてもらっているという。それが、子どもたちの書に取り組む基礎として以後に生きていくことを期待したいものである。

「田根まちづくりセンター」主催の「タネまき祭り」が二〇一九年（令和元）十月二十七日に地元の田根小学校の絵画・書道展が開催された。そこで見た児童の書の作品は個性にあふれ、一人ひとりの力強さが表れ、書への意欲を感じることができた。

（二）長浜市立浅井中学校

一九五九年（昭和三十四）、当時の浅井町には「浅井中学校」と「浅井東中学校」とがあった。二〇〇一年（平成十三）に両校が統合され、二〇〇六年（平成十八）には、町村合併に伴い、「長浜市立浅井中学校」と改称され、現在に至っている。

平成三十一年度は、堤正則校長をはじめ職員数四十二名、生徒数四四九名で、教育目標は次の通りである。

> これからの社会をたくましく生きる心身共に健康な浅井中生徒の育成
> ――時を守り　場を清め　礼を正す生徒――

これは、哲学者で教育者である森信三（一八九六～一九九二）の考え方から来ているという。信三は、京都帝国大学哲学科に入学し、西田幾多郎（一八七〇～一九四五）教授の教えを受け、一九五三年

長浜市立浅井中学校

（昭和二十八）、神戸大学教育学部教授に、一九六五年（昭和四十）には神戸海星女子学院大学教授に就任し、一九七五年（昭和五十）に「実践人の家」を建設している。森の理論は実践から生まれた具体的なものが主で、「立腰」論はその最たる例の一つである。「立腰」論とは「腰を立てる」の意で、森はこれを「人間に性根を入れる極秘伝」としている。

姿勢や挨拶を大切にすることは、当中学校でも一貫して指導してこられたことであろう。

この学校の校歌は、次である。

一、彩なす雲に　堂々と　霊峰伊吹／啓示はるかに　われを呼ぶ　独立自尊
　鍛えよまことに　眉上げて／若き力のこるところ
　高はる理想に意気新た／浅井　浅井　浅井中学／あゝわれらが学園

二、大いなる胸はろばろと　玲朗琵琶湖／漣よせて我を呼ぶ　友愛協同
　つなげ手に手を　幾千の／結びは固く大空に
　燃ゆる希望の　あかね雲／浅井　浅井　浅井中学／あゝわれらが学園

三、歴史の流れにてり映ゆる古聖の偉業／光さやかに我を呼ぶ　進取創造
　叡智のまなこすがやかに／拓けゆく世の新地図を
　若き命のあけぼのに／浅井　浅井　浅井中学／あゝわれらが学園

「古聖の偉業」とは、まさに郷土の五先賢の偉業を含めて指しているのであろう。また、学校の校訓は、歌詞の中の「独立自尊」「友愛協同」「進取創造」と結び付いている。

堤校長は、学校通信「おかげさま」を通じてできるだけ校長の思いが発信できるようにと、次のような形で月二回、保護者だけでなく、学区の家庭にまで回覧している。生徒や保護者そして地域に言葉を通じての教育を実践するという信念が伝わってくる。

おかげさま

長浜市立浅井中学校 校長 堤 正則 No.11 R1.11.7

（保護者の皆様）

渋さ

幕末の志士橋本左内は、著書の『啓発録』の中で、『稚心を去れ』と言っています。

人間というものは、いつまでも子ども臭い甘え心を持っていると、キリッとした立派な人間にはなれないということです。

また、ある本に次のように書いてありました。

「甘いという味は、どんな幼児でも好みます。けれども苦味（にがみ）は、人間が単純・幼稚ではわかりません。だから苦言を喜ぶようになるのには、相当人間が発達してからでありまして、これを嫌がるようでは、まだまだ人間として、だめだということになります。

そして、その人間をもっと突き詰めていくと、人間はいい年をしていつまでも甘いだけではだめでありまして、苦味がわかり、さらに渋みが出てこないといけません。

家庭は子どもたちにとって温もりのあるホッとした空間であることは絶対条件です。

しかし、その空間で、甘いだけの親であっては、甘い人間で子どもは終始しがちです。

甘さや稚心だけでは、人間を低俗化させます。渋みのある人間になっていきたいものです。

そして、このことは『優しさ』と『痩しさ』の二辺往来のことでもあります。

◦優しさ…ホッとする家庭・笑顔・受容・おいしい食

◦痩しさ…痩せる思いで関わる・共に悩む・叱る

焦らずにじっと待ちながらも、「優しさ」と「痩しさ」でもって、エネルギッシュに、親や教師も子どもに関わっていきましょう。

浅井中生　ファイト　負けてたまるか！

自分勝手をしない

読書の秋・勉学の秋・体験学習の秋・・・

諸君は、この好季節に大いに学んでいると思うが、その学びを通して、「自分とは何か」「生きるとは、どういうことか」を常に考えてほしい。

このような生き方を通して、心は深まり人格も高まっていく。

今週は、一・二年生は地域や京都への校外学習だ。大いに楽しく学ぼう！

この体験学習を成功させる根本は、「自分勝手をしない！」ことであろう。

「自分勝手をしない！」ことは、「自分とは何か」「生きるとは、どういうことか」の実践である。よくよく考えよう。

３年生は、三者懇談だ！自分勝手をしないで、自らの志を親や担任に示そう！

ほんとうの自分で

秋は澄心

心が一番澄む時だ

外ばかり向いていないで

静かに自分を見つめてみよう

心を落ちつかせ

自分の言動をながめてみよう

もっと人に親切にしたい

もっと人と仲よくしたい

もっと本気で学びたい

もっとよい本を読みたい

もっと心晴れて生きたい

こんなことを切望している

自分が見つかるだろう

このほんとうの自分で

今から歩んでいこう

浅井中生　君たちならできる

（イラスト by Haga）

浅井中学校の学校通信「おかげさま」

五先賢の館の佐治寛嗣館長から話を聞く生徒たち

二〇一九年（令和元）十一月八日、浅井中学校の一年生を対象に五先賢学習が現地で実施された。一年生は一五七名が在籍しており、日や時間をクラスごとに分けて実施された。ここでは、ある学級を対象にして、行われた様子を紹介する。

まずは、学校から自転車で五先賢の館に着くと、研修室で館の佐治寛嗣館長から話を聞く。五先賢の中で、特に「小堀遠州」を取り上げておられた。

三十一名の生徒は、事前に配布された資料やプレゼンをもとに、十五分ほどメモを取りながら話を聞いた。

小堀遠州（一五七九〜一六四七）は、多芸多才の持ち主で、茶人の古田織部（一五四四〜一六一五）の弟子となり、江戸城や御所などの作事にあたり、茶室や庭園を造っている。徳川秀忠や家光の茶道師範となっている。

造園では、大徳寺、桂離宮、二条城の園庭などが有名であることや、遠州が十八歳の時に考案した水琴窟（手水鉢の下の地中に甕などを埋め込み、手水後の排水に音を生ませる形のもの）などを詳しく説明された。

その後、和室の方へ移動し、そこで遠州流茶道を習っておられる地域の方から茶道の礼儀を学び、地元の和菓子を試食後、各自が茶を点てて丁重にいただいた。厳粛ななかで、和室で茶道という普段は味わえない体験をすることができた。

遠州流茶道は、小堀遠州を流祖とする、日本を代表する大名茶道といわれている。流祖以来四四〇年の歴史を持ち、格式ある茶道として今日まで受け継がれている。

遠州流茶道の真髄は、「綺麗さび」と称され、「わび・さび」の精神に、美しさ、明るさ、豊かさを加え、誰からも美しいといわれる客観性の美、調和の美を創り上げたことにある。

また、遠州流茶道の理念は、「稽古照今」（古を稽え、今に照らす）という言葉に表現される。先人が築き上げた伝統を受け継ぎ、現代に活かし、新しい創造をすることであるという。

その後、生徒たちは自転車で「近江孤篷庵」に向かった。近江孤篷庵は、小堀遠州の菩提を弔うために、小室藩の二代目藩主・小堀正之（一六二〇～一六七四）が江戸時代前期、京都大徳寺から僧円恵を招いて開山した臨済宗大徳寺派の寺である。遠州が大徳寺に建立した孤篷庵にちなんで、近江孤篷庵と称した。

指導を受けて茶を点てる生徒たち

江戸時代後期、伏見奉行を務めていた六代目藩主・小堀政方の時に、小堀家改易とともに衰え、明治維新後も無住のままに荒廃していた。しかし、一九六五年（昭和四十）に小堀定泰和尚が再建し、「遠州好み」の庭も同時に補修整備された。庭園は、本堂南にある簡素な石組の枯山水と東に面した池泉（ちせん）回遊式庭園があり、県の名勝に指定されている。自然の地形を活かした趣のある設計で、近江八景を模したといわれている。

　生徒たちは、その後、総合的な学習の時間を利用して、各班に分かれて、五先賢の一人を各班が発表できるように取り組んだ。

　十二月十一日、その発表会があった。招待されたのは、孤篷庵の小堀泰道（たいどう）住職、五先賢の館の佐治寛嗣館長、そして私の三人であった。事前に審査用紙を渡された。審査の基準は、①声の大きさ、②プレゼンの内容、③学んだことや伝えたいことで、各五点満点で評価し、その理由を書くものであった。

　一年生の代表として十の班が一年生全員の前で発表した。どの班も決められた時間の中で、パソコンのプレゼン機能を十分に駆使して分かりやすく発表していった。

五先賢学習の学年発表会

　ここに、小野湖山について発表したある班の内容を記述する。湖山の生い立ち、漢詩人としての活躍、代表的な詩の作品紹介の三点について、その内容を簡潔に述べ、クイズも取り入れながらプレゼン画面に併せて発表した。発表者の最後の言葉が印象に残った。

「自分に自信を持ち、常に努力を続け、さまざまな結果を得て、すばらしい人生を送った湖山を私も見習いたい」と。

パソコンによるプレゼン発表は、時代を象徴している。先人を自分たちで調べ、みんなの前で発表する、これが今後の生きる力の元になれば、この学習も生きるのであろう。いつかこの経験を思い出し、人から学ぶことの大切さを感じ取ってくれることを願っている。

（三）　地域での詩吟活動

漢詩や和歌などを独特の節回しで吟ずる（歌う）「詩吟」という芸能活動がある。

二〇一九年（令和元）十月二十七日、長浜文化芸術会館で第六十八回芸能文化祭が行われた。邦楽や剣舞、日本舞踊そして吟詠の発表があった。

その時に吟詠を発表したのが、「岳心流日本愛吟国風会」という会派である。会の創立は一九五七年（昭和三十二）で本部は東京にある。土田岳心は、インターネット百科事典「コトバンク」によると、肩書は岳心流（詩吟）宗家、本名は土田美久、別名雅号は土田凍水、経歴は詩吟の岳心流創始者、琵琶（雅号・凍水）の錦心流凍水会会長で、没年は一九八六年（昭和六十一）とある。

この地域には、滋賀岳心会が支部としてあり、南は彦根市、北は長浜市余呉町まで会員を擁し、湖北を中心に活動の場をもっている。

二〇一六年（平成二十八）には、創立四十周年の記念大会を、長浜市の同会場で全国の同門会員を招待して開催している。

会員数は全国で三万人、滋賀県では三百六十人ほどであったが、現在は全国で数千人、県で六十人ほどに減少してきているという。

二〇一九年の演題は、「五先賢に寄す～郷土の偉人たちを偲ぶ～」であった。
一、相応和尚については、昭和天皇の御製である和歌「夏たけて」を歌う。
二、海北友松については、大須賀履作「画に題す」を歌う。
三、片桐且元については、清水湖堂作「賤ヶ岳に登る」を歌う。
四、小堀遠州については、阿倍仲麻呂の和歌「唐土にて月をよみける」を歌う。
五、小野湖山については、湖山作の「竹生嶋に遊ぶ」を歌う。

竹生嶋に遊ぶ　　小野湖山

四囲皆　嶄然たり　孤島　湖心に屹す
凝　冽す　神仙の境　恍聞す　広楽の音
昔遊　幻夢に帰し　今日　又　登臨す
風景　依然として好く　故人　感慨深からん

まわりは、全て山がそびえ立ち、離れ島が一つ湖の真中にそば立ちじっと万古不易の世界にたたずみ、うっとりと広い大自然の音楽に耳を傾ける。昔ここに遊んだことは夢のようで、今日又、ここに登り来てみると景色は昔のまゝの美しさで、誰も感慨深く思うだろう。

（土田岳心編『古今名詩　愛踊吟譜集』岳心流日本愛吟国風会総本部　一九八六年）

過日、岳心会に所属されている方にお話を聞くことができた。岳心会では、小野湖山の漢詩を何回か吟詠されているとのこと。そのテキストを見せてもらうと、過去には、湖山作の「惜春詞」（141ページ参照）や「登嶽（とうがく）」（90ページ参照）、「天王寺所見」（146ページ参照）などがあった。

滋賀県立伊吹高校書道部とのコラボによる詩吟発表会

現在、詩吟の組織はいくつもの流派が存在し、同じ流派でも活動拠点は異なっているという。いずれにしても、漢詩は今も詩吟という芸能活動の形を通じて生き続けていることは確かである。

また、詩吟の発表もその形態はいろいろと工夫され、剣舞やあるいは上の写真のように地域の学校、ここでは伊吹山の麓にある滋賀県立伊吹高校の書道部とのコラボによって、詩吟を発表するというユニークな取り組みもなされている。

ただ、残念なことに詩吟のどの組織も会員の高齢化により減少してきているようである。

若い人たちにも漢詩を書いたり、吟じたりするという文化を知ってもらい、少しでも広がっていくことを期待していきたい。

（四）郷土史家・田中礎の功績

前述したように、田根地域では現在「五先賢の館」を中核に、郷土の偉人が今も称揚されているが、その素地を作り上げた人物がいる。それは、郷土史家の田中礎（いしずえ）である。そのことは、長浜城歴史博物館などを経て現在は京都文化博物館学芸員の橋本章（あきら）氏の著書『戦国武将英雄譚（えいゆうたん）の誕生』（岩田書院、二〇一六年）に詳しい。それをもとに、ここに記述しておきたい。

田中礎は、一八七二年（明治五）に浅井郡上野（うわの）村（長浜市上野町）で高木宗助の次男として生まれた。元名は嘉市、号は八雲といい、同じ上野村の田中家の養子となる。日清・日露戦争を体験後帰郷し、田根青年同盟会の会長、のちに田根村会議員や田根村農会評議員などを歴任し、三十八歳の時に上野村の素盞嗚命（すさのお）神社の神職となっている。

その地位を得る背景には、一九〇六年（明治三十九）に上野村の素盞嗚命神社に対して、東浅井郡（一八七九年〈明治十二〉発足）の郡長より郷社である波久奴神社（長浜市高畑町）への合祀（ごうし）勧誘があったことが遠因となっている。田中はこの合祀を拒否し、逆に素盞嗚命神社の社格上昇運動に尽力していくことになる。この過程が田中を郷土研究の道へと導いた、と橋本氏はいう。

神職の地位を得た田中の研究と尽力によって、素戔嗚命神社は合祀を免れ、さらに一九二一年(大正十)五月に素戔嗚命神社は村社に列せられることとなる。

その後田中は、一九二五年(大正十四)頃から滋賀郡坂本村(大津市穴太(あのう))の高穴穂(たかあなほ)神社の神職を兼務するが、田中の郷土研究への情熱はここでも発揮されたという。

晩年の田中は、郷里の田根村に腰を落ち着けて、遺跡の発掘や資料の収集、そして江戸時代に田根村の小室に置かれた小室藩の藩祖・小堀遠州ゆかりの史跡保存会の発足などにも携わる。

特に郷土にゆかりのある相応和尚・海北友松・片桐且元・小堀遠州・小野湖山の五人の先人の研究を進め、これらを「五先賢」と称して顕彰し、郷土の偉人としてこの精神を学校教育の現場に活かす活動を進めた。この五先賢教育はやがて田根地域に根付き、地域の学校が教育課程に積極的に取り入れていくほか、一九九六年(平成八)には「五先賢の館」が建設される契機となる。

一方、湖山のために記念碑を建てようとして、湖山の健在中に高畑の速水宗太郎氏(湖山の実弟の近親)を上京させ、閲歴を聞こうとしたが、湖山は即座に断り、「不徳の身何ぞ建碑の要あらんや、好意は謝するもその件は堅く辞す」と言って応じなかったという。その事情は、小野芳水編『小野湖山翁小伝』(豊橋市教育会、一九三一年)にも見ることができる。

しかし、湖山の一生は教育上の一資料になると思い、写真を乞い額に製し、小学校に掲げて以来湖山の筆跡を求める者が続出したので、田中は大いにその紹介に努め頒布した。

湖山逝去の一九一〇年（明治四十三）十月十六日には土地の有志が湖山翁頌徳会を盛開し、各地の名士に詩文歌の寄贈を乞い、記念帳や絵葉書を作って頒布した。以後、毎年四月に「五先賢祭」を田中礎が祭官となって行い、湖山の遺物展覧会も開催し、三回忌には郡教育会主催のもと、三年祭と遺族展覧会を開き、多数の逸品が出された。田中は豊橋市教育会による『小野湖山翁小伝』の刊行（一九三二）に合わせて遺墨展を開き、大変満足したという。

後年、収集した考古資料を浅井中学校に寄贈するなど教育活動にも取り組んだ田中は、一九六〇年（昭和三十五）に死去する。享年八十九であった。

田根公民館にある教化村指定「聖旨奉體記念碑」

ところで、田中がこのように五先賢教育を中核に据えて推進したのは、災難や危機を乗り越えてきたふるさとをいま一度盛り上げたいという切実な願いが根底にあったと思われる。その経過を、橋本氏はさらに記述している。

湖山逝去の前年の一九〇九年（明治四十二）に、滋賀県北東部の姉川流域を震源とする震度六、マグニチュード六・八の巨大な地震が発生し、田根村を含む周辺地域に甚大な被害をもたらした。さらには伝染病の被害が田根村を襲い、田根村の社会や経済は困窮の度合いを深めたという。
当時の文部省は、社会教育上の重点政策として国民に対する教化活動を推進しており、一九二八年(昭和三)年には財団法人中央教化団体連合会が組織され、翌年から教化総動員運動が開始されている。一九三七年(昭和十二)には、田根村がその教化村に指定されたのである。

これを受けて田根村では、「神仏崇拝し、家内和合に尽くそう」「冗費(じょうひ)を省いて良く働こう」「教育の実践を期そう」「協力一致厚生の実を挙げよう」「一村一家の理想郷を建設しよう」の五つの標語を掲げ、教化振興年度計画を策定し、理想郷田根村の建設を目指し取り組んでいくことになる。高畑町の田根公民館の敷地には、現在も「聖旨奉體(せいしほうたい)記念碑」が残っている。これは、まさに田中礎の功績によるという。

ところが、文部省が主導した国民教化活動は、のちに国民精神総動員の運動へと発展し、挙国一致・尽忠報国・堅忍持久などのスローガンのもと、国民精神の高揚と国策遂行の基盤整備のために強力に推進されていくことになる。しかし、終戦を迎えると国民精神総動員運動も教化村指定も有名無実化し、かつての五先賢祭の実施さえも控えられてしまう。

その後、再び地方再生の時代が叫ばれるなかで、地方の文芸復興の気運が高まり、田中礎の遺した郷土研究の成果と、そこから導き出された五先賢教育の思想は、田根村の人々の精神的支えとなり、地域の課題を解決するための一定の機能を果たしていく。そしてその思想は田根地域の人々の間に深く根付き、戦後復興の歩みの中で再度の見直しが図られ、郷土教育の教材として活用され、あるいは

「五先賢の館」の建設にと、現在に到るまで地域に連綿と受け継がれてきていると、橋本氏は指摘する。

このように、小堀遠州の事績をはじめとし、小野湖山を含めて地元ゆかりの五人の偉人を積極的に顕彰した田中礎の功績は大きいものがある。郷土史家であったが故に、先人たちやそれらを輩出したこの地域への情熱と信念が彼を突き動かしていったのであろう。五人の偉人たちは、それぞれこの地域に直接業績を遺したわけではない。むしろ、近江国から出て、歴史の主要な位置を占め、全国に名を馳せたという点で注目に値する人物ばかりである。橋本氏も指摘するように「田中は田根村の人々に対して〝日本における田根村〟を位置づけてみせた」のであろう。

小野湖山を含め、五人の先賢を輩出したこの田根地域こそ、いまこの地域や滋賀県だけでなく、全国に向けて発信し、地域の子どもたちがやがて都会へと出て行く時、先人たちの生きざまが郷土の誇りや自信となって自分に胸を張って生きていければと願っている。そのためには、現在を生きる私たちが偉大な先人を含めて郷土の人々の業績を改めて見直し、それを語り継いでいくことが大切ではないだろうか。

（五）田根郷土史研究会

現在、田根地域では有志の方三十名ほどが集い、「田根郷土史研究会」を組織している。地域の歴史を見直し、過去を知り、理解することで、現在をより心豊かな生活ができるようにと、毎月一回地域にちなんだ研修を実施している。

二〇一八年（平成三十）度から会長は近江孤篷庵住職の小堀泰道（たいどう）氏である。二〇二〇年度には新しい会長が選ばれるという。

田根まちづくりセンターや五先賢の館を会場に、長浜城歴史博物館の学芸員や地域の専門家らから話を聞いたり、年一回、県外現地研修会を設定したりしている。

二〇一九年（令和元）七月十六日に行われたのは、小野湖山を中心とする研修内容であった。私も、その会に参加した。

その研修会では、長浜市曳山博物館の学芸員の森岡榮一氏による「幕末・維新の時代を駆け抜けた湖北ゆかりの志士たち―小野湖山を中心に―」と題した講話が催された。資料も用意され、湖北の幕末の志士たちについての話であった。小野湖山のほか、坂田郡下坂中村（長浜市下坂中町）の下阪家出

田根郷土史研究会の研修の様子

身の板倉槐堂とその弟の江馬天江らについてである（43、44ページ参照）。

二〇一九年度の講師とその研修内容は次の通りである。毎月第三火曜日の十三時三十分～十五時三十分を研修時間として行われた。

〈三月〉　日本考古学会員　宮成良佐先生

「田根地区の古代史概観～遺跡などから見えてくる古代の田根の姿～」

〈四月〉　田根郷土史研究会会員　山口通雄先生

「谷口杉の歴史と展望～どうしても谷口杉を将来につないでいきたい～」

〈五月〉　長浜市市民協働部学芸専門監　太田浩司先生

「『小堀遠州東海道旅日記』を読む　その二」

〈六月〉　地域郷土史研究家　川﨑太源先生

「田根の郷土史資料を読む　その一～資料を読み込むことで昔の田根の景観が見えてくる～」

〈七月〉　長浜市曳山博物館学芸員　森岡榮一先生

「幕末・維新の時代を駆け抜けた湖北ゆかりの志士たち～小野湖山を中心に～」

〈八月〉　地域郷土史研究家　川﨑太源先生

「田根の郷土史資料を読む　その二～資料を読み込むことで昔の田根の景観が見えてくる～」

〈九月〉　長浜城歴史博物館学芸員　福井智英先生

県外現地研修会「興福寺と三輪（大神）神社」
〈十月〉　長浜城歴史博物館学芸員　坂口泰章先生
「長浜の仏画」
〈十一月〉長浜城歴史博物館学芸員　岡本千秋先生
「田根の民話」
〈十二月〉高月観音の里歴史民俗資料館学芸員　西原雄大先生
「田根の戦国時代」

三月と十二月には研修会後、総会を設定し、年間計画や年間の総括をしておられる。

小堀会長は、「毎年、研修の計画内容は変えており、総会の場で承認や総括ができている。研修の中味も年々充実してきて、長浜城歴史博物館の学芸員さんの方も協力的で、計画の段階でも快く助言をもらっている。今後も、さらに田根地域郷土の歴史や文化の理解に努めたい」と述べておられた。

このように、郷土の人々自らが専門家を招き、郷土の風土、歴史、文化を見直していくこと、そして、会長が指摘されるように、この誇るべき郷土で田根地域の住民がいかに心豊かに生活し、それを維持していくかを話し合うことは大切なことであろう。

資料編

小野湖山の略年譜

河合勇之監修『郷土の先哲』（東浅井郡浅井町教育委員会、一九七一年）などをもとに作成

西暦	和暦	年齢	事項
一八一四	文化十一	一歳	十一月十二日、浅井郡高畑（長浜市高畑町）で生まれた。名前を横山仙助という。
一八一九	文政二	五歳	「松垂千歳緑」と大書する。
一八二一	文政四	七歳	彦根藩の医者の家に寄宿して、医学を勉強する。
一八二四	文政七	十歳	大郷村曽根（長浜市曽根町）の大岡右仲に弟子入りして経史を勉強する。
一八二六	文政九	十三歳	京都で漢学者・頼山陽に出会う。
一八二八	文政十一	十五歳	四月十九日、父・横山玄篤が亡くなる。五十六歳。
一八三〇	天保元	十七歳	当時の大詩人・梁川星巌が彦根に来た時その門人となる。
一八三一	天保二	十八歳	江戸に出て、神田村お玉ヶ池の梁川星巌のもとで学問に励む。
一八三八	天保九	二五歳	豊橋城主大河内家（松平伊豆守信古）から学者として招かれ、藩士となり、藩の政治にも加わる。禄高は六〇石。詩集『薄遊一百律』を出す。
一八四一	天保十二	二八歳	詩「惜春詞」をつくる。
一八四二	天保十三	二九歳	故郷高畑に帰る。

西暦	和暦	年齢	事項
一八四三	天保十四	三〇歳	江戸に向けて出発する。
一八四五	弘化　二	三二歳	麴町平河祠下に家を持つ。
一八四九	嘉永　二	三六歳	近江に帰省する。儒者・安井息軒と養蚕製糸を通じて親しくなる。息軒の仲介で、信濃飯田藩士・加藤固右衛門の三女・元子と結婚する。
一八五一	嘉永　四	三八歳	長男・正弘が生まれる。
一八五五	安政　二	四一歳	江戸で大地震が起こる。水戸藩士・藤田東湖が圧死する。
一八五六	安政　三	四二歳	京都に入り、梁川星巌らと会う。次男の訃音に接する。
一八五八	安政　五	四五歳	九月、安政の大獄が起こる。十一月、江戸で大火の類焼に遭い、詩稿一千首余りを焼失する。
一八五九	安政　六	四六歳	藩の指図で江戸より追い出され、北遊する。幕府の命令で豊橋の吉田城にて幽閉される。「小野侗之助」と改名する。
一八六三	文久　三	五〇歳	湖山の幽閉の罪が正式に解かれる。
一八六七	慶応　三	五四歳	大政奉還が行われる。湖山は、「古書取調」の役目に就く。京都では「国事掛」の任務に就く。
一八六八	明治　元	五五歳	江戸城の明け渡し。「江戸」が「東京」と改まり、都が遷される。「徴士」に任ぜられる。「総裁局権辨事」の任務に就く。
一八六九	明治　二	五六歳	母の看病のため、公職を辞め帰省する。
一八七〇	明治　三	五七歳	豊橋藩知事松平信古の命により、「権少参事」の役に就く。
一八七一	明治　四	五八歳	八月十七日、母の磯が八十五歳で亡くなる。
一八七二	明治　五	五九歳	豊橋から東京に移る。

一八七五	明治　八	六二歳	山本琴谷の「窮民図鑑」の絵を観て感動し、「鄭絵余意」の詩を明治天皇にさしあげる。
一八八三	明治十六	七〇歳	七月九日、御硯と京絹を賜る。
一八八七	明治二十	七四歳	東京より、京都鴨川の西に居を構える。「優遊吟社」を結成する。
一八九七	明治三十	八三歳	再び東京に帰り、小石川区巣鴨町妙義坂に住む。
一八九九	明治三二	八六歳	感冒がもとで肺炎を起こし大病にかかる。
一九〇〇	明治三三	八七歳	二月二五日、従五位の位を授けられる。
一九〇九	明治四二	九六歳	現在の千葉県いすみ市岬町和泉に移る。
一九一〇	明治四三	九七歳	四月十日死去。宮内省より祭粢料三百円を賜り、再葬される。京都妙心寺境内に葬る。四月十三日、国民新聞に湖山の死が大々的に報じられる。
一九一八	大正　七		九回忌。湖山顕彰碑が京都妙心寺大龍院に建てられる。撰文は三島中洲、篆額は土方久元、書は日下部鳴鶴による。

小野家（横山家）の系図

河合勇之監修『郷土の先哲』（東浅井郡浅井町教育委員会、一九七一年）などをもとに作成

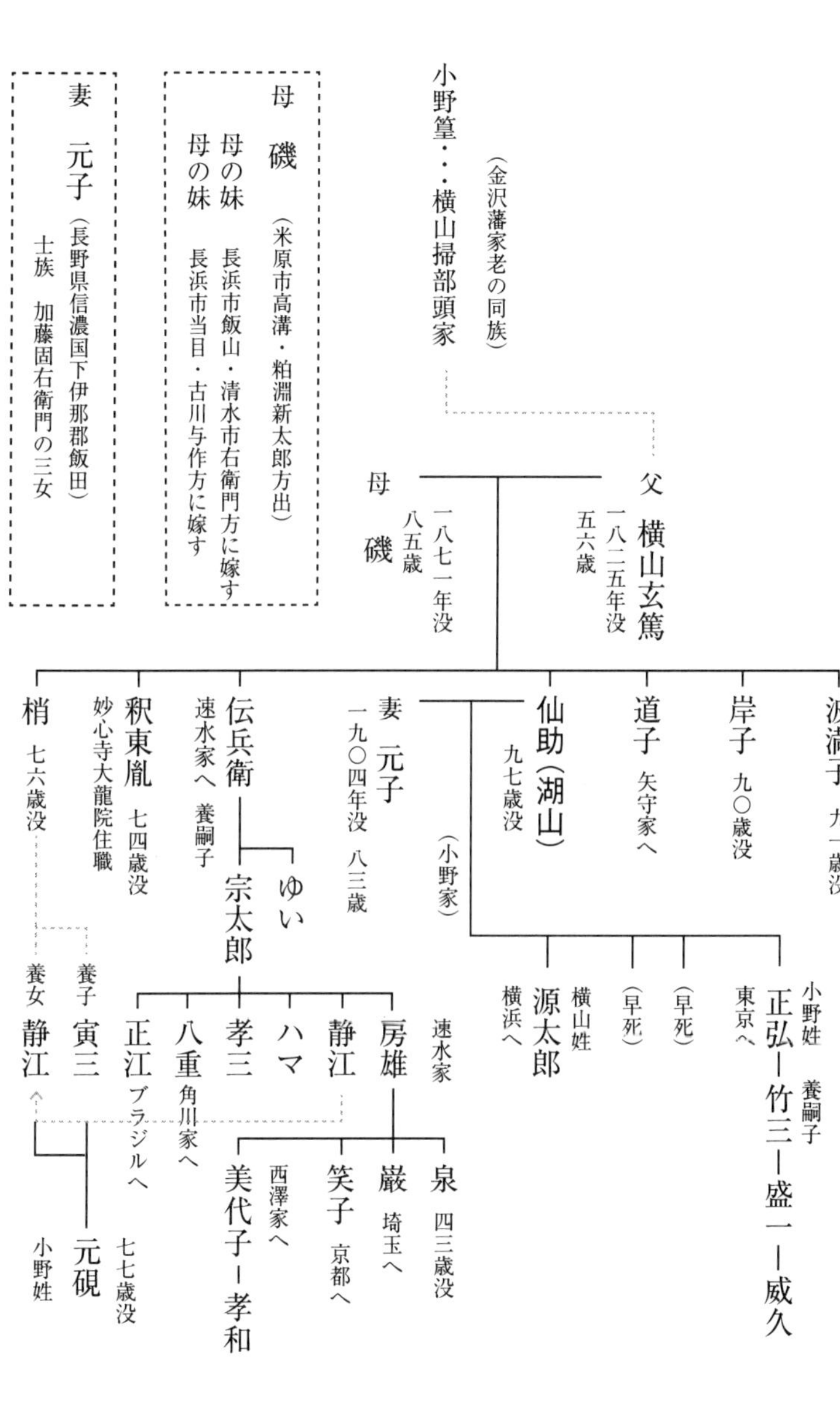

小野湖山の死を伝える「国民新聞」

一九一〇年（明治四十三）四月十三日（水曜日）付を新漢字・新かなづかいで再現

●小野湖山翁逝く

鰻の大好きな九十七翁

昨年十二月十三日折柄の寒気を千葉県大東岬の別邸に避け爾来療養中なりし漢詩人の泰斗小野湖山翁は十一日の夜桜花爛漫たる同別館に眠るが如く逝けり享年九十七歳なり

翁の避寒するに際し孝行の聞えある嗣子正弘（五十八）氏は夫人秀子看護婦老女中等を連れて翁の身辺に侍べり只管養護に努めつゝありしが先月 廿八日に至り翁は軽微なる風邪に冒されてその夜床に就きしまま 忽ち中風症と変じ医薬の効もなく遂に永眠したるなり翁は近江国浅井郡田根村に生れ十八歳にして医を学ばんと江戸に出て星巌の門に入る壮年の時は**却々覇気**あり**元気**ある人

小野湖山翁

●漢詩人の大関

三島中洲博士の談

逝ける湖山翁を五十幾年間最も親交ある三島中洲博士は語って曰く余の湖山を尋ねた抑もの始めは余がまだ聖堂の学生時代で何んでも余が廿四五歳の時だったその頃湖山は確か神田の駿河台に居ったと思う**江戸で枕山湖山**といえば漢詩人として両大関といわれた程名声嘖々たるものだった其れで余は湖山を前記寓居に尋ねたが時恰も湖山はその頃溜池に居った大垣藩の小原鉄心を訪問に出かける処で余に一緒に往かぬかというのだからよしと答えて余も一緒に鉄心の処に往った此れが湖山翁と交わった始めで爾来春風秋雨五十年毎月一二回宛相往来して余は湖山に詩のことを尋ね湖山は余に文章のことを尋ねるといった風で特別懇意に交わった今三年経てば鳥渡百歳になるからその時は大いに祝うと語り合ったが残念なことをした、九十歳以上老人にしては湖山は却々精神が確かで更にボケた処がなかったいうを話すも却々確かで耳がちっと遠かったが九十七歳の老翁とは思われぬ程しっかりして居た枕山の方は詩を作らすと湖山より甘味があったが湖山に比して人間が一向役に立た

湖山翁の

にて好く呑み好く世事を談じ、罷り間違えば鉄拳を食わす位のことは何とも思わぬ程なりしがその後全く世俗の交わりを絶ちて山水風月を楽みて思いを遣るを唯一の楽となせるも爰十年以来はその事さえも滅多になさず新聞を見ても世間の出来事を聞きても一切の情を動かす事なかりき

晩年の翁の生活は夏は朝七時冬は七時半乃至八時に床を離れ天気の好き時は妙義坂の庭園を散歩し三飯共軽く二椀の飯を食べお菜は牛肉または鶏肉に夫々代えて食せしが中にも翁の**最も好物**としたるは**鰻**の**蒲焼**にて此れならば毎日毎度食べても否やということはなき程なりしも夫れ許りではと家人は前記の食事の外牛乳も日に二合丈けを取らせたり而して翁は一日中昼は兎も角も書斎におりて手習もすれば漢書にも親しみしも根気は続かず夜は大概六時若しくは七時に寝るを常としたり翁の夫人は七年前に喪せ今は嗣子正弘氏と夫人秀子の外翁の孫に当る竹三氏夫人民子と及び彦三氏の一家族にて竹三氏は大学を卒業して昨今長崎高等工業学校に教鞭を執りつゝあり

なかった湖山も際立った事業はないけれども御維新前に例の攘夷論で囹圄の人となった程の勤王論を主張した丈あって**気概**もあり**覇気**もあって枕山の類ではない七十歳から十年以上京都に退隠して悠々自適風月を友として居たそれから東京に上って今の妙義坂に寓居を定め静かに世を送って居た宮内省に奉職したこともあったが元来が詩人生活を送った湖山の事とて**俗吏等**と**伍**するを**恥**とし直に辞して了った其後を息正弘氏が襲うて同氏も宮内省に奉職したが此はまた世にも珍しき親孝行な人で老父湖山を養うを唯一の楽とし朝夕父の側を離れたることはない夜は老父湖山の側に寝ね大便に小便に世話をし昼は老父の友となりて**何呉**れとなく**老父**を**楽**しましめた而も湖山の**斗酒猶辞**せずという大酒呑を正弘氏が側に付き添うて居て次第に節酒させた抔却々感心な孝子というべしである詩は湖山丈けに甘くないが文章と学問は出藍の誉がある湖山翁は毎年新年になると余に一詩を寄せて余はそれに次韻するのが二人の楽みであったが最う逝って了ったかなと三島博士は感慨無量の体で語られた

「国民新聞」とは、徳富蘇峰が一八九〇年（明治二十三）に創刊した日刊紙。「日本」の欧化政策反対の国粋主義とは違って、開明的なナショナリズムと平民主義の立場からの欧化政策を主張、知識人層に歓迎された。しかし御用新聞化し、日露講和問題や憲法擁護運動のなかで群衆に襲撃焼き打ちされた。一九二三年（大正十二）の関東大震災で致命的打撃を受け、一九二九年（昭和四）、蘇峰は「国民新聞」を去った。その後、「新愛知」に譲られ、一九四二年（昭和十七）九月に「都新聞」と合併。現在の「東京新聞」に引き継がれている。

西暦：1800～ 1810～ 1820～ 1830～ 1840～ 1850～ 1860～ 1870～ 1880～ 1890～ 1900～ 1910～

天皇：光格 仁孝 孝明 明治 大正

将軍 大臣：家斉 家慶 家定 家茂 慶喜 有栖川宮 三条・岩倉 三条実美 伊藤 黒田／山県 松方 伊藤 松方／伊藤 大隈／山県 伊藤 桂 西園寺／桂 西園寺／桂 山本／大隈 寺内／原

元号：享和 文化 文政 天保 弘化 嘉永 安政 万延 文久 元治 慶応 明治 大正

- 小野湖山 1814～1910
- 儒学者・恩師 大岡右仲 1797～1875 P17
- 儒学者・親友 大岡寛 1799～1837 P18
- 儒学者 頼山陽 1780～1832 P18
- 漢詩人・湖山の師 梁川星巌 1789～1858 P18
- 漢詩人・星巌の妻 梁川紅蘭 1804～1879 P18
- 儒学者 林復斎 1801～1859 P23
- 儒学者 藤森弘庵 1799～1862 P23
- 儒学者 尾藤水竹 1800～1855 P23
- 漢詩人・親友 大沼枕山 1818～1891 P23
- 思想家 佐久間象山 1811～1864 P25
- 彦根藩家老・星巌門弟 岡本黄石 1811～1898 P27
- 漢詩人・星巌門弟 梅痴上人 1793～1859 P27
- 星巌門弟 竹内雲濤 1815～1863 P27
- 吉田藩主 大河内信古 1829～1888 P28
- 老中 松平丹後守宗秀 1809～1873 P29
- 儒学者 会沢正志斎 1782～1863 P29
- 水戸藩主 徳川斉昭 1800～1860 P29
- 水戸藩士 武田耕雲斎 1803～1865 P30
- 儒学者 安井息軒 1799～1876 P31
- 儒学者 中島長蔵 1815～1870 P37
- 土佐藩士 松岡時敏 1815～1877 P38
- 岡崎藩士 関根痴堂 1841～1890 P41
- 刈谷藩士 松本奎堂 1832～1863 P41
- 近江志士 三上藤川 1825～? P42
- 近江志士 板倉槐堂 1823～1879 P43
- 政治家 三条実美 1837～1891 P43
- 近江志士 江馬天江 1825～1901 P44
- 書家 山中静逸 1822～1885 P47
- 官僚・書家 巌谷一六 1834～1905 P47
- 尾張藩主 徳川慶勝 1824～1883 P47

社会の主な出来事	小野湖

1805　幕府、ロシア使節レザノフの通商要求を拒絶
1807　幕府、蝦夷地をすべて直轄にする
1810　幕府、白河･会津藩に江戸湾防備を命ずる
1816　イギリス船、琉球に来航、通商を求める
1817　イギリス船、浦賀に来航
1818　イギリス人ゴルドン浦賀に来航、通商要求
1821　伊能忠敬の「大日本沿海輿地全図」完成
1825　異国船打払令
1828　シーボルト事件
1829　シーボルト追放、再来日禁止
1830　水戸藩主徳川斉昭、藩政改革を開始
1833　天保の飢饉（～1839）
1834　水野忠邦、老中就任
1837　大坂で大塩の乱、モリソン号事件
1839　蛮社の獄、渡辺崋山蟄居、高野長英永牢
1841　水野忠邦の天保の改革始まる
1842　異国船打払令を緩和、薪水給与令を発布
1845　阿部正弘、老中首座に就任
1846　米艦隊司令長官ビットル、浦賀に来航、通商要求
1850　民間の海防論議禁止
1853　米艦隊司令長官ペリー、軍艦４隻率い浦賀来航、大統領国書を提出
1854　ペリー再来、日米和親条約締結
1855　江戸で大地震（安政大地震）
1858　井伊直弼が大老就任、日米修好通商条約調印
1860　桜田門外の変、井伊大老暗殺
1862　尊皇攘夷論の激化。皇妹和宮、家茂に降嫁
1867　明治天皇即位、王政復古の大号令
1868　鳥羽･伏見の戦い（戊辰戦争、～1869）
1871　廃藩置県、岩倉使節団を欧米に派遣
1873　徴兵令布告。征韓論。岩倉使節団帰国
1874　板垣退助ら自由民権運動。北海道に屯田兵制度
1877　西南戦争、西郷隆盛が鹿児島に挙兵
1878　大久保利通、暗殺
1880　井上馨外務卿、条約改正案を各国公使に交付
1881　国会開設の勅諭、自由党（板垣退助）結成
1882　大隈重信、東京専門学校（早稲田大学）創立
1885　第１次伊藤博文内閣成立
1889　大日本帝国憲法発布、皇室典範制定
1890　第１回帝国議会開会、教育に関する勅語発布
1891　大津事件（ロシア皇太子大津で巡査に襲われる）
1893　陸奥宗光の条約改正案を閣議決定
1894　日清戦争始まる
1895　日清講和条約（下関条約）調印、三国干渉
1900　治安警察法公布、伊藤博文、立憲政友会組織
1902　日英同盟協約締結
1904　日露戦争始まる
1909　伊藤博文、ハルビンで暗殺される
1910　韓国併合。大逆事件（幸徳秋水ら検挙）

漢詩人　渡邊楠亭　1800～1854　P202
新聞記者・漢詩人　成島柳北　1837～1884　P197
大垣藩士　小原鉄心　1817～1872　P193
儒学者　羽倉簡堂　1790～1862　P191
儒学者　五弓士憲　1823～1886　P185
高崎藩儒　長谷川昆渓　1816～1868　P182
漢詩人　竹内雲濤　1815～1863　P182
漢詩人　鷲津毅堂　1825～1882　P180
画家　河鍋暁斎　1831～1889　P172
薩摩藩士　大久保利通　1830～1878　P171
探検家　松浦武四郎　1818～1888　P170
高畑住職　菴羅園主上人　?～1872　P132
漢詩人　鱸松塘　1824～1898　P79
書家　日下部鳴鶴　1838～1922　P68
儒学者　頼支峰　1823～1889　P61
彦根藩士　谷如意　1822～1905　P61
漢学者　三島中洲　1831～1919　P60
実業家　渋沢栄一　1840～1921　P60
政治家　伊藤博文　1841～1909　P60
P60

おわりに

小野湖山が亡くなったのは、一九一〇年（明治四十三）四月十日である。今年で、一一〇年が経過する。その二年前、夏目漱石（一八六七〜一九一六）は、朝日新聞に「三四郎」を連載している。その初めの箇所で、三四郎が九州から上京する汽車の中で隣り合わせになった男（広田先生）に、「これからは日本も段々発展するでしょう」と言うと、男は「亡びるね」と応えている。日露戦争から、三年が過ぎていた。漱石は、日本が一つの方向にだけ突き進もうとしている危険をすでに感じていたのかもしれない。

その後、日本は第一次世界大戦、日中戦争、そして太平洋戦争へと突入し、やがて終戦を迎える。それでも、見事に復興し、「亡びる」ことは避けられた。逆に、目覚ましく躍進し、世界に台頭する経済大国にまでなった。あらゆる技術が進歩し、人々は便利な世の中の恩恵に浴することができ、大いなる発展を遂げたといえる。湖山や漱石は、一世紀後に日本がまさかこんな世の中になるとは想像もできなかったであろう。

しかし、だれもが本当に自分は幸せだと胸を張って言えるのだろうか。国内では政治・経済・教育などの問題が噴出し、多くの事件や事故が毎日のように起きている。大震災を含め地震や災害も多発し、いまだに生活の再建が容易でない人々がたくさんいる。さらにいま深刻なのは、世界的な規模で新型コロナウイルス感染の再拡大の様相を呈し、その終息の目途が立っていない。多くの人がその犠牲になり、不安の中に日々を過ごしている。また、追い打ちをかけるかのように、対外的には北朝鮮をはじめ韓国との問題をはじめ、世界各国の外交や経済を巡る問題はこじれ、逼迫した状態にあるともいえる。

湖山が亡くなった年、漱石は「門」を執筆中に胃潰瘍になり、同年八月には大吐血を起こし、生死の間を彷徨う危篤状態に陥る。この一時的な死を体験したことで、晩年の漱石は「則天去私」を理想としていたと言われる。「天に則り私を去る」、すなわち、小さな自我にこだわることなく、自然の流れに身を委ねて運命を静かに受け入れようとしたのである。

湖山もまた、多くの苦労や困難を乗り越え、晩年は「無為自然」の境地を詠っている。自分が無為であることは、また物のあるがままを尊ぶことである。湖山は、一時は幕末の志士として自分を省みず人の忠告をも無視して突っ走るほど気骨のある人でもあった。しかし、明治以後は三条実美よりもらった扁額にある「恬淡」を座右の銘とした。自分に謙虚に、物に執着せず心安らかに生きようとしていた。そして、人のために最期まで漢詩を創作し続けたのである。

人の一生の中には、また一つの国が発展するには必ず栄枯盛衰があり、塞翁が馬の如く幸や不幸は連綿として続いていくことは当然なのであろう。ただ、自分だけのことや自国のことだけを考えていては、人類そのものが「亡びる」という危険性をはらんでいる。このような時代だからこそ、人には叡智と愛が求められるのではないだろうか。与えられた運命の中で懸命に生き、人のために自分が何かを遺し、次の世代へとバトンを渡していく。湖山にしても漱石にしても、自分の生を精一杯生き、漢詩や小説を通して自分が成せることを最後まで追い求め、その結果として明治の文学の隆盛に大いに貢献し、後世の人のために生きる知恵と多くの作品を遺してくれたように思う。

いまを生きる人がそれらを発掘し、その人や作品に光を与えていくことで、自分の中に希望の星を見つけることができるのである。その過程で、自分の生を問いかけ、幸せとは何かを突き詰めていけばよいのではないだろうか。

本書では、できるだけ多くの文献や資料をもとに湖山の生涯と作品を紹介しようとした。さらに湖山と関係した人々から湖山を再発見し、湖山が現在もどのような影響を与えているのか、地域の人々や子どもへの教育面、文化面にスポットを当ててみた。全般にわたってできるだけ写真を取り入れ、視覚的に見やすく、現代の人々に身近な本になるように試みた。

しかしながら、私のねらいが十分に達し、読者に満足できるものになっているとは決していえないであろう。その点については、皆様のご批正を乞いたいと思っている。

なお、今後も湖山に関する新たな情報が五先賢の館に集まるようにするため、佐治寛嗣（さじひろつぐ）館長と協議の上、本書の発行元を五先賢の館とした。この館を拠点に、湖山に関する研究や顕彰活動がさらに推進されることを期待したい。

末筆ながら、出版に際してはサンライズ出版の矢島潤氏から各種アドバイス、適切なご指摘を受け、私の拙（つたな）い原稿が日の目を見ることができたことを有難く思う。最後に、本書が小野湖山という人物を甦らせる契機になることを願っている。

二〇二〇年（令和二）八月十五日

伊藤　眞雄

〈主な参考文献〉

河合勇之助監修『郷土の先哲』東浅井郡浅井町教育委員会、一九七二年
小野芳水編『小野湖山翁小伝』豊橋市教育会、一九三一年
高畑史編集委員会編『ふるさと　高畑』浅井町高畑区、二〇〇四年
五先賢の館パンフレット、五先賢の館、一九九六年　http://www.zd.ztv.ne.jp/gosenken
川合康三『白楽天　官と隠のはざまで』岩波新書、二〇一〇年
滋賀県教育会編『近江人物志』復刻版、臨川書店、一九八六年
滋賀県坂田郡役所編『近江坂田郡志』西濃印刷出版、一九八〇年
三上藤川編集委員会編『三上藤川』三上藤川顕彰会、一九九三年
北村忠男編『小野湖山作品集』五先賢の館蔵、一九九三年
滋賀県東浅井郡教育会編『東浅井郡志』第三巻、名著出版、一九七五年
富士川英郎ほか編『詩集日本漢詩』第十六巻、汲古書院、一九九〇年
富士川英郎ほか編『詞華集日本漢詩』第十一巻、汲古書院、一九八三年
猪口篤志『日本漢詩鑑賞辞典』角川書店、一九八〇年
神田喜一郎編『明治文学全集　62　明治漢詩文集』筑摩書房、一九八二年？
今関天彭著、揖斐高編『江戸詩人評伝集2　詩誌『雅友』抄』東洋文庫、二〇一五年
彦根城博物館編『井伊直弼のこころ　百五十年目の真実』彦根城博物館、二〇一四年
石黒知子・宮本裕子編『幕末の探検家松浦武四郎と一畳敷』ＬＩＸＩＬ出版、二〇一〇年
松浦武四郎記念館公式サイト　https://takeshiro.net/
永井荷風『下谷叢話』岩波文庫、二〇〇〇年
橋本章『戦国武将英雄譚の誕生』岩田書院、二〇一六年
関西吟詩文化協会公式サイト　http://www.kangin.or.jp/
黒田日出男監修『図説　日本史通覧』帝国書院、二〇一四年
道慶弘「湖山の漢詩読解書」道慶表装、一九九九年
「歴史道　幕末維新回天の真実」週刊朝日ＭＯＯＫ、朝日新聞出版、二〇一九年
井上潤『渋沢栄一　近代日本社会の創造者』山川出版、二〇一二年
田中弥一郎『楠亭詩集とその背景』田中弥一郎、一九七九年
田中弥一郎著、伊藤眞雄編『楠亭詩集とその背景　湖東の聖人渡邊楠亭の漢詩を読み解く』（復刻版）伊藤眞雄、二〇一四年

〈お世話になった方々〉　敬称略

長浜市五先賢の館（長浜市北野町）
飯田寺（長浜市高畑町）
波久奴神社（長浜市高畑町）
豊橋市「文化のまち」づくり課（愛知県）
妙心寺大龍院（京都市）
松浦武四郎記念館（三重県松阪市）
浜縮緬工業協同組合（長浜市祇園町）
華渓寺／梁川星巌記念館（岐阜県大垣市）

ヘンリー・スミス（コロンビア大学名誉教授）
藤田浩行（長浜市立田根小学校前校長）
堤　正則（長浜市立浅井中学校校長）
小堀泰道（近江孤篷庵住職）
西村良心（岳心流滋賀岳心会会長）
高橋洋治（岳心流滋賀岳心会名誉会長）
小野睦子（小野家〈横山家〉関係者）
速水征子（小野家〈横山家〉関係者）
小野威久（小野家〈横山家〉関係者）
西澤孝和（小野家〈横山家〉関係者）
渡邊康夫（米原市朝妻筑摩、渡邊楠亭家）
西村英次／西村則子（長浜市太田町）
角　省三（滋賀作家クラブ顧問）

著者略歴

伊藤眞雄　（いとう・まさお）

1954年　滋賀県米原市春照生まれ
1976年　滋賀大学教育学部卒業、滋賀県内公立小学校勤務
2014年　退職
所属団体　随筆サークル「多景島」、論語研究会「學事會」
編　　書　田中弥一郎著『楠亭詩集とその背景 ―湖東の聖人「渡邊楠亭」の漢詩を読み解く―』2014年復刻
『石河武二郎先生との思い出集』2017年
三宅春代著『波留代抄　三』2017年
中村速男著『中村速男作品集 ―ある戦争の「語り部」―』2019年
WEBサイト　http://www7b.biglobe.ne.jp/~trueblue/

近江（おうみ）が生んだ漢詩人　小野湖山（おのこざん）

2020年9月25日　初版第1刷発行

著　者　伊藤　眞雄
発行所　長浜市五先賢（ごせんけん）の館（やかた）
〒526-0272　滋賀県長浜市北野町1386
TEL. 0749-74-0560　FAX. 0749-74-0910

制作・発売　サンライズ出版
〒522-0004　滋賀県彦根市鳥居本町655-1
TEL. 0749-22-0627　FAX. 0749-23-7720

 ISBN978-4-88325-701-0